宁夏文艺评论

2022 卷 下

宁夏文学艺术界联合会
宁夏文艺评论家协会　编

黄河出版传媒集团
阳光出版社

作家·批评

文如其人:柔和　平实　质朴　敏达

——王庆同先生语言文字的魅力

◎侯凤章

　　读王庆同先生的散文、杂文、通讯报道、史评等文章总有一种常读常新、百读不厌的感觉,除内容有独特的魅力之外,语言的独特魅力尤其可贵。王庆同先生语言文字的独特魅力,我概括为柔和、平实、质朴、敏达。这种概括虽然还不到位、不准确,但是这几个特点至少呈现在他的语言文字中的。

　　王庆同先生文章中的语言,是一种具有亲和力的语言,是一种极易与读者在情感上沟通的语言,是一种具有亲切感的语言。它摒弃了华丽与浮躁,把情感沉淀在最普通的句式和文字中,让语句呈现着最平实的节奏,让文字呈现着最质朴的泥土味,以柔和与平实拉近了读者与文章的距离,读者沉浸于其中而没有阻隔和距离感。内容是文章的灵魂,语言则是呈现这个灵魂的外壳。包装同一个内容的语言、句式有多种,且各具特色,各具魅力,各有其吸引力。王庆同先生运用了他独特的语言、句式包装了他奉献给社会的所有文章内容,形成了一种柔和如水却甘之如饴的风格。

柔和如水让波澜不惊极具韵味

　　在叙事性文章中,王庆同先生给我们讲了一个又一个感人的故事,讲这些故事他都用了很平实的语言文字,平实到了几乎没有一个华丽的词语,没有一句堆砌辞藻的句子,全都是通俗的语言、朴实的语句、简短的文字,而且叙述得很平静,平静得不用一个新奇的词语来造势和渲染,不用一句矫揉造作的语句来表达,而是如同拉家常闲聊天。平静的语句如同平静的溪流,汩汩流淌进读者的心田。

> 我顺着拉得长长的"杂——碎——"的吆喝声走去,在十字路口的平房里找到了一个卖羊杂碎的小铺子。进去一看,一张桌子,两条长凳,竟然只有两名顾客——脸颊的突出部位都显得红彤彤的两位老人,正蹲在一条长凳上吃杂碎。见我这个外乡人进去,其中一位猛然站了起来,长凳失去了平衡,差点把另一位摔在地上。我赶紧上去搀扶,表示歉意,不料店主插上来说道:"谁也不怨,只怨我的地不平。"他俩先吃完,临走时回过头来安抚我:"你缓着,慢慢吃,山里人身子骨硬,闪一下咋也不咋的。"(《岁月风雨》)

这是1962年,王庆同先生作为《宁夏日报》的记者来到盐池采访上街吃饭经历的一件事。这是件很小的事,却是一个很感人的故事。它的感人之处就在于两个老人吃羊杂碎,见"我"进来,"猛然站了起来"其实是要给"我"让座,不料另一个老人差点儿从长凳上摔在地上。这有点惊人,但这两个老人不但没有怨"我",吃完临走时还不忘安慰"我"说:"你缓着,慢慢吃,山里人身子骨硬,闪一下咋也不咋的。"寥寥数笔,就刻画出了两个老人感人的形象。这个感人的故事,王庆同先生就是用最平实的语言把它记叙出来。在记叙中他没有渲染和夸张,没有形容和雕琢,就是实实在在叙说,叙说中没有张扬自己的感情,更没有直抒胸臆的感慨。我们从这不到200字的记叙中找不到修饰语和形容词,全是最常见的文字和语句,但给我们留下了深刻而美好的印象。

> 晚上同一位公社下队干部住大队部。他已经吃过晚饭,我空着肚子。他自告奋勇替我煮饭。那时还是"低标准",走到哪里吃饭

要报吃几两,人家按你报的打饭或煮饭,你付粮票和钱。这回饥肠辘辘,我大声说:"吃四两。"他立刻找来大队管理员,管理员打开粮柜的锁,取出米袋当着我的面平平地称了四两黄米。然后,下锅撇米汤(焖黄米干饭要撇米汤)。等我大口大口扒拉黄米干饭的时候(没让他),他竟毫不客气地端起那碗在我的视线之内稠稠的米汤,一口气喝了下去。我心想,那米汤属于我,归我喝,但碍于情面没好意思阻拦。(《我的宁夏时光》)

这是1961年7月,王庆同先生到固原蒿店大队采访时经历的一件事。这件事的核心内容就是那位公社下队干部不请自喝了那碗本该属于"我"的稠稠的米汤。事情很小,小到了让当今的人认为是个笑料,但在当时,那碗稠稠的米汤可不是一碗淡而无味的白开水,那可是一碗关乎饥饱的米汤。王庆同先生叙述这件事时特意用了"稠稠"二字,也仅仅用了"稠稠"二字。"稠稠"是个形容词,是个非常普通的形容词,普通到了妇孺皆懂,妇孺也皆能掂量出这个词语的分量。作者用"稠稠"二字,不仅形容了那碗米汤的质量,也写出了他当时的复杂心情。饥饿年代,本来就属于"我"的一碗米汤,你怎么就不请自喝了呢?可惜与怨怼的心情就用这"稠稠"二字表现出来了,"但碍于情面没好意思阻拦"。王庆同先生就是用这些生活中的常用语写出了让人们感到不一样的生活内容。这些不一样的生活故事,作者都是用平静的语言和柔和的语句叙述出来的,叙述得坦然平缓,但呈现出来的画面却非常清晰,环境和人物如在眼前,尤其是人物形象栩栩如生。两个善良的老人,一个饥饿的下队干部,作者的复杂心情,都是通过几个简单的动作就描写得活灵活现,跃然纸上。读这样的文字我们不感到生涩,不感到枯淡,而是满满的意蕴,悠长的味道。

平实浅近让妙笔生花引人入胜

平实浅近是王庆同先生语言文字的又一个特点,但平实浅近并不是言之无味，言之无物，相反，王庆同先生书面语言的平实浅近，是准确简明和生动活泼。这缘于他新闻记者出身，消息和通讯的语言要求训练出了他语言文字的这种独特风格。所以，我们读王庆同先生的文章，总会感到那平实浅近的语言背后，是广阔而画面清晰的社会生活。

王庆同先生平实浅近的语言是有讲究的。一是口语的书面化，即将口语提纯精练成书面语，以大众最容易接受的语言形式写进文章，走进人心。这是理解的需要，也是传播的需要。板着面孔说话，罗列一大堆时髦词语写文章，是不顾及听众（读者）的自我张扬，也是不顾及传播效果的自欺欺人。口语来自于人民大众，是人民大众心灵的产物，最容易为人民大众所接受，但让口语走进书本，就必须要经过一番加工修剪和提炼，这是提升文化价值的需要，是文化人必须要担当的责任和使命。王庆同先生正是把握着这个原则。

二是力戒过多的修饰语，用简短直白的语句表达文义，这看似平直，但读起来却爽快，尤其能让读者快速把握文意走进文章。读王庆同先生的文章，你会感到他用来表情达意的语句疏密有间，该长则长，该短则短，短句较多，长句为少。短句少修饰，长句用最普通的词语修饰。如："羊皮筏子运的耐火砖，是用来建造炼铁小高炉的。那些小高炉，属于大炼钢铁运动的一部分。不过此话题不是本文的主题，这里不论。这里，我只是想说，在20世纪50年代末的宁夏，羊皮筏子是实打实的水上运输工具，而不是旅游工具。这是那个时代落后生产力的表现。"（《岁月风雨》）这段文字中的"羊皮筏子是实打实的水上运输工具"，用了"实打实"和"水上运输"两个修饰语，都是普通实在的常见词语。同时，"这里，我只是想说，在20世纪50年代末的宁夏，羊皮筏子是实打实的水上运输工具，而不是旅游工具。"这是一个长句子，作者却把它分成了五个短句，形成了一个明快的节奏，读起来朗朗上口。

三是用白描手法写景，把感情藏在文字背后。王庆同先生的散文，凡是涉及景物描写，大都是用白描手法，用寥寥数笔进行勾勒，而很少用浓墨重彩的词语和句子进行大段描绘和渲染，而寥寥数语的点画，就让感情在数个景物组成的画面中自然地流露出来。

> 我随他步行五十多里荒无人烟的沙路，穿过两道废弃的土长城，于日落时分看到地平线上冒出树梢，再往前走是一个四面环沙、约有二十来户人家的小村庄——油坊梁。(《边外九年》)

1966年，王庆同先生就是在这样的景象中来到了油坊梁。此时此刻，他命运未卜，生活着落难定，苦难像个巨大的包袱压在他的身上，他的心情应该是十分痛苦和复杂的。这种心情怎么往出表达，作者只写了"荒无人烟的沙路""两道废弃的土长城""地平线上冒出树梢"和"四面环沙"的小村庄，这是几个稀疏的景物，但就是这几个景物组成了一幅荒凉的画面，画面中所包含的感情谁能说得清？

1975年6月中旬的一天，王庆同先生要告别他生活了九年的这个村庄。

九年的边外生活就要结束了，苦累在身，无语在心，此时此刻他能说什么呢？"整个小庄子沐浴在带着沙漠干燥气息的阳光中"，是一句简短的富有情感的文字，一个复杂的苦乐参半心理在这句话中得到了微妙体现。

四是照着生活的原样来写，绝少文绉绉的气息。读王庆同先生的文章，我们似乎能触摸到一个时代或一定阶段的社会生活。这些社会生活原汁原味，作者在描写和记录时绝少加盐调醋，力求保持其原样原貌，这样就对其运笔用墨表达几近口语而不事雕琢。我们读他这样的文章或文段，似乎在听王庆同先生用聊天的语气一板一眼地讲故事，语气之土，语言之浅近平实，都让我们嗅到了泥土味的亲近和实在。

> 第二天一早，我步行去公社，赶中午时分走进公社的大门。……我不知道×秘书在哪个房间(都是平房)，推开一个房门，没有人，再推一个房门，还是没有人。最后，在个较偏僻的房间找到很多人：都蹲地炕上，中间一个牙缸，估计里面是白酒(房子里

有酒味),还有两个开了口的玻璃瓶罐头。我问×秘书在吗,一位年轻人说在,我说我是王庆同,队长让我来找你,他说,噢,噢,知道,你到县上喀(去),找组织部。我问,啥事呢,他说,区上有通知,你喀(去)就知道,他给说,我也不会说。(说不明白之意。当地习惯说法)我说,那我不向队长请假了,他说,没事,没事。(也是当地习惯说法,认可了的意思)(《边外九年》)

1975年的一天,队长突然叫王庆同先生到公社找秘书,估摸有好事。这段文字真实地记录了他到公社找秘书的经历,"推开一个房门,没有人,再推一个房门,还是没有人"。多么简洁与直白,全是口语。"最后,在个较偏僻的房间找到很多人:都蹲地炕上,中间一个牙缸,估计里面是白酒(房子里有酒味),还有两个开了口的玻璃瓶罐头。"这么几句就把当年基层干部在办公室偷偷喝酒的情景活灵活现地写出来了。接着写"我"和秘书的对话,都是土言土语,直白得像开水一样,人物形象却鲜明得如在眼前。

王庆同先生书面语言的平实浅近还表现在他大量地运用方言土语写作,尤其用盐池话写文章,让平实浅近达到了极致。他书面化了的口语就是盐池方言,盐池方言在他的著述中也得到了精彩的展现。

质朴无华让字字珠玑落地有声

朴实无华的语言其实是最难锤炼的语言,这种语言读起来有土气,品起来有韵味,而要把语言锤炼到这个程度非下功夫不可。王庆同先生的语言文字正是这种冒着泥土味而品之有味的质朴语言。我们读他的那些时事杂感的文章,常常会读到这些质朴无华却又掷地有声的语言。这些语言或批评,或赞扬,或否定,或肯定,都极具通俗性和质朴性,实话实说,言至意归,用朴素的语言表达深刻的道理,深刻的道理也就浅显易懂。

田燕在《雁鸣九皋——宁夏杂文述评》中这样评价王庆同先生:

　　王庆同先生一生都是把自己放得很低,总是把自己与社会最平常的现实、与最普通的民间事物、与最底层的劳动人民紧密结合在一起,不是圣坛上的说教,不是居高临下的宣扬,不是智者对愚者的训诫,只是身体力行、润物无声、潜移默化,其杂文、时评、随感作品里的智慧、爽利、精辟、专注和清晰溢于言表。他通常把自己的回忆和现实信手拈来付诸文字,以其淡泊沉静的精神气质彰显着生命的宽度和广度,为读者提供了一个开放、包容、丰富、洗练的精神空间和生命维度,这恰是一代知识分子恪守的民间立场和内心良知。

　　正是因为他一生都把"自己与社会最平常的现实、与最普通的民间事务、与最底层的劳动人民紧密结合在一起",这就决定了他写任何文章都把自己朴实的品质融入作品文字中,让语言文字接近民众,亲近民众,与民众的语言融为一体。他说:

　　据我的亲身经历,我国改革开放以来,人民生活确实改善了,农民不再为吃"肚子"(口粮)犯愁,城里人不再揣一大把票证生活。这两条是铁的事实。为了这两条,我们走了多么长的探索之路,作出了多么艰苦的创新努力,付出了多大的惨痛代价!这是扎根在我心里的坐标,也是我写这些文章的思想基础。在历史长河中,我只是一朵浪花,在它慢慢地回落大海的时候(晚年了),竟弄出一点声响。那是浪花获得自由时心底的歌唱,抒发的是心底的情感与诉说。(《话一段》)

　　这段话确实说得有点动情,却是心里话和实话。淳朴的意思用淳朴的语言表达出来,读来没有生疏感,没有距离感,有的就是真情实感,是作者自己的真情实感,也是百姓的真情实感。语言不亲近民众,就是颐指气使的语言;语言不表达民众的心声,也是徒费口舌的语言。而要亲近民众就应该像普通百姓那样说土话,说质朴无华的话。王庆同曾说:"写文字不要来假的。虚假的文字,钻出地面之日就是寿终正寝之时。新闻、文学都是这样。对作者来说,写出来的东西是否是心声,自己是明白的。掩盖心声的写作者写出来的东西,很难感动读者。我在一次接受采访时说过,我的写作宣泄了我心中所思所想,助我长寿,活到今天。时不时做起文学梦,精神是愉快的,因为流出来的是心声。心里没有龌龊的东西,读者的心里至少不会受到污染,还可能受到一些鼓舞。"(《我的宁夏时光》)这是王庆同先生对自己写作经验的总结,也是对后学之人的勉励和告诫。他讲这些道理都不是在生硬地说教,而是用质朴的语言讲着质朴的道理。"虚假的文字,钻出地面之日就是寿终正寝之时",字字珠玑,落地有声。

敏达通畅让文化名著走进大众

王庆同先生的《红楼撷言(人物)》《〈周易〉摘句四十篇》,都是对文化名著古意翻新的文章,这些文章都不太长,但是对《红楼梦》的故事和人物的梳理,对《周易》文句的解释,全是用他自己的语言进行了一番新的解说和表达。这些解说和表达语言准确和精到,解释不枝不蔓,干脆利落,表达要言不烦,精确概括,精确描述。王庆同先生在保持他语言文字柔和、平实、质朴风格的同时,又把敏达通畅发挥到了一个新高度。敏达,即敏捷通达;通畅,即符合原义的通顺表达。敏捷通达,强调选词释义的准确性;通顺表达,强调释义表达的流畅性。在这些文章中,王庆同先生用敏达通畅的语言,软化了《红楼梦》刚性的故事内容,也软化了《周易》中刚性的语言文句。软化得清新、自然、通俗易懂。这种软化既尊重原文的意思,也照顾到读者的理解和把握。也就是说,他用大众能够接受的语言,敏达通畅地做着古意翻新的工作。他写贾母:

宝玉的祖母贾母是"金陵世勋史侯家的小姐",嫁到贾府近七十年,是《红楼梦》里活人中辈分最大、年龄最长、权威最高的人。

贾母在第三回出场,把初到贾府的黛玉"搂入怀中,'心肝儿肉'叫着大哭起来";但到第九十回,她一锤定音,让宝玉不娶黛玉娶宝钗;第九十六回,默许凤姐以"调包"之计把宝钗迎娶到贾府嫁给宝玉;第一百零八回,黛玉已死,她还说黛玉"最小性儿又多心"。她宠爱初来时的黛玉,是真诚的;后来不喜欢黛玉而喜欢宝钗,也是深思熟虑的,这反映看起来很会说人话的她,内心为一种专制、封闭的思想渗透。人的好恶从来受思想支配。这个定律在贾母身上也得到应验。(《红楼撷言(人物)》)

贾母是贯穿《红楼梦》全书的一个主要人物,王庆同先生熟读《红楼梦》,在这里用他柔和质朴而又敏达通畅的语言对贾母做了非常精到的概括评说。这种夹叙夹议的表达,是对《红楼梦》的一种新的解读方式,这种解读既带着读者赏内容,也带着读者谈认识,是作者与文学名著的对话,也是作者与读者的对话。是侃侃而谈,也是悉数道来,不枝不蔓,娓娓动听。读这段文字如同读原著一样吸引人。

我们再看他对《周易》佳句的"译""述":

文:潜龙,勿用。

译:当龙潜水中时,不要发挥作用。

文:或跃在渊,无咎。

译:龙有时跃出深渊,不会是过失。

文:亢龙,有悔。

译:龙极度兴奋,会有懊悔。(亢,极度)

文:见群龙无首,吉。

译:出现群龙聚而无首领,吉利。

(以上"文"均节选自《周易·周易上经·乾》)

述：见识古人对自然现象和人事现象预判的哲学猜测，一是开阔眼界；二是极简极白的文字里闪现一丝古人的智慧之光。

（《周易》摘句四十篇）

《周易》内容极其丰富，被誉为"大道之源"，是古代汉民族思想、智慧的结晶，是中国传统文化中自然哲学与人文实践的理论根源。但其内容丰富，文字艰深，理解难度大。王庆同先生以严谨的治学态度和高度负责的精神大量查阅资料，反复对比斟酌，在把握好字义、词义、文义的基础上，用自己的语言把文言句子的原意表达出来。这种表达，王庆同先生依然保持着他语言柔和、平实的风格，发挥着敏达的机智，力求准确精严不走样。比如列举的"述"，他用"哲学猜测"一词对《周易》这段文义进行评价，就是很有分寸的表述。"开阔眼界""极简极白""一丝古人的智慧之光"，用词朴实直白，又表达得科学严谨。

王庆同先生在写《红楼撷言（人物）》和《〈周易〉摘句四十篇》时，已经是八十岁的老人了，他精读细研原著，梳理内容，查找资料核对，推敲文字表述，用心用力，保持着旺盛的精力和清醒的头脑。选词造句不走高端，用沉稳的脚步走习惯的老路，敏达通畅，而不追求华丽的辞藻，文简义明，宏富清新，极具吸引力，为社会奉献了宝贵的精神财富。

哲人说："我们无论通向世界还是通向意义，都要经由语言，语言是第一性的，语言成为一切。"言为心声，心里想什么，语言就会表达什么。但是我们发现，心里想什么未必都能用语言表达出来，所以，我们就必须要下功夫学习，向古人学习，向书本学习，向人民大众学习，学习他们的用语，学习他们的语言表达方式。我们在这里赏析王庆同先生的语言特点和风格，就是为了更好地学习他的语言和语言表达方式，学习他锲而不舍的研究精神。

侯凤章，宁夏特级教师，宁夏作家协会会员。

沉郁、忧伤见韵致

——评杨建虎《时光书》

◎火会亮

  杨建虎是我的朋友，不但人熟悉，作品也熟悉。特别是他早期的作品，我大多都读过，且部分作品我还是责编。迄今为止，建虎共出版两本个人作品集，第一本《闪电中的花园》是诗集，出版后引起较大反响，特别是在青年读者和大中专院校学生中受到追捧；第二本《时光书》是一本散文集，收录了他写作以来一些重要的精短散章。两本集子皆装帧精美，一望而知是用心而作，让人有非常爱惜之感，此次借开研讨会之机，我又大致翻阅一遍，主要是学习和欣赏，与初读时感觉又有不同。

  《时光书》有一个很大的特点，就是所录文章皆短小精悍，最长篇幅两三千字，大多为千字左右，属于真正的精粹短章。此次研讨会题为"宁夏散文诗研讨会"，那么，在这近百篇文章中，哪些是散文？哪些是散文诗呢？要解决这个问题，还得从散文诗的概念入手。

  散文诗是一种现代文体，兼有诗与散文的特点，它融合了诗的表现力和散文描写性的某些特征。有人说散文诗是诗化的散文，或散文化的诗歌，都有一定道理。其实，最早提出这一概念的是法国诗人波德莱尔，它给散文诗的定义是"足以适应灵魂的抒情性的动荡、梦幻的波动和意识的惊跳"，其中的动荡、波动和惊跳就是它主要的艺术特征。我还比较认可另外一种对诗、散文和散文诗的形象描述,这种观点认为,诗是用线性的方式表现生活,散文是用面的方式表现生活,而且主要是抓点——在这三个概念中,诗比较好理解,散文与散文诗的区别则比较重要。散文的所谓"面",是指表现生活的长度与时空,就一件事或一个人,它可以展开来写,可以交代来龙去脉,可以展开深入描写、抒情与议论;而散文诗则不然,它往往选择的是一个接一个的片段或场景,简洁、凝练,看似互不相干,其实环环相扣,有其内在的逻辑,它最大的特点便是意象的片段化与跳跃性。依据这些观点划分,《时光书》约有四分之一篇章属散文诗。

关于建虎的诗文,有两篇文章值得一读,一篇是《闪电中的花园》的序言,作者为著名诗人林莽,文章题为《接近诗歌,远离诗坛》,对建虎的诗歌从"文"到"品",都给予了较高评价。另一篇是《时光书》的序,作者为宁夏杂文家牛撇捺,着重对建虎的散文作了较为客观公正的梳理、评价。牛撇捺认为,首先,建虎的文章皆从心灵需要出发,注重作者内心的体验与展示,这与其诗歌评价一脉相承。其次,其散文风格清新,笔法简约,散发着浓浓诗意,这大约与建虎的诗人身份有直接关系。其中所举的例子多为写故乡亲情的篇章。再次,他的散文以广阔的西部为文化地理背景,纵横捭阖,诗意盎然,如写甘南、河西及他的老家西海固的篇章。

对于牛撇捺先生的观点,我基本认同。除此之外,建虎散文或散文诗中的另几个特点也不容忽视,如他的散文或散文诗意象密集、丰富,这说明他观察生活的角度与层次是多重的、五彩斑斓的,这些意象包括小镇、秋天、庄稼、雨水、阳台、灯塔、广场、菜市场、黄昏、清晨、露珠,等等,我想这与诗人丰富的内心世界与描情摹状的信手拈来有关。每个诗人,包括散文诗作家,写到一定程度都会显露出与众不同的风格,这种风格可以说决定着他写作的基调或品质,有的诗人激情澎湃,有的诗人大气沉郁,有的诗人洒脱不羁,而建虎表现出来的基调则是沉郁的、忧伤的,就像他经常登台演唱的那首俄罗斯歌曲《三套车》一样。他的忧伤是从哪里来的呢?我想这与诗人本身的气质、品性有关,还可能与他生存的地域环境、文化氛围、精神土壤及他看待世界的方式有关。

建虎的作品中还透着一股浓浓的书卷气,这种书卷气并不是掉书袋掉出来的,而是在诗人多年的笔耕不辍中逐渐形成的,它可以是一种行文习惯,也可以是一种思维方式,是一种渗透在作家作品字里行间的韵致、气息。总之,这种气息是独有的、不同于他人的,它就像一种无处不在的味道一样弥散在作家的作品之中,让人难以忘怀。

每个作家都有自己的局限,建虎也不例外。建虎的局限在哪里呢?我觉得就在上述我们谈到的各个特点中。特点中既包括了作家的优点,自然也隐含着他的局限与不足。这正像事物都有它的正反两个方面一样,你如果追求精巧雅致,那在大气磅礴方面肯定会有欠缺;你如果追求文辞的华美,那在思想的开掘方面肯定会有影响。

愿建虎踏着稳健的节律,写出更美、更能打动人心的精美华章。

火会亮,中国作家协会会员,一级作家,现为《朔方》执行主编。

忧伤的美学:对话与解构

——张廷珍《野史的味道》评论

◎兰喜喜

进入新世纪后,宁夏文坛上开始涌现出了以莲子、张廷珍、杨银娣、马金莲为首的"新女性"写作。她们的出现与同时代国内女性作家相比晚了很多。她们的笔调和步伐相对于国内的女作家来说也散漫了不少,但她们最终还是在昏睡中挣扎了过来,并且以一种温情的方式登上了宁夏文坛。在世纪初的淡蓝色流行文化氛围下给宁夏相对寂寞的文坛带来新的气息,使宁夏文学长久以来的"三棵树"和"新三棵树"的局面呈现多元化的格局,并给那个长期被忽视的昏暗场重新亮起了旋转的七彩灯。《野史的味道》就是这样一本书,站在物主义社会的杂乱无章里重新解构历史,用女性主义的视角看待男权社会的种种,英雄的长矛,女儿的眼泪。这样的文字对于缺少历史现场感的当代文学尤为可贵。

《野史的味道》是一本写在世纪初的书,用近乎苛刻的笔墨写着遥远的人和当下的事,正是张廷珍怀着这样的目的写出来的,在解构历史伤与痛的同时抛给我们一个巨大的惊喜。

一、解构历史

沈从文说:"读几千年以前的事,恍惚是在读天书,说历史总是有惊人的相似之处,仿佛是读自己。读一点书是有好处的,看一点历史也是有必要,如何从历史中回到眼前,尽管只是方寸之间的事情,可是依稀觉得走了几千年,这就是历史的魅力所在。"《野史的味道》正是张廷珍在这样的情怀里写下的精神宣言。

在这本书里她说:"我所钟爱的是《别人的表情》这一类,唯有体育的瞬间才能表现人的本真的东西,而我喜欢所有本真类的。"在我看来,这也只是作为一个感性女人所说的一句激动的话罢了。作为这本书本身所呈现给读者的真正的智慧和丰富,我以为就是"野史的味道"这一部分。这一部分她用近乎评判的口吻解读了我们歪曲了很多年的历史。比如《女儿泪》一文,写了一代才女朱淑贞含冤而死的历史悲剧。朱淑贞是宋代难得的才女,无疑是第二个曹子建。遗憾的是在男权左右一切的时代里,女性的才华不但未能成为改变命运的资本,反而成了个人悲剧命运的始作俑者。这是时代的幸运还是个人的不幸,如果要给出一个客观的答案,我宁愿相信后者。

朱淑贞14岁就能写诗,而且写出了流传千古的诗句。"去年元夜时,花市灯如昼。月上柳梢头,人约黄昏后。今年元夜时,月与灯依旧。不见去年人,泪湿春衫袖。"这首流传千年的诗句最终被后人附加在一个男人的头上,不但显得可笑而且显得荒唐。事实上,在男权主宰一切的社会里,这也是唯一的结果。除此之外,没有更好的结果可供它卑贱的命运栖息。朱淑真父亲经商欠了商贾的钱,面对繁重的债务无力偿还的父亲,只能用婚嫁的方式来抵消。朱淑贞虽然有一万个不愿意,但父命岂有不遵之理,只能喊冤含泪与他不爱的男人拜天地。在这里张廷珍作为一个女人,十分痛惜地喊道:"淑贞呀,你的才气就是你的痛苦,你的美貌就是你的枷锁。淑贞,你嫁了一个你不爱的商人,这注定了一生你要比别人坎坷。"这也就是我所说的关于《野史的味道》所要向我们表达的。为历史翻案,为今人佐证。"我老不安定,因为我常常需记起那些过去的事情……有些过去的事情永远咬着我的心,我说出来,你们却以为是个故事。没有人能够了解一个人被这种上百个故事压住时,他用的是一种如何的心情过日子。"面对那些被歪曲的事实,她冒天下之大不韪站出来说话,说那些被风尘稀释了的过去,那些离今人越来越远的历史。

在《谁辜负了西楚霸王》一文里,她用令人惊讶的笔墨活脱脱地勾勒了异化了的人的面孔。她借项羽和刘邦的事情讽刺了中国人的奴性思想。这一切似乎都不符合中国人的性格和处事原则,但这一切都是真实的发生。历史最后给西楚霸王的归宿就是"泪洒乌江,绝命乌江"。在张廷珍这里,我们看出一个母性女人何其宽广的胸怀,这是男权社会里这些"男人们"永远都不会拥有的东西。

在写到人和人为权欲争宠的时候,她写了一代才子曹子建的悲情故事。我们知道曹操有三子,子建最有才。曹子建目空权势,这样的人也难免在政治上遭受挤兑和伤害。尽管这样,子建还是赢得了父亲曹操的几分宠爱,可惜只是几分呀。在文中张廷珍也直言不讳地说:"文人啊,轻薄的文人。曹植太是一个文人了,沾惹政治是他一生的失误。因为他在无形中得罪了兄长曹丕,一个有吞并八荒之野的政客。"子建的悲就悲在这里,目空权势又想得到权势。这样的人怎么能在一个斗智斗勇玩狠玩阴的时代里建功立业呢?

在生存的屈辱和历史的厚重面前,张廷珍的笔墨一点地不怜惜。比如在《无字碑上的字哪去了》《火中浴血凤凰》《老虎是否吃人》及《皇权王国的精灵》中写了一代女皇武则天的故事。有关武则天的谣言和传说除过正史,野史的版本太多了。说她趁丈夫患病篡夺皇位的,说出卖色相的各种各样。在张廷珍这里这一切似乎都不足以成立,她所信奉的是历史的必然规律。简单来,说就是在一个特定的时代必然要出现特定的人,这就是历史。从这一点上我们可以看出,张廷珍对待历史的态度是多么令人敬佩。

二、对话现实

张廷珍作为一个女人,她在眼望历史的同时也不忘回归现实。这一点与当下很多作家是有区别的。当下很多自认为能对历史说几句话的人在历史面前总是喜欢把自己当作"历史法官"来看待,殊不知这样的想法已经破坏了解构历史的意义。而张廷珍不是这样的,她的历史不是圈养的历史,她的历史来自野性放养。对待现实的态度也是一样的。在《文学的温度》一章中,她的笔墨对现实的讥讽到了智慧的程度。借历史上李白的狂傲和弱点讥讽当下猥琐的人群,事实也正因如此。李白在很早以前就写过"天子呼来不上船",可天子一呼他还是屁颠屁颠奔赴长安去了。想想自己将要建功立业了就不时地摩摩拳头擦擦掌。到了长安以后,李白在王维的盛情款待下,写了下了恭维杨贵妃的诗句:"名花倾国两相欢,常得君王带笑看。解释春风无限恨,沉香亭北倚阑干。"李白的恣意在很大程度上剥夺了王维在君王面前的宠幸地位。于是王维在极端的嫉妒和愤懑中,把李白从宫中踢了出去。由此可见,人在权欲面前的萎缩的一面。真是悲剧啊!这就让我自觉不自觉地想起了厨川白村先生在一本书的序言里说的一句话:"文学是苦闷的象征,在这本小说中有抒发沉痛心情的纪念文字,也有细致辨析的实证记趣,细细想起来确实都是孤独的写作状态下的心灵体验。"这样的体验对于张廷珍来说何尝又不是孤独的呢?这一切都是来自一个人的良知。"我不过是站在良心的立场上写作,描述在路上的苦难和尴尬,但不是说我本人是绝望的。正如有光就意味着有暗一样,你若退出光明就必将进入黑暗。今天你站在光的地位向黑暗注视,但并不意味着接受它,而是给它一个良知的态度"。

是的,就是这些良知,让她的文字疼痛了许多。她说:"'疼痛的文字'最靠近真实,最靠近现实,只是因为缺少了某些原有的借口和依托而写得隐讳,这是最让我难过的部分。流畅的文字,通顺的情感表达方式,种种难言从而构成了文字的疼痛。世事的艰辛,人与人交流的艰涩,所有的东西都是文字难以涵盖包容的。"我想每个有良知的作者读到这里都有自己独特的感悟,不管是简单的还是复杂的,我相信这是些能让人痛并快乐的文字。我们知道,即使在文明程度提高了的今天,一些家庭的婆媳关系依然处于紧张的状态。她在《琐事》一文里风趣又感伤地叙写着婚姻家庭里的种种。从买沙葱做饭到饭后简单得近乎枯燥的娱乐节目——看电视写起。婆婆虽然在这个家庭里住了三年,但和作为儿媳妇的"我"总是有着一层难以消除的隔阂。这种隔阂,无论细腻或粗糙的,"我"怎么努力都无法消除。婆婆刚来时和儿子看电视,只要我一走近电视,婆婆立刻就到自己的屋子里。还有在写婆婆和外人交流的时候,别人问她在女儿家还是儿子家,婆婆总会理直气壮地说在儿子家,这些生活的细碎片段无不清晰地展现着当代婚姻家庭的种种难言。尽管女性一再要求独立和解放,从表面上看,今天的女性确实也获得了一定程度的独立和解放。但在人的传统观念里那种浓重的腐朽的"男尊女卑"观念依然占据重要地位。每当这个时候,为人妻为人媳的"我",只能把生活的破碎和无奈的忧伤用和儿子对话逗趣的方式来消解。我真的感念在宁夏还有如此细腻而又丰富的作家。读这样的文字让我感动:"这是唯一的最后的抒情。这是唯一的最后的草原。青春的你紧紧地关着房门,在屋子里放着伴奏带,一遍遍地朗诵我的诗《倾听》。哦,亲爱的,只有你,才能真正懂得,穿过一滴泪,有时需要一个世纪。"

当然,有关这本书的文学性我还是希望能作出一个客观的评价。这本书本身带给读者的文学价值可能稍显欠缺,但它的意义已经超出了作为文字本身的意义。她用女性主义视角来解读男性社会里的权与欲、爱与恨,仅此一点就足够。

最后,让我们一起带着对张廷珍的祝福,期待来自她的久远和旷古。

兰喜喜,宁夏文艺评论家协会会员,《黄河文学》编辑。

在文字的波光里荡漾

◎杨军民

　　三校稿件准备回寄了,我把办公室的门关上,静静地凝视着这一摞黄白的纸张。说是中短篇小说集,除了一篇略长外,其余都是短篇。这些小说写作的时间跨度在10年以上,有的是在我最早供职的那家瓷厂写的,如《祭红》《帮我出个主意》《牵牛花》,有的写在瓷厂破产后我外出打工的日子,如《阄货》《过年》。小说的题材以农村为主,当然也有几篇反映城市生活的。

　　这些年一直在研习小说,尤其是短篇小说的写作,也一直在追问,什么是小说?没人给我标准答案,我的理解是:小说是生活折射出的一缕虚光;小说是一种一触即发的"势";小说是对生活中一些零散元素的剪裁和戏剧组合,让平面的生活锐利而闪光;小说不是要告诉你什么,而是激发你想到什么。鉴于此,我尝试让《活菩萨》里的铁匠以慨壮甚至惨烈的方式完成自我救赎;尝试让《吼叫》里的"瞎子"的吼叫,《阄货》里"老张"的屈辱撕裂一些生活的阴霾;尝试让《帮我出个主意》《牵牛花》《入殓师》《行走的水杯》等篇幅里的那些小人物的艰难生活拨转一些视线角度,给他们一些观照;《男左女右》《沭河叙事》《过年》《小诊所》《母亲学医》等都在写故乡、写童年、写父母,那里是我写作的动力和源泉,每一次写到他们,我心中就充满了欢愉和感动。

值得一提的是《狗叫了一夜》的写作，自认为那是一篇不错的小说，当时发在了《朔方》短篇头条，主要写了近乎白热化的权力交锋和弱势人物"哑巴"的生存现状。我把一条狗写死了，它是权力争锋的牺牲品，为此，很多读者留言质问我："狗有什么错，为什么要把它写死？"我无言以对。《金色狮子》是另一种风格的小说，企图向卡夫卡致敬，这篇小说的含金量到底如何，我尚不知，暂且存在这里，待读者评价。

写作是艰难的，每一个写作者的神经都是敏感而脆弱的，他们潜意识地抵御着权力，怀疑着世俗，他们一直在抗争而不是随波逐流，所以他们很难。尤其是在这个欲望与金钱的时代，写作的回报实在是微乎其微。但写作又是令人愉悦的，这个世界不光有权力纷争和财富聚合，在世事和时间的间隙，在人心和道义的担当里，总有温情和感动，总有仗义和执言，总有阳光和雨露，为了真情，为了爱情，为了人世间的花红柳绿，海晏河清，我们有必要把那些纯洁的温暖和绚烂奔放的片段记录下来。

原来那个寄放着我的青春和爱情的厂子破产了，曾经占据了半边城市的企业片瓦无存；原来那些见证过我的辉煌和潇洒，我们一起流汗的同事和朋友，他们的脸面上都已经沟壑纵横，实际上已是另一个人；还有我的青春和梦想，也已经随着光阴沉入了记忆。逆着时光去看，似乎处处都是伤感和失落。这些文字，这些叫小说的文字，却争先恐后地在这里集合，热情洋溢、摩肩接踵地注解着过往，天哪，我们看似轻巧的写作，实际是在为时光树碑，为岁月立传呀！

写得累的时候，我会说费这劲干啥，有这功夫啥都干好了。更多的时候我会想，感谢上天给了我一支笔，不写，我又能干些啥？

惊蛰已过，春风将至，窗外花圃的枯叶下，植物悄然绽放着嫩芽，阳光明亮而耀眼，又是一个春天！

杨军民，中国作家协会会员，石嘴山市作家协会主席。

重塑英雄、崇尚英雄的时代

——长篇小说《积案迷踪》创作谈

◎吴全礼

英雄是民族最闪亮的坐标。习近平总书记指出："一个有希望的民族不能没有英雄，一个有前途的国家不能没有先锋。"任何民族和国家如果没有英雄人物所代表的价值追求，就不可能有自己的精神坐标和前进力量。

这是求是网评论员文章《一个有希望的民族不能没有英雄》中的一段文字，我想对于"时时有流血，天天有牺牲"的警察群体来说，英雄人物更应该成为这个群体闪亮的精神坐标。"国家安危，公安系于一半"，既是给予公安机关的极大荣誉和鞭策，也是赋予这个群体的历史使命。天下事莫大于国家安危，光荣事莫大于为之献身。危难之处显身手，职责使然流血牺牲在所难免，然而能够成为英雄的毕竟只是少数，更多的是默默无闻的无名英雄，为了国家和人民的安危，抛家舍业，无私奉献着自己的一生。

对于那些不是英雄，同样奉献出一生的公安民警来说，有多少人能在世人心中留下些微的痕迹呢？他们没有惊天动地的丰功伟业铸就的辉煌荣耀，过着波澜不惊的平淡的日子，做着平凡无奇的业务工作，犹如公安事业的一颗颗铺路的石子，用多彩的青春和一腔热血无怨无悔地守护着一方平安。在日复一日繁忙琐碎的日常工作中,加班执勤成为家常便饭,长期不规律的饮食和睡眠,造成身体遭受多重病痛折磨,有的落下终身残疾苦度余生,有的英年早逝留下孤儿寡母,更多的是直至青丝泛白脱下戎装走向暮年。回首往事,辛劳忙碌了几十年,似乎没有留下可圈可点的耀眼成绩,然而公安事业的发展离不开他们的辛苦付出。

三十余载的从警生涯中,身边不乏"神探"般因破案屡建奇功的英雄模范。然而,随着时光流逝年华老去,他们的事迹和荣耀,也如流星一般,从浩瀚的星空滑落,不为人知,特别是那些为之献出了生命的英雄人物。以什么样的方式,能使他们的精神绵延传承,为后来者照亮前行之路?能让更多的人了解那些无名英雄的默默付出,这是我创作这部长篇小说的初衷和动力。只是一部小说再长的篇幅也难以容纳下太多的人物,况且要想将人物的精神世界映照出来,不单单是通过那些舍生忘死的高大上的英雄事迹。英雄也是普通人,警察也是肉体凡胎,常人所有的苦恼烦忧,他们也难以避免,通过其家庭、情感等人生百味多角度的展现,才能将人物描写得立体鲜活。诚然,职业对人物的情感也是有塑造性的,尤其像警察这种"刚硬"的职业,听上去如同一架冰冷的机械,冠以"人民"二字又使其具有"铁血柔情"的一面。只有走进他们的内心和生活,才能看到有血有肉的真实的警察形象。

小说所涉及的人物卓奇志与曲怀波,及其双方的子女及孙辈之间的恩怨情感,卓奇志与徒弟大陶之间的师徒情谊,以及故事发生地图兰镇的兴衰,其中的许多故事都发生在我七八年片警工作经历中。查处案件、调解纠纷、走访入户……每天看到听到的那些家长里短、油盐酱醋的琐碎事里,事关一个个家庭的喜忧冷暖。当时也没觉得有多走心,写这部长篇时许多事却很清晰地出现在脑海里,当时觉得这些琐碎事烦心费力又凸显不出成绩,当它们变成了笔下的故事时,却让我滋生出对那段日子一去不返的怀念,也正是在处理这些琐事的过程中,自己才不断成长成熟了起来,对人生人性有了比同龄人更加深刻的认识和感触。回头想想,那一段日子馈赠于我的不单单是这些能变成文字的故事,还有很多无法付诸笔端的往事,对我来说也是文学创作的财富,所以说每一段光阴都不是白过的。

从职业警察的角度去写警察,更能贴近他们的生活与情感,感同身受的无距离感,能使笔下的警察具有烟火气,而不全是有些"神剧"里的超越常人远离世俗的"高大全"式的警察。他们想方设法地解决群众的疑难与纠纷,甚至为了群众的安危不顾及自己的生死,可有多少人知道他们也有无法化解的痛苦与无奈?小说中的主人公卓奇志饱尝失子的苦痛,依然奋战在为民除害的破案一线,直到脱下"战袍"才开始着手事关儿女的家事。

现实生活中的卓奇志,是由一个小片警成长为破大案的神探刑警,双子被害却不能全心尽力地去侦破,不全是法规纪律的无情,发案现场的隐秘和痕迹物证的缺失,以及当时的科技手段的局限性,使案件变成了积案。对破获了许多大案要案的老侦探卓奇志来说,无论遇到多么棘手的案件决不罢手放弃。在他看来久侦不破的那些积案都是公安机关和警察的耻辱,再狡猾的犯罪分子总有露出马脚的时候,退休后依旧心怀执念,对此案抽丝剥茧找出真凶,结果嫌疑人并没有以大快人心的方式受到应有的惩罚。看似有些出乎意料,实则又在情理之中,生活在恐惧之中的耿晓琴生无宁日,选择了一条不归路,已回头无岸,也受到了"天道"对她的惩罚。卓奇志无法使双子起死回生,却用人性的光辉照亮了那些邪恶的心灵。

卓奇志只是警察群体中的一个代表,但他的人生历程中遭受的那种锥心的痛,同样具有代表性。警察也是人,担负的职责使命使他们不能等同于一般人,正如入警誓词中的那句:矢志献身崇高的人民公安事业。当你举起右拳庄严宣誓的那一刻,你的生命不只属于你自己。在宣传岗位干了十几年,多次经历过对在岗位上突发疾患去世的民警事迹的采写,有的未到不惑之年,有的正值壮年,上有老下有小,家庭的重担留给了妻子,白发人送黑发人的苦痛……有的虽然挽回了生命,身体留下了终身残疾,再不能健步如飞地奔赴岗位,落寞的眼神令人心碎。每一次书写这样的稿件时,文字伴着泪水,有时难以自禁掩面大哭。也看到满头华发的老民警临近退休还在坚守岗位,办完退休手续转身离去时,笑容里满是恋恋不舍,即便从警几十年胸前没有一块耀眼的奖章,他们的从警生涯中也有可圈可点的闪光之处。

三十余万字的小说完成之后,心中的块垒似乎并没有完全得到释放,笔下的警察只是这个群体中微不足道的一小部分,并不能展示所有警种的警察形象;笔力不逮,也没有写尽这个职业的苦辣酸甜,与跳出圈外看警察的同行相比,也有写得不到之处。不过,至少算是完成了一个写自身职业的心愿,对自己的一段人生经历有个交代,留个痕迹。

　　吴全礼,笔名北方,中国作家协会会员,石嘴山市作协副主席,全国公安文联会员,鲁迅文学院第二期公安作家研修班学员。

专题·石舒清

"重述":石舒清小说的叙述变革

◎李　旺

石舒清三十年间执着于向故乡倾诉,塑造故乡。近年来,石舒清决心突破叙述故乡的固有写作方式。"我想拓展一下写作路子,以前一直是写西海固,积累的那点生活好像写完了,因自己收书多,每每看到动心的人物或事件,都想以小说的笔法重述一下。但是好像得不到广泛认同。我发现我是固执的,不会因人言语,而改变自己的路子。这令我高兴。就好像一个人,捡到了一块金子,无论别人怎样说铜说铁,都不会影响他的心情似的。"(石舒清《看书余记》,江西教育出版社2021年版,第131页)这段自剖是他2013年所说,可见作家寻求叙述改变的决心由来已久,并且苦心孤诣付诸实践。最新的短篇小说结集《九案》所收小说除《二爷》等篇外,都是对听来的故事与读来的故事的"重述"。"重述"可以看作石舒清小说新变的核心特征。

从故事到小说:"重述"与个人性的获得

《听来的故事》《父亲讲的故事》《古今》《凌伯讲的故事》《向阳花》等小说是叙述者"我"从别处听来,讲故事的人有的是经人介绍初次相逢,有的是邻居,还有父亲、母亲、外爷。有的故事是讲故事者的经历,有的是代代相传的民间故事。不论哪一种,这些故事经过重述,都具有了强烈的个人性。个人性是故事变为小说的关键。获得个人性依靠的是叙述方式的改变。

首先,通过人物的眼睛讲述。故事发生时间距离当下已经久远,但经过讲述就获得了如在目前的效果。这得益于用人物的眼睛观察、用人物的口吻说话。"那一次是国军和日军打了一仗,战斗很激烈很残酷。两方面都是拼了命打。"这是《一件军服》的开头两句。"日本仔一来,村里人就逃到山上的林子里去。""我们这里的人习惯养鹅。"(石舒清《九案》,中国文史出版社,2020年版,以下引用原文均出此书)这分别是《军马》《鹅柜》的开头第一句。三则故事将会写到乡亲偶然死于日军枪下,同村人分吃日军军马,爷爷误听导致孕妇流产引发村人怨言。故事都发生于抗日战争时期,但小说没有对时代背景做全景介绍,只是从人物的眼睛看,具体。拉家常一般,平铺直叙。但正因如此,才细致写出了战乱中小人物的日常。《相亲》写的是抗美援朝故事,开头第一句:"一九五一年元月,在河北晋县一下火车,干部战士的帽徽胸章就换了,换成了志愿军的帽徽胸章,一下子从解放军变成了中国人民志愿军。""在河北晋县一下火车,干部战士的帽徽胸章就换了"这一句让宏大的历史变动迅速来到具体入微的个人情境,当兵在外六年没有回家,已经胜利在握,战争又突如其来,战士凌伯感受震惊也消化震惊,心境复杂。《米酒》讲述抗战时期谢运来作为堡垒户的经历。第一段这样写:"皇军进村的时候,都是骑着马。在马上可以看得远一些。都是穿着靴子,挎着马刀。这就是我对他们的一个记忆。他们来了,我就装扮成一个良民,可怜兮兮的。其实老子是民运队的。专门断他的路,拆他的电线的。他们来了,老子也跟着说,皇军好,大大的好。老子心里头给他们是另外一套。"读者从小说开篇就与人物的视角、人物的眼睛、人物的口吻无缝对接,从谢运来的角度直观形象地体会到了立过功勋的堡垒户在回首往事时,对自己策略计谋、假戏真做的自信骄傲。

《听来的故事》《凌伯讲的故事》开篇都出现过叙述者"我":"下面这几桩事情是经李春俊兄介绍,由深圳大浪村的两位客家老人讲给我的,一个叫谢月如,一个叫谢运来,讲的都是日本人的事。""时间长没写东西了,虚度光阴总是不好,闲着也是闲着,且把老人讲过的,与抗美援朝相关的几桩往事,转述在这里吧。"但故事正式开始之时叙述者"我"就消失不见,故事讲述完全如前所述交给人物的眼睛。詹姆斯·伍德把人物内心的语言和想法从作者的标识中解放出来的叙述方式称作"自由间接文体"。"只要一开始讲关于某个角色的故事,叙述似乎想要把自己围绕那个折起来,想要融入那个角色,想要呈现出他或她思考或言谈的方式。一个小说家的全知很快就成了一种秘密的分享,这就叫'自由间接体'。叙述似乎从小说家那里飘远了,带上了人物的种种特征,人物现在似乎拥有了这些词。作家大可以把描写的所思所想往里折,使之围绕着人物自己的词汇。"(詹姆士·伍德著,黄远帆译,《小说机杼》,河南大学出版社2015年版)石舒清小说的民间故事重述以人物眼睛叙述体现了詹姆士·伍德所说的"自由间接文体",获得了千人千面的人物个性。

其次,全用口语,叙述者态度淡出,抒情克制。石舒清此前小说作品的叙述语言擅长表现主体感觉,属于书面化的抒情叙述。名篇《清水里的刀子》《果院》《开花的院子》无不如此。但《九案》所收小说只有《公冶长》结尾"窗外,星光灿烂,听得神秘的夜风轻拂着窗纸,像这世上有着无尽的故事,可供人一遍遍复述和聆听似的"和《刘玉如》结尾"我好像看到刘玉如平添出很多手来在打很多算盘的样子。算盘珠儿震耳欲聋又好像躁动无声",体现了一贯的主观化诗意叙述风格。其余诸篇不论是叙述故事发展、展现人物心境、交代故事结局全用口语:"家里人建议曹居中去见见牛副司令,不管认对也好认错也好,先去叫人家看一看嘛,反正是他牛副司令想看人,又不是咱们追着去认他,一认要不是,咱们再回来嘛,又伤不着咱们的一根毫毛。"这一段写曹居中被批判之际,家里人劝说他去寻找如今已经发达的牛副司令获取帮助。"家里人建议曹居中去见见牛副司令"这一句是叙述者的客观介绍。从"不管认对也好认错也好"开始,就都是曹家人的口吻。如同他的妻女站在他的面前,碎碎叨叨,苦口婆心,推心置腹。叙述者淡出、隐蔽、消失不见,人物的声音取代了叙述者的声音。人物的声音与叙述者的声音融合。叙述者不再是讲述与自己无关的故事,而是完全融入人物的世界。"这一次是曹居中犁地用的那头草驴,不知道得了个啥病,白眼睛一翻,吐着沫子死掉了,这更不得了了,曹居中你个反动军医,你又是打铧,又是叫农业社的驴吐着白沫子死了,你究竟想干啥?你不是个医生么,你看着农业社的驴吐白沫子,你咋光是个看,你咋不救给一下?其实曹居中没看到驴吐白沫子,驴是晚夕死掉的嘛。""这一次是曹居中犁地用的那头草驴""这更不得了了"是叙述者的叙述,交代曹居中又一次被误会的原因。"曹居中你个反动军医"到"你不咋给救一下"全然是阶级斗争意识武装起来的村民的得理不饶人,声嘶力竭,步步紧逼,唾沫横飞。活画出了一场有罪推定的村民大批判场景。"其实"话锋一转,叙述回到叙述者这里,点明曹居中不可能害死驴的原因。从这一句的迅速一转,可以看到叙述者是隐形的在场者,但即使在场,对叙述的权力也十分警惕克制,并没有公开议论村民对曹居中的指责,而是以村民的语气口吻简单指明了事实——"驴是晚夕死掉的嘛。"《老虎掌》中的王嘴嘴和马凤歧是当地财主,都曾想讨好省府主席的女儿进而巴结省府主席,但最终都没有成功。王嘴嘴最先计划落空但后来又因祸得福,有意外之喜但结局唏嘘。"这个事情往后时间不长,就到了改朝换代的时节,蒋介石打不过毛泽东,尻子一拧,跑到台湾躲心闲去了,朱为良是省主席嘛,留下来危险得很,再说人家走嘛也是方便着呢,就带着一家老小也跑到台湾去了。王嘴嘴听到这个事闹活着要上吊,跌死跌活地要上吊,一家人跟他争着夺上吊的绳绳。"四两拨千斤的民间智慧,老百姓以不变应万变的心理适应,对于超出自己理解范围问题的自圆其说获得自足,都通过方言口语、民间谚语表现出来。这样的评价是讲故事的父亲和三外爷的语言方式,叙述者全部照搬,没有做任何多余的额外评说,叙说者的介入度降到最低。"解放后他家大业大,不跟新政府合作,口气还大得很,脾气也糟糕得很,就叫一枪给毙掉了。王嘴嘴呢,他原本是个富汉,把点家底都挪腾给了少姑娘,解放后他也是穷得屁淌呢,园子河人就是想给他弄个地主的帽帽儿戴也戴不上。"王嘴嘴和马凤歧最后的人生结局,有许多故事可讲,但叙述者没有做更多评说,在讲故事人的感慨中结束。

再次,细致展现人物情感体验。《尤高寿》中的尤高寿是从国军中解放过来的战士,内心深藏着婚姻带给他与母亲的屈辱。战友"我"在了解了尤高寿的隐痛之后理解了他的沉默与无奈但又爱莫能助。抗美援朝期间,作为炊事员的尤高寿在一个风和丽日的午后中弹牺牲了。"我"无法接受尤高寿的死:"尤高寿哪里去了?他倒好像是大石头边逃脱了,倒好像是他藏在了哪里,随时都可以拍打着尘土笑着走出来。我当然清楚尤高寿哪里去了。当兵多年,见过各种各样的死,从来没见过一个人的死,会像尤高寿这样找不到一点踪迹。这和看到一个人实实在在死在那里是完全不一样的,从那以后,只要是我一个人,总觉得尤高寿会突然出现在我身边,笑着或者愁苦的样子看我。""我"自问自答,感性与理性交织,既是对尤高寿偶然的死的遗憾、不甘与不平,更是对尤高寿短暂而隐忍一生的遗憾、不甘与不平。《芦浦洞》中的尚和平也是从国军队伍里解放过来的医生。小说首先写了尚和平给"我"的印象:"他给我的印象,就像是一支英雄牌钢笔,又文气又强硬。表面文气,内里强硬。"此后写尚和平被检举贪污,又与驻扎地的朝鲜女人恋爱产生私情。从"我"的角度写了事发后"我"作为部队工作人员去朝鲜女人家里做工作的印象。简陋的茅草屋,屋前晾晒的被子,洗过的衣物在地上滴出的水坑。对此"我"不禁感叹:"生活多么好啊。"感叹是久历战火的人对和平生活的渴望,也许尚和平留恋的也是一份生活气息吧。虽然,"我"不是在为尚和平辩解,但感叹流露出我对尚和平的一丝理解。"她来部队我也没能看到他。我很想看看她长什么样子。"写出了普通人的好奇心。小说最后叙述,在几十年之后"我"才看到荣立三等功牺牲者名录上有尚和平的名字。"我们讲一个故事,虽然可能希望借此传达某种教益,但主要的目标是提供一种想象中的体验。"尚和平始终被怀疑的地位与光荣结局形成的对比,体现了人并不能一概而论的复杂性。此前各种违背纪律的劣迹都可被牺牲立功抵消,但抵消反而是取消了尚和平的复杂性。看到尚和平在立功名单里是在几十年之后,看到后的惊讶凸显了"我"对尚和平既定印象破碎的强烈冲击,也有"我"向来觉得尚和平与众不同的隐秘观念终于获得证据的踏实感。

从历史记录到历史对话:"重述"与人性的还原

《范月英》《刘介梅》《刘玉如》《公冶长》《九案》大多取材于新闻报道、档案材料。《公冶长》虽不是来源于报道和档案,但也有人物原型。如何将历史实录变为小说虚构,从案件描述向人物命运叙述转变,这一重述中关键问题的解决得益于小说叙述与历史叙述的对话、还原人性的复杂,关注历史变化中人性的闪光之处。

首先,叙述的复调与历史人物的复活。小说《范月英》依据的是《安徽日报》1957年的人物报道《勤俭持家的范月英》。如果说新闻报道列举了范月英节约粮食、省钱、增加收入的细节,意在树立时代典型范月英,那么小说叙述则在复述这些报道过程中追问这些事迹何以发生,表现出对曾经的时代典型的同情。报道中范月英的节约事迹主要包括在每人每年口粮三百六十九斤,全家总共一千四百七十六斤的情况下,年终结余一百多斤,全家分得六十四块现金还掉欠款五十所余十块度过全年。节省细节主要是以理服人,让丈夫因拿两毛钱买了两包香烟而感到羞愧并退掉香烟。小说对这些细节的复述都加了引号表示对原报道的照搬。与此同时,小说表述了叙述者"我"对这些节省节约的疑惑与质询:"读着这样的文字,一边佩服着范月英的善于过日子外,也不禁想,若如此,那么干脆不吃饭,或者像一种特别的功能那样,干脆吸风吃土,分得的口粮不就全都节省下来了吗?"叙述者的追问,问出了范月英以及范月英生活时代的本末倒置。"她充其量只是一个全心全意兢兢业业过自己小日子的人,是我们芸芸众生中最常见最不起眼的一个,是不该把她弄到报纸上去的。把这样的人弄到报纸上去,是想说明一个什么问题呢?是要达到一个什么目的呢?"叙述者对特殊年代的叙述逻辑提出了质疑,也对其时代逻辑提出了质疑。那个时代塑造的时代典型其实也就是竭尽全力讨生活而已,即使是最基本的温饱需求也需要付出巨大的道德代价。作为历史的后来者,叙述者对于范月英如何应对此后更加激进年代里的日常生活而感到揪心不已。作为时代典型,时代对她的要求比常人更为严苛,她应对的空间比常人更少。而时代会对她提出更高的要求。时代要求与时代要求的自我内化只能让个人诉求的渠道更加狭窄。

　　小说《刘介梅》依据的是《湖北日报》的文章,文章报道了刘介梅的思想检讨,检讨他积极参加土改而在合作化开始之后思想发生严重动摇的转变。小说不仅叙述了刘介梅的检讨,而且叙述了刘介梅思想发生变化的原因。这使得小说不再等同于新闻报道的思想改造说明,而是刘介梅的自述衷肠,写出了历史巨变中个人与历史的共振:"对于如此的变迁和礼遇,刘介梅自然是五内热烫到不能自已的""显然,区委书记之所以让刘介梅出去工作,像那个时代所特别强调的,是看中了他的出身清白的原因。"同时也写出了个人的被动性,个人与历史的疏离感。刘介梅检讨原文与叙述者的评议同时出现,改变了报道中刘介梅的自我批评形态,变成了刘介梅与叙述者对话交流的形态。"说话听音,从刘介梅的口述中,可以看得出刘介梅这个人对政治的兴趣是不大的,他的兴趣主要还在于搞生产"表现出一种体谅式叙述,在分得的田地和新婚的妻子之外,促使刘介梅回归小家庭的根本原因在于对农业生产的热爱,而报道中就此判断为一种政治退步还是失之于简单了。"复调小说整个就是对话的。小说结构上所有成分之间都存在着对话关系,即它们以对位法的方式相互对立。……在这个大型对话里面,回响着主人公表现在结构上的对话……;最后,对话转向内部,转向小说的每一句话里,把它变成双重声音的;对话也转向主人公每一个姿势中,转向面部表情的每一个变化上,把它变成间歇的和断续的;这已经是'微型对话'了。"(巴赫金《陀思妥耶夫斯基诗学问题》,中央编译出版社2010年版,第47页)在对历史记录的质询与历史判决的对话中,历史人物得以展现其丰富的心灵世界。

　　其次,再现人物的心理活动。取材于案件的小说,人与事的结局都记录在案,实有其人,实有其事。小说叙述把重点放在再现人物的心理活动上。对人物何以走到如此,何以成为案件中人做了补充叙述。人不再是律法严明的例证而是置身于复杂情理中的活生生的生命。《烟泡儿》的判决结果是"后来经隆德县知县陈文明勘验提审,以伤害人致死律,判处马双娃、买存花各有期徒刑八年。甘肃高等检查厅复审时持有异议,发还原审再审,经隆德县知事刘长基于民国四年(1915)复审,认为马双娃、买存花均属防卫过当,致死人命,即判处二人各无期徒刑,并褫夺公权各三十年"。案件记录义正词严,不可撼动。但小说却复原了当事人曲折多变的心理。长工马双娃生病肚子疼,主家李万寿按民间偏方让马双娃吸食鸦片治疗。儿媳买存花帮助马双娃吸食鸦片之时,被丈夫李烂眼子误认为有奸情大发雷霆。最终的结果是买存花解释过程中差点儿被丈夫打死,马双娃自救却杀死了李烂眼子。李万寿做主装聋作哑此了事,不料被邻居揭发,于是有了上述判决。小说是从李万寿开始叙述的,自己向来早起,同时看到长工早起才会心满意足。当他看到长工马双娃确实肚子疼的情状时:"李万寿想都没想就说,你先忍一忍,我给你寻点药去。带上门出来,李万寿心里一时有很多想法。他想不能叫马双娃回去,回去最少两三天,该他做的活计谁做?他回去缓病了,那么这期间的工钱咋算,是给还是不给?给的话给多少为合适?想来想去,就觉得马双娃最好还是不回去为好。……"想都没想就脱口而出制止长工请假,然后思前想后考虑如果答应长工回去带来的种种后果,以及早起对长工的暗中督促,都可见李万寿的精于算计。但小说写到妻子出主意抽鸦片治肚子疼时提到了儿子李烂眼子,"儿子烂眼子一夜未归,一定又是要赌去了,李万寿拿这样一个又抽又赌的儿子没有办法。"小说并没有对父子关系多讲什么,但前面铺排了李万寿的精明会过日子,此处儿子夜不归宿又抽又赌却无能为力,反差强烈,精明的李万寿也有无人能治疗的心病。"婆姨说,烂眼子知道了恐怕叫嚷呢。李万寿说,他嚷开了叫我。他们把自己的儿子同着别人一样叫,也叫烂眼子。"这一句可以见出父母对于一个已经超出自己管理能力的儿子的认命态度。

有了这些前提,当马双娃打死烂眼子之际出现默认的处理结果就并不奇怪。不能说置烂眼子于死地是父亲李万寿的心中所想,但既定事实出现,还是击中了无奈的李万寿的隐秘愿望。可能还包括李万寿夫妻二人不可为外人道的苦衷,不让马双娃回去是他自己的决定,让马双娃抽鸦片也是他们夫妻二人的决定,这个决定却害死了儿子。等这一切叙述完毕,再看判决结果,虽然前者是依托后者而虚构,但已经超越了后者,涉及父与子的妥协、决绝,亲情的边界与限度,体现了人性的复杂性。

再次,对历史变迁中人性永恒的书写。小说《公冶长》复述了木匠孙贵讲的《公冶长》故事,也叙述了民间文学研究者孙富生与木匠孙贵的相处。孙贵因为讲故事投入锯断了檩子,故事就此中断,还给东家赔了钱。孙富生耿耿于怀,对孙贵满是歉意。劫后归来的孙富生重访故地想再听《公冶长》,可是,孙贵已经故去。小说写孙富生从补发的工资里补偿孙贵的儿子,但孙贵的儿子礼貌地谢绝了,正如同二十年前他提出与孙贵一起赔偿檩子的损失时,孙贵拒绝了一样。不过,孙贵的儿子却理解孙富生的遗憾,临别时讲了一个并非父亲传授的同名故事。孙富生为父子相承的真诚而感动。这对于刚刚从苦难中走出的孙富生意义非凡。

民间文学专家孙剑冰与他采录的故事集《天牛郎配夫妻》是小说《公冶长》的人物原型与故事原型。据孙剑冰先生记载,他二十年后重到乌拉特前旗,并没有见到孙贵的后人,听孙贵儿子讲故事更无从谈起。未完成的故事与他对孙贵的愧疚就是永远的遗憾了。正因如此,小说才浓墨重彩地虚构了孙富生与孙贵儿子的见面,孙贵儿子讲故事给他听。因为只有这样才可以书写人与人之间的信任产生的永恒力量。孙贵从孙富生那里感受到的信任与尊严,孙富生从孙贵那里感受到的耿直与纯粹,穿透劫难和死亡弥散出人性之光。这个未尽的故事可以看作是孙富生抗拒劫难的心灵力量。"重新听公冶长的故事,已到了一九七九年。这期间世上不知又发生了多少事。要说的是,孙富生终于活下来了。又回到了自己喜欢的民间文学领域。此等幸运,无异重生。孙富生先生是深知这一点的。与其痛定思痛，莫如抓紧时间劳动起来。这是孙富生先生当时最为清晰和坚定的思路。比起死了的，自己还活着；比起疯了的，自己还算清醒。这就好。重新着手民间文学第一站，孙富生就回到了乌拉特前旗，回到了傅家圪堵。孙贵，老朋友，时间把我变得不像样子了。我就带着这个不像样子的自己来看你了，把没讲完的故事给我讲完吧。留半截儿在你的肚子里你也是不舒服嘛。孙富生先生想着一见到孙贵，第一句话就是，我要我的那半截公冶长来了。"孙贵、未讲完的故事对于孙富生具有精神疗救意义。《公冶长》故事的中止与孙富生学术生涯的中止平行对应，《公冶长》故事得以延续也如同孙富生的学术生涯重新开始。小说《公冶长》已经超越故事《公冶长》，而成为孙富生人生的隐喻与象征。"今年春天，我又去中滩，未能去傅家圪堵，未能见到孙贵的后人。听说他已作古了，大概是一九七八年的事。特志，以纪念这位老人。一九八二年末一个月。"（孙剑冰《天牛郎配夫妻》，上海文艺出版社1983年版）石舒清小说虚构了孙富生的再续前缘是为了安慰现实中的孙剑冰永远梦断。

结　语

从故事中看到个人，从历史中看到人性，让已经沉默的生命个体重新开口说话，这是石舒清重述小说的价值所在，它不仅仅是题材的开拓，更是赋予虚构以真实的力量。

李旺，文学博士，内蒙古大学文学与新闻传播学院副教授，主要从事中国现当代文学研究。

寻常故事觅新思

——浅析石舒清《九案》中的民间文学色彩

◎高丽君

《九案》是"中国当代实力小说家作品"中的一部,由中国文史出版社出版,所作品时间跨度较长,内容涉猎较杂,是石舒清近年来创作转型的尝试,也是其艺术升华的汇集。他的小说创作,继续遵循中国传统文化的脉络,继承古典文学精髓,汲取民间文学的营养,风格变化明显,结构严谨隽永,笔墨简约意丰,小中见大,微中见著,言约旨远,颇臻其妙。

从著述方式上说,《九案》为笔记体小说,在文体、结构、语言等方面,与作者其他时期的作品相比,都有很大的变化和发展。

民间文学对作家们创作的深远影响。屈原在《九歌》《天问》中,便以大量的神话传说来表情达意,抒怀明志。《水浒传》也是在民间传说、艺人评语、元人杂剧的基础上完善而成的。典型的例子当属《聊斋志异》,蒲松龄曾说:"《狐梦》是毕怡庵讲的,《义鼠》是杨天一所诉,《黑兽》是前辈李敬一言。"而鲁迅先生也从《山海经》这本"古之巫书"中,得到了很多启发。当代名家如汪曾祺、孙犁等,都在此领域创有佳绩。石舒清在创作中,也喜欢从民间文学中搜集故事,选取典型素材,在此基础上进行多方构思,完成再度创作。这些故事经过时间的筛选、经过民间情怀的滋养,经过作者的"再次加工",而更具民间气息,更具个性色彩、地域色彩,也更接地气,更有韵味。

　　纵观《九案》全书,作者还是以故乡西海固为创作背景,以家长里短作为叙事主体,以冲淡克制、柔中见刚为主要基调,侃侃而谈,娓娓道来,但这些远近"古今"、逸闻趣事,不管是传说、寓言还是掌故、轶事,不管是耳闻还是目见,不管是官方典籍还是私人拉闲,不管是偶尔得到还是读书所取,不管是引用还是化用,不管是原生态还是新生态,都是作者另辟蹊径,匠心独运的结果。它们均取材于寻常人家、普通百姓,来自口口相传、几度演绎。当有心的作者把它们记在心间、落在笔下,当存于写作宝库中的民间文学色彩的素材经过酝酿,加入香料,勾兑成酿,奉献给世人的,就是一杯杯甘醇露珠、瑶池玉液。

一、民间文学为其转变提供了丰富素材

　　石舒清性格富于"静",哲思气质较浓,文如其人的特征非常明显,喜欢沉浸于生活的潜流中,对生活进行远距离的审视;喜欢把那些被时间过滤掉尘嚣与浮躁、沉淀在生命中、意味无穷的东西记录下来,再经过个性化的叙述与转换,达到自己写作的目的。《九案》就是其中之一。

　　"谈笑为故事,推移成昔年",《九案》共14个故事,几乎都是听"古今"听来的。作者在转述过程中,"说"的是旁人旧事,"传"的是世道人心。他擅长于"故纸堆里寻新理",习惯在西海固的人文地理、生活文化中寻找传承、传播、共享的口头文化与艺术,并把往事的追忆、曾经的陈迹以及口口相传的东西记录下来,这是作者智慧的结晶,创作技巧的提升,也是其内在精神向艺术世界拓展的又一大步。

　　这些隐在民间的故事,因其口头性、传承性、集体性、变异性等特点和社会功用的不同,和书面文学差异较大,因而更能紧紧地粘贴在生活之中,剔除杂乱,显露真相。从《二爷》到《古今》,从《借人头》到《连襟》,其笔下的故事,可分为原生态、再生态和新生态三种。作者的命笔均有着明显的民间故事特征,如《梦溪笔谈》所说的那样,"秀才撰写家书"。尽管每个故事都较短,情节也不波澜壮阔,但蕴含的东西却博大而深邃;尽管叙述方式貌似轻松,

却能探寻背后的因由,还原真相里的真相,显露时代的变迁,人性的复杂。

在被人们津津乐道的《十里店》里,作者以独到的眼光去倾听、去体味、去观察、去把握,在进行了一番择取和升华后,通过通俗浅显的语言,细致入微的细节描绘,复杂多变的内心刻画及特征鲜明的社会环境、生态环境的描绘,徐徐展开了故事,呈现了连续巧合的情节,塑造了鲜明的人物形象。当古今与传闻相结合,当故事情节快速反转,当故事结局令人唏嘘,一个西海固乡村社会的全貌便凸显出来。那些奇闻逸事,命运变化,出乎意料,不可思议;那些情节发展,曲折细致,层次分明,虽远离当下,却颇具现实意义;那些世道人情,人生百态,虽看来有些不可思议甚至可笑,但细细咀嚼,正是我们所匮乏的。唯其如此,作者的东拉西扯、说古道今便有了味道;而通过今昔对比,高低不同就显现出来,作者的版本更合情合理,启人深思,使人心、人情、人性的启示有了依托,警戒、警惕、警醒也有了载体。

二、民间文学为其转变提供了典型形象

作者期望用14个故事,用文学的形式为人们揭示社会现状,再现众生孤独与灵魂痛苦,浓缩历史的微小细节,展现世道人心,启示人们警示社会。《九案》里的故事,或直接记述,或巧妙加工,或为纯粹的创作,却带有明显的民间文学色彩。其中的人物,都是作者精心挑选出来并赋予特别含义的。他们或重情重义,或恪守信用,或无奈无助,或出人意料,都是富有传奇色彩、个性迥然的性情中人。虽然情节不如悬疑小说丝丝入扣,场面不如历史小说恢宏壮阔,人物不如宫廷小说心机重重,但总能打动读者的原因是,口传心授的元素提供了典型形象,简洁明了的语言充实了乡土叙事,鲜活生动的情节丰富了作品内涵,植根于泥土的观照缩短了读者与作品的距离,加上浓郁地方风物和人文色彩,为读者的认可开启了有形无形的大门,为深入人心提供了独特的视角。

最后一篇由9个独立的短篇组成,其原始材料均出自《海原县志》,来自法院卷宗,时代特征非常鲜明,时空穿越感极强。作者在每一个短篇

中,都转述了一个案件;在每一个故事里,都塑造了一两个人物。这些故事都不是直线展开的,而是跌宕起伏,一波三折;这些人物命运,都有悬念伏笔,也有照应回转,更有悲剧和喜剧的相互穿插,以其曲折多变引人入胜,给人启迪。

这些"极摹人情世态之歧,备写悲欢离合之致"的故事,既展现了普通百姓的喜怒哀乐,又表达了世风时风、世俗时俗。这种现实主义的笔法,诚恳亲切,平易朴实,以其特有的精神文化现象、特有的传奇色彩,构筑了一个独特的艺术世界。

三、民间文学为其转变拓宽了创作视野

独特风格,是一个作家毕生追求的目标,也是衡量一个作家优秀与否的重要标准;而创作瓶颈,是每个作家都会遇到的,有时是题材和内容的重复,有时是文体与技法的回旋。一个成熟的作家,要突破创作上的瓶颈,除了要有一颗不断进取的野心之外,还要有一条通往"罗马"的大道。

民间故事被称为"古今"。这种称谓,既突出了口头文艺的自在特征,也为各种艺术创作提供了广阔而深邃的资源。其在西海固作家文学中影响深远,是每个作家都力求汲取营养的海洋。对于石舒清而言,从古籍阅读中获得灵感,从民间文学元素入手创作,运用生活中偶然性的巧合来构成故事的冲突,既突破了成熟作家都会遇到的障碍,也拓展了个人写作的视野;既得到了传统小说的神韵,还赋予了作品新的时代气象,获取到不凡的审美主体。《九案》既汲取了宋元话本中"谐于里耳"的特征,又经过作者有意识的提炼、润色与创作,是他对文言笔记、传奇小说、历史故事乃至社会传闻进行的筛选与择取,对各种奇闻逸事、老旧资料的重新开掘与讲述。

石舒清让自己的创作达到了"文心"和"里耳"的统一,传递了更丰富的内蕴,更深刻的主旨,又承继了以白描勾画人物的手法,把人物置于激烈冲突中来显示其性格特征与内心矛盾,通过反复渲染,悲天悯人,展示民俗民情中的世道民心。

四、民间文学为其转变提供了别样风格

行文气度、叙事风度是一个创作者与其他人不同的地方,也是作家们用来区分自己与他人的重要尺度。石舒清的小说具有较强辨识度的原因,不仅仅是叙事语调的缓慢朴素、冷静客观,选语上的平易近人、贴近生活,还在于行文上理性节制,气度上的平静淡泊。

通读《九案》,均以记叙的散文化空间来描绘,以散文的记述方式来推动情节;当小说与散文语境相互交叉,当略显缓慢的语言方式徐徐铺开,作者注重冷静的叙述中透露人物的神情风貌,借温和的目光来审视笔下的人物;善于用平和的方式来和解矛盾,用饱经沧桑的人生感悟和自我人格来凸现主体;希冀用一颗平常心对来完成对旧梦旧事的叙述,用冷静的关照去处理感兴趣的故事。普通的人物,朴素的画面,节制的情感,简约的素描,删繁就简的形式,见微知著的技法,特别是小说语言中民间文学元素的运用,方言俚语的引用,口语白话的嵌入,令读者捧读再三,欲罢不能,感慨万千,思绪绵绵。

《借人头》重在写人,情节编排跌宕起伏,枝繁叶茂,既有古典笔记小说的神韵,又有现代小说的艺术成分,是一篇经过作者反复推敲的成功之作。其中塑造的人物,个性鲜明,形象生动,惟妙惟肖,栩栩如生。其中一些细微之处的处理颇具匠心,有很强的时代感和认知感。

"他日北山传故事,愿将猿鹤比云来。"总之,石舒清的《九案》,从宏观上得到民间文学的精髓,从整体上借鉴了传统文学的技法,从内容上继承与发展了"古今"的传奇特征;行文风格较为纯净,少有杂质;叙述语言明白如话,富于表现力;人物语言描摹逼真,具有个性化,达到了不事雕琢而自然曲尽事物之妙的境地。这标志着他的创作已完成了阶段性的突变,开始进入更高一级的艺术阶段。

高丽君,宁夏文艺评论家协会会员,中国散文学会会员,鲁迅文学院第二十六届高级研修班(文学评论)学员。

苦难里的温情叙述

——简评石舒清长篇小说《地动》

◎冯华然

《十月》长篇号（2020年第2期）发表石舒清为海原大地震一百周年而创作的长篇小说——《地动》，笔者以为这是宁夏近年来长篇小说创作的一大收获。小说由"本地的事""远处的事""后来的事""附录""海原大地震备忘"5个部分、46个小故事及大地震以来留存的部分珍贵历史资料构成。

关注石舒清文学创作的读者和评论家不难发现，近年来石舒清的文学创作致力于向历史史料寻找创作的素材。功夫不负有心人，石舒清把那些从卷卷书册里寻究出来的粗糙宝石，经自己的刨、锤、打、磨，为读者呈现出了一朵朵精美的艺术花朵。阅读时，笔者在为作者独具的语言艺术折服的同时，也为历史境遇里个体人生命运的遭际而唏嘘反思，像《凌伯讲的故事》（《花城》2018年第5期）和《九案》（《十月》2019年第1期）就是这样的好小说。

有了创作历史史料小说（姑且这样说）的成功尝试，石舒清在大量阅读海原大地震历史资料的基础上，以一颗悲悯的心、一支温情的笔，用文学的方式为一百年前在那场惨绝人寰的大地震中逝去的亡灵写出了挽歌，也为后来生存在这片土地上的人再现了当时的历史，打捞出了动人故事，来缅怀逝者，警醒后人，不忘历史。

一、极具个性的语言艺术

石舒清小说的语言极具艺术个性和魅力,是海原这片黄土地上开出的最美丽的花朵。他把海原民间方言和地域文化融为一体,语言质朴,精炼,耐人寻味比如大地震后对集市上场景的描写:"集市上怪啦啦的,就像坟墓打开,人们从土里出来放风。日头得了痨病似的在灰塌塌的天上一动不动,人们都像耳聋了一样,看见对方在说话,嘴一张一张,但是声音好像是慢半拍,好半天才弱弱地到耳朵里来。人集中起来倒是不少,但给人一种荒败破落感,无论怎么看也看得出,这些人不过是零头余数而已。人们好像都失重了,给人一种浮漂的感觉。"这就是典型的石舒清式的独特感受和话语方式,为我们再现了大地震后集市上的场景,这是真实而又极具个性的文学语言,读来给人很大的艺术享受,仿佛把地震的真实场景又一次生动地再现在了读者眼前。

二、灾难里的复杂人性

可以这样说,长篇小说《地动》里的46个故事,个个都是一篇精致的短篇小说。我在那些故事里读出了人性的真实和复杂。

在《麦彦》这个故事里就典型地再现了人性的复杂和真实,读来令人深思难忘。这个故事讲的是一个叫王大车的救了一个叫胖娃的小伙子,并收养了他,逐渐父子情深。几个月后,大地震发生了,二人因去靖远拉炭,人在途中,免于一难。接下来发生的故事就让人很揪心和感慨。说的是他们父子俩救了一对母女,然而让人意想不到的是,那胖娃和救来的年轻媳妇儿眉来眼去有了感情,而胖娃的干大——王大车也对年轻媳妇子有了意思。故事极具戏剧性,一对父子怎么能同时娶一个老婆呢?救命恩人与灾难里的生死恋情在父子俩的内心波澜起伏,掀起了人性真实的浪花。纠结与割舍的难题摆在了王大车与胖娃的面前。最后,无奈的王大车祝福自己的干儿子和小媳妇儿有情人终成眷属。作者的叙述看似波澜不惊,实则在我们读者心里却惊涛骇浪,五味杂陈。就单篇来说,《麦彦》的文学艺术价值那是顶呱呱的。像这样给人艺术享受和深思的故事还有很多,如《尕虎》《关门山》

《养蜂人》,等等,无不叙说了灾难里人性的真实和复杂,或美好或丑恶。

三、神秘与梦幻的交织

我在读长篇小说《地动》里的一些故事时,感觉到一种神秘和梦幻的书写意味。比如说在《卢襄老》这篇故事里,作者就呈现了这样一种神秘与梦幻的小说氛围。在《蝴蝶》里,20世纪90年代的一天,他到海原的"万人坟"里,看到"阳光照着无数指头蛋大的小黄花,在不易觉察的风里轻轻晃动,把人很容易晃入梦境里去。我一朵也不敢踩着,一朵也不敢摘,也不愿摘,我会在开满了小黄花的坟地里坐一整天"。在这种现实与梦幻交织的情境中黄昏来到了,后来作者在黄昏里回家去了,然而他竟在坟院旁的巷子里看见了一只两边的翅翼上有着小黄花的黑蝴蝶。回到家后,他听到家人说活了整整一百岁的卢襄老无常了。这种神秘与梦幻交织的叙述在其他篇章里也有不惜笔墨的描述,读来令人深思。

四、奇特的谋篇布局

海原大地震是个大事件,而且离现在已经整整一百年了,在地震学者的眼里它极具研究价值,然而在怎样用文学的方式来讲述那场惨烈的地震,这对一个写作者来说是一个很大的挑战。现在让人高兴的是,石舒清先生做到了,而且还是一个创新。

以我有限阅读长篇小说的经历来看,石舒清的长篇小说《地动》的结构体例是一个创新。他把海原大地震当时和后来发生的事,以人物故事的形式融入真实的史料,生动再现出来。

总而言之,作者用悲悯的情怀,温情的叙述,文史结合的文本,独具匠心的结构安排,为海原人民、为受到灾害影响的后人们写出了一部好作品,值得阅读和研究。

冯华然,原名冯兴桂,宁夏作家协会会员。

专题 · 梦 也

沉浸于内里的沉郁诗风

——读梦也的诗

◎朱晓灵

梦也是一位执着且乐于探索的诗人,他善于从真切的内心出发,表现了对世界的微妙体验。他出生在宁夏西海固,小学、中学时代都在这个地区度过。山大沟深,干旱少雨,贫瘠荒凉,这种特殊的地域和环境,形成了他悲悯的情怀和不拘一格的现代诗风。在宁夏的众多诗人中,梦也是一位耐得住寂寞的坚守者,二十年来,他情有独钟地耕耘,用朴实本真的文字默默地固守着这片诗歌阵地。天道酬勤,正是这种忘我和不受诸多因素困扰的品质,使他在漫长的创作中,取得了一定的成绩。

读梦也的诗,能体验到他对生活的感受极为丰富。他热爱西海固,情系西海固,经常沉浸在乡村大自然中,善于捕捉乡村中一草一木蕴含的诗意,体味着自然赋予生命的欣喜和宁静,体味生命的意识和文化意脉,用心灵去聆听和洞察大自然,在汲取东西方诗人创作经验的基础上,进入新的艺术思维空间,形成了多变的创作手法和语言景观。让困顿的灵魂在与大自然和谐相融中获得归属感,西海固人的朴素坚韧、痛楚和艰辛成为梦也诗作的基调和倾向。

"我依从了你,心灵/前去寻找那洁净的水波/我远离奢华/只有你懂得我/心灵"(《心灵》)。"河流/被遗忘的河流/当我想起你的时候/一颗心向着你流动"(《河流向心流动》)。"黄昏/从遥远的西山/我看见父亲归来/身边是那只牧羊犬/左右奔窜的小小身影"(《羊舍一宿》)。"我以几近卑贱的方式/耗尽生命/留下许多闪烁的灯火/我知道每一盏灯火都是深情的祝福"(《某一时刻的我》)。这些作品摒弃了对抽象主题和玄奥意识的发掘,用浓浓的感情对生养自己的乡土进行深厚的发掘。先景后情,由实到虚,情溢于景,于平凡的景物中透露出相当深挚的人生哲理,让人们读到了一种超越物质的沉稳和自信。"这种坦然让人看到了尘世中一个人那种隐藏于内心甚至灵魂深处的从容与博爱"(杨献平《读梦也诗集〈祖历河谷的风〉》),长期的农耕文化与儒学熏陶,以及对西方现代诗歌技艺的探寻,使梦也在创作中形成了自己特定的文化心态与表现方式。他善于在个体与世界的对抗中寻找心灵的平衡。来到银川定居后,在灯红酒绿中,各种不利因素每时每刻都在诱惑和侵袭,梦也身边的一些人,或炒股、做生意,或跻身于官场,十几年过去,人各有所获。而梦也,身躲小楼成一统,坚守着自己的诗歌阵地。他抽出时间,经常回到那山大沟深的故乡去体验生活。在他看来,西海固永远是他创作的源泉,是他具有灵性而厚重的积淀,是不能动摇的根底。19世纪法国著名理论家圣佩韦说:"不去考察作家而要判断他的作品,是很困难的。"读《芳草地》《西大滩》《天光》《陌生地域》《一朵花》这些作品,苍凉的历史感与迎面扑来的现代思潮,在梦也笔下巧妙地糅合在一起。这些诗作既有对人间沧桑的喟叹,也有对久逝岁月的回眸;既有对家乡父老乡亲的同情,又有今非昔比的感叹,诗句里蕴含着一种反思和自省,字里行间无不体现着情境和思维的变异和感受,这正是诗人灵感与生命碰撞的原动力。这些年他写的诗很多,很多作品侧重地域性和对生命本质的描写和揭示。现实的困惑、爱的渴望、生活的焦灼,在他作品里冷漠或炽热的思考,透现出人生的沧桑,描摹出漂泊生活的艰辛和苦涩,既有内涵丰蕴的众多意象,也有冷峭犀利的理性直白,既有对家乡父老乡亲的同情眷念,又有诗人心灵中的烦躁与不安。

梦也是一个极为注重思想内涵和民族特色的开拓型诗人,他的诗涉猎的内容很多,并善于从中国传统诗歌中汲取营养。《蚕豆》《早耕》《我会的》《酥油灯》《拉扑楞寺》《牛皮鼓》这些诗从细微处着手,融意于情,颇有情致又发人深省,有独到的效果和艺术氛围。"西方/柴草飞扬/零乱的云影遮过山野/西方/寂静随宽阔的河流展开/在某一处山崖现出佛影/羊群聚拢"(《虚妄》)。有人说乡土诗人乐于对土地和乡情寄属着的灵魂作纵深开掘,在我看来,梦也在创作中,给这些看似平凡的事物赋予了诗意的生命,在形象和抽象之间升华了诗歌的内涵。

梦也阅读了大量朦胧派的诗,并写了一些朦胧诗。他汲取朦胧派的创作手法,在思想、艺术、个性意识方面构架起诗歌意识的重心,使自己的诗兼容并蓄,含蓄蕴藉,想象丰富,艺术手法复杂多变,审美表达构建出令人深思的境界。"涌动的潮汐或是一束光/微弱的橘黄色的光在黑暗中运行/这不是我们通常看见的黑暗/犹如你在光明中看不见光明/可是光在跳跃/光的精灵在一小块黑暗中跳跃"(《在寂静中》)。"深秋,长藤萝爬满了墙壁/太阳下/一对老人守着一座空空的庭院/察看旧绢上面的灰乌"(《惶悚·修远》)。他把那种委婉、含蓄的手法融入自己的诗中,以情感为中介和内驱力,让情意和形象结合起来,以意象建构诗美的时空,经久弥坚地坚持和发展了自己的诗作风格,使一些具有灼人天赋的气质作品闪亮登场,诗意和情感表达时呈现出较高的艺术性。《一路走向太阳》《风暴》《西风》,这些作品洋溢着历史的厚重感,蕴藏着极其深远的情意。罗丹曾说过:"不是没有美,而是缺少发现。"《冬夜祭诗》《寂静》《瓦亭》《夜晚》《秋宵》这些作品从生活细节中发现美,既有朦胧派诗对他的影响,又有明朗、率真、朴实的民族化特色,同时又能品味到他独特的个性思维。

隐喻是朦胧诗的灵魂,洗练是诗人驾驭题材很重要的一环。有的诗人在这一点上很难把握,动辄上百行,洋洋洒洒却使读者厌烦,而梦也作为编辑,善于从读者的感受上处理这个问题。《早晨》组诗多用短句,构建出一种具象的美丽和新颖的视角。但是读这些简单句式中却有一种感人质朴的力量。《九月》《一生》都是很大的题材,但梦也处理时意到笔到,适可而止,及时收束,不蔓不枝,语言凝烁,他这种放得开,又收得拢的艺术构思受到不少人的称赞。虽短小精美,但灌注于诗意的整体流程,并不显得松散不集中。梦也的诗集《祖历河谷的风》收录了他二百多首诗,注重思想内涵与诗意空间的挖掘。

经过这些年不懈的努力,梦也在自己的理性思维与艺术创作中,有了独立的艺术思维的人格力量,凸现出自己的思想和主张。可以说梦也已成为宁夏朦胧诗歌创作最富有代表的诗人。他的诗集《祖历河谷的风》中,朦胧特征的诗占很大的比重。"星子落尽了/平原上露出古堡和一两棵老树/黑黑的桑树林里/宿雁起飞/远方还暗着/但慢慢转白……"(《黎明》)。这种特征与风格正是源于他对朦胧派的敬仰与追随,对传统文化的自觉修善与传承。"真正的诗歌是可以看到灵魂的,找到诗人那种特有的神性的。"(杨献平《读梦也诗集〈祖历河谷的风〉》)"前一夜,我独居的楼顶/金星啸叫/拖着光尾滑过/我听见过/有人轻轻叩门"(《金星》)。这些诗生动地反映了梦也对生命、对世界的一种态度,也暗示了诗人在那个时期的苦闷与彷徨。梦也的诗我读了很多,他的诗奔驰自由,一些诗缓解宽慰了诗人心灵的孤寂,一些诗倾注了他对故乡,对家乡父老乡亲的眷恋。我觉得最可贵的是:他的作品能挖掘形象背后的意蕴,从意象找到背后蕴含的思想感情及独立的艺术思维与人格力量,在自己的理性思维与艺术道德的范围中充满了睿智、哲学的辩证的火花。

朱晓灵,黄河出版传媒集团编审,曾在《宁夏日报》等报刊发表散文数篇。

它们与我们：寻找世界的心灵样本

——读梦也散文《它们》

◎刘　涛

"它们"是我们对另一族类的尊称，它们虽然对世界懵然无知，却和我们息息相关。

动物题材的作品通常都是"项庄舞剑"，剑指向谁？只有作者心知肚明。即使像法布尔《昆虫记》那样看似纯自然的文本，作者心中也有所寄托。因此，我们翻开梦也的《它们》，就不会以纯自然眼光的考量。"它们"，类似一道隐喻、一道电光。《它们》叙述的是动物生活。

《它们》的主人公是一群野性未退的家畜、家禽。狗咬架，猫打鼠，鸡玩命……一个个争勇斗狠、面目狰狞。没想到梦也性格中竟有许多血性的元素，这种顽强可以看作是对清末以来知识分子渐趋懦弱的一记鞭醒。在许多作品中，"我"的形象会不时浮现出来，在虎子与"大黄"的对垒中，"我"喊道："虎子，往死咬！"这是一种毫不示弱的姿态，不要再谈什么"大度""胸怀""忍让"——那是"失败者"的成功学。在谈到当代知识分子品格之时，唐晓渡用了"普遍沦丧"这个词。是的，当代知识分子是最乖巧、最犹豫的一代，也是最需要拯救、最需要解放的人群之一。现在，鲁迅的元神已散，中国知识分子大量承袭了清末以来失败者的心理，"失败感"已作为潜意识存在于国人心中。中国文学极少能出现海明威《老人与海》式的悲壮与惨烈。中国文学传统历来不是这样的,《水浒传》《三国演义》《剑侠传》,甚至金庸的《射雕英雄传》,都有一股刚猛剽悍、大义凛然的英雄气概,这才是为人民群众所喜闻乐见的文本。然而,我们却眼睁睁看着这种传统断裂:以"横眉冷对"为特征的鲁迅先生开始被请出教材;标榜"新边塞诗"派的某些现代诗作者与盛唐边塞诗产生了巨大的精神断裂,根本就无法"铆合""对接"。盛唐边塞诗历经数百年的精神积淀与文化陶冶,昂扬着一种英雄主义的振奋与景仰,盛唐边塞诗以唐朝对西域的三次战争为精神背景,这些诗人身上多有军人的印痕。这是后世一些诗作者终身无法企及的高度。他们建筑在俗世生活基础上的转瞬即逝的抒情对于边塞诗而言是不成立的,是伪抒情,单薄而又呆板,僵死而缺乏生机。"我家的这只猫是从外面跑来的,至于从什么地方什么时间跑来的,却没有一个人能说得清楚。"猫是弱小的象征,然而梦也笔下的猫异常勇猛、刚烈。作者轻描淡写地叙述了猫与群鼠的老窑之战,"几乎折腾了一夜",第二天推开老窑的门,"场面实在太残忍了",这只猫蹲在地上"舔爪子和脸上的伤口",留给我一个"摇摇晃晃"的背影。这只猫从此被老鼠"吓破了胆",每次经过老窑都会远远地绕开。"反抗"与"不安"成为《它们》的双重主题,因为不安而反抗,因为反抗而加剧了这种不安的处境。现代社会除了大量制造经济、文化泡沫,也造就了人类的不安,这种不安亦将构成人类新的精神危机。

对于这个世界,我们没有理由失望,但要彻底振作起来,必须保持一种无知的诗性。也正像梅艳芳在告别晚会上所说:"我老是觉着夕阳和黄昏,都十分漂亮,但都十分短暂。"《它们》就是充满了对世界重新解构的努力:一头瘦弱的、"丢人的"猪,连收购站都不要,却因体内埋了一枚"猪砂"而使生活陡增亮色;苏格拉底临死前说:"我还欠邻居家的一只鸡";甚至虎子能够斗败大黄,这种类似于神话修辞之属都包含了作者对生活的一种态度。正如施莱格尔所说"浪漫主义的极致表现必须到东方去寻找",但是在东方这种舍生取义的文化精神已经退居其次,充盈视野的多是小丑现象、怪异的快乐,用一种浅薄的娱乐来消解血性的浪漫。而那种刚强勇猛的男子汉形象频频见诸好莱坞大片,构成对美国现代国家精神的完整性表达。国人的精神世界又该如何解读?

《它们》中所透露出的是一个无产者的价值观,带有鲜明的时代印迹。有时不免争一气之短长、一己之得失,甚至延伸为一种市民习气,因而具有更为广泛的话语效力。《它们》里,上学的费用及家里的日用杂货"都得由卖鸡和鸡蛋来换取",这幕场景恐怕是一代人的共同记忆。尤其是那只被扣在竹筐里的鸡,由反抗到驯服,到麻木,"后来我把它身上的竹筐取掉,它也一动不动,乖乖地趴在原地……然后自动钻入竹筐"。然而,不可否认,《它们》也是温情的。梦也这些故事背后洋溢着对故土、亲情的眷恋,这些动物夹杂在人群中间,不管是家禽还是家畜,都离不开一个"家"字,它们身上凝结了梦也对家的记忆,对一个荒远时代的记忆和留恋,——那是20世纪60年代或者70年代的中国式家庭。当然,这种抒写可能是一种悲情、一种怀念,散文写作是一种加诸身体的精神操练,是一种回忆。

刘涛,新疆艺术学院教授,一级作家。

与写作相关

◎梦　也

写作的目的

我们不仅要告诉读者,它是什么,怎样发生,怎样结束,更重要的是要告诉读者,它为什么发生。

如果一件事没有更深层的原因就不值得写,所以写作在某种意义上来说,就是挖掘和发现,就是透过表象传达出真相。

熔　炉

构思的过程不仅仅是筛选的过程,也是冶炼的过程,是把那些包含了金沙的矿石一类的素材放在熔炉中去冶炼,最后提炼出有用的东西。

然而对于写作,这才是第一步,更大的难题是该如何让金子闪现出光芒来。

写　作

要是我们不能自觉地去承担历史和重大的社会问题,那么我们就很容易进入自然、饮食、性爱和个人的生活史。在自然中我们有些玄妙,在饮食中我们有些贪婪,在性爱中我们有些猥亵,在个人的历史中我们有些飘浮。

传 达

仅仅把故事传达得鲜活还不够,因为如果在这个故事中看不到作者的企图和谋略,那么它就仅仅是一个故事而已,充其量仅仅是一个写得好的故事而已。

语 言

用语言作工具比用刻刀、画笔、颜料作工具更难,因为在雕刻和绘画中所使用的工具虽然少,但它们是具体的、可感知的,在某种意义上能给人带来自信和存在感,而在写作中我们使用的工具——语言,却是虚幻的、不确定的,他(她)所面对的也不是一个实体的空间,而是一片虚无,所以作家经常是面对一片虚无在战斗。

想 象

写作中的想象是基于事实中的想象,而不是凭空的想象。当被写的事实具有了想象的成分时它就有了灵魂,所以写作最基本的要素是真实,其次是生命力,再次是灵魂。生命力决定一件作品的寿命,而灵魂预示着永恒。

文 学

文学是被创造的历史,是用文字通过作家或诗人创造的历史。它植根于生活,来源于想象,尽管它是虚拟的历史,但它做到了真实,其中的创造性就体现在能使虚幻或想象的东西成为真实。

文学的基石是描述,翅膀是想象,灵魂是思想。

文学性

按我的理解,所谓文学性就是带着一点梦想的文字,它不是直接的现实,而是被感受的现实。的确,它被制作过、被创造过,但又没有留下被创造的痕迹,因而就成了一种天衣无缝的更高的现实。

诗的自然性

诗的自然属性要大于人性,即使在以人为主体的舞台上,依然能够感觉到作为背景的大自然的存在,或是渗透在人性中的大自然的存在。

写 诗

诗是自然存在的,就像倒扣在厨板上的一只碗,而诗人的职责仅是把它取下来而已。

真是这样吗?这只是过于自信的说法。保留这一说法的人要么是个自大狂者,要么就是一个了不起的大师,而我们最好还是把写诗当作一种劳动。

应当有准备,但还不是目标过于明确的准备——好像只是模模糊糊地感觉到了什么。而我们需要理清的只是它的背景,以及它与现实的关系。应当时刻准备着出击,但出击仅是一刹那,像蜂针,突然蜇你一下。

疼,微痒,肿胀,或者是在肿胀中产生微妙的疼痛感,要的就是这种感觉,尽管还不完全是疼痛,但比单纯的疼痛要深,甚至超越了疼痛。

如果你没有强烈的敏感性,适度的表现力和捕捉神秘的天赋,就不要去写诗,写出来的也是平庸之作。最厉害的诗人是最善于从普通入手的诗人,他所使用的语言再平常不过了,但它是生了锈的匕首,其锋利藏在锈蚀里面。

当你试着去描述一件事物时,你是否这样问自己:我仅仅是在描写它所呈现出来的部分吗?我是否具有透过表面抓住内里的能力?

不要被你初时的感动所迷惑,即使在你激动不已的时候也需要有理智的灯塔透过激动的迷雾射出一条光带来。没错!就是它——那条无限延伸的光带,抓住它,并沿着它一直走下去。

表达的力量来自自信,自信却是建立在你的智慧和能量上。尽管智慧有点天生的东西在里面,但大多数时候与能量成正比。

能量是可以积累和补充的。不要泄气,尽管你受到阻力,但你是可以越过那个障碍的。

假若你写的东西,让别人看来能感受到一种超越了事实本身的东西,或是说,在一种意义之下还隐藏着另一种意义,这就说明你的诗具有了穿透力和深邃性,但这还不是神秘。当深邃中还带着一点不可知性,就说明你的诗里体现出了一种神秘性。

最高级的诗都带着一种神秘性。

诗人尽管借用事实,但往往容易忽略事实,所以事实有时候仅仅是诗人往上攀登的阶梯。这并不是有意为之,而是受到了一种神秘的召唤。

相信,但不迷信。尽管你有耳朵,有眼睛,但还不够,重要的是要有心灵。在一切艺术当中,爱贯穿了一切。

寻找隐藏在事物内里的关系,需要深入,努力找出其中的关系。如果你不能从单义走向广义,不能从平面深入内里,那么你就仅仅是一个直接的抒情诗人或叙事诗人,是一位置身在事实表面的诗人,就像那些常见的流浪歌手。

诗人身上必须有布道者的庄严,有哲学家的深邃。他有时像个孩子,有时又像个老人,并且在必要的时候能将二者统一起来。

现代诗人是理智的,却又常常不受理智的限制,在语言上他是一个叛逆者,在叙事风格上却是一个创新者。

只有悟出了质朴与深邃间的关系,并善于通过质朴达到深邃,那就证明你学会了表达。但,这还不够。如何使摇摆显得坚定,如何使温柔具有力量,如何使苦难带着救赎的味道,也许这才是重要的。

对自己写作的评估

在读高尔基《文学书简》时,忽然意识到,我所有的写作都是无意义的,因而也就毫无价值,因为,它们充其量是个人心绪的表达和个人历史的记录。尽管它们表达了一个人的历史,但还是个人的,不是大众的,与别人无关。因为,我意识到,假若一个人的东西不能上升为普遍性的东西,或者说一个人不能将自己的历史与大众的历史相融合,那么这样的作品就没有生命力,因为作品的生命力既是作者赋予的,也是读者培育的。

写作必须从个性开始,但要与共性相连,也就是说,我们一定要找到个人与世界相联系的纽带,这是作品得以延续的秘密。

关于如何解决个性与共性、主观与客观的关系,高尔基说得十分精辟。他说,艺术家是这样一个人,他善于提炼自己个人的——主观的——印象,从其中找出具有普遍意义的——客观的——东西,并且善于用自己的形式自己的观念。如此一来,摆在人面前的任务就是:找到自己,找到自己对生活、对人们、对既定事实的主观态度,并把这种态度体现在自己的形式中、自己的字句中。

　　梦也,本名赵建银,一级作家,中国作家协会会员。

名家·访谈

书法是我们的国宝，不能丢

——访书法美学开拓者尹旭先生

◎陈莉莉

陈：尹老，您好！很荣幸能够这么面对面和您聊天。看您气色特别好，生活清简，安静从容。退休多年，您还在坚持创作吗？

尹：书法美学方面的话，2014年之前已经说完了，这些年我在做美学原理方面的研究。美学原理方面的中外经典作品，我几乎全读完了。最近在写一本书，初名《美学新论》。人要艺术、要美，人不会搞无意义的事物，觉得美是人的一种感觉。黑格尔说"美是理念的感性显现"，康德说"美是人类的一种感觉"。艺术是人创造的，人创造艺术出来干啥？人要通过美来自我观照、自我评价、自我肯定。我一直在思考这个问题，想要探讨这个问题。

陈：这个问题发人深省。回头我也要好好读一些美学方面的书籍。比如您提到的黑格尔和康德的书，当然还有您的著作。作为当代中国书法美学研究的代表人物之一，您能介绍一下您的著作，或者说研究领域吗？

尹：我的书法美学研究所关注与解决的是书法美学涵盖的三大基本问题。第一，书法美学的基本原理问题；第二，书法美学的发展历史问题；第三，中国书法与传统文化的关系问题。我的书法美学方面的专著和论文，就是围绕这三个方面来进行思考和研究的。我出版于1990年的《书法美》一书，是我国当代第一部系统阐述中国书法基本美学原理的著作。

　　《中国书法美学简史》是以现代美学来解释中国书法,2014年,以此书为基础写出来更完备的《中国书法美学史》,希望通过对书法史的研究,探求中国书法本质所在。《中国书法与传统文化》一书在对书法史深入研究后,我认识到中国书法之所以产生,是因为有传统文化这一土壤。因此,我继续从传统文化的角度去探讨书法美学,只有这样,书法美学的根才能找到。比如,中国传统文化讲修(身)、齐(家)、治(国)、平(天下),中国人为什么创造出书法这门艺术,关键就在这个"修"字上,所以傅山才会说:"作字先做人。"

　　陈:听您一席话真是受益匪浅。向您致敬。您是山东人,在河北长大,毕业于北京大学俄语系,被分配到宁夏任职。对宁夏这片生活了大半辈子的土地,您有着什么样的感情和认识?同为成年后来到此地的异乡人,我很想听听您的感受。

　　尹:我1971年元旦来到银川,就住在银川饭店,至今,我住过的那个宾馆、那个房间还在。1972年前后,我步入宁夏文坛,开始参加宁夏文坛的活动。起初以写诗为主,诗作发表在当时的《宁夏文艺》上面,随后相继开始美学理论、文学评论等方面的研究。《宁夏文艺》的几任编辑、主编朱红兵、吴淮生、肖川等人,我们都是很熟悉的。没有作协这个舞台,就没有我的今天。

　　我自幼喜欢文学和书法,1980年后宁夏书协成立,我又加入了书协。1981年进入宁夏社科院工作后,研究的主要方向就逐渐转向书法美学了。宁夏社科院给我提供了最好的人文环境,时间、薪水、奖励,都是国家、单位给我的,让我一辈子专心致志地做自己喜欢的事情,出了十多本专著,至今想起来都觉得自己这一生十分幸运。

　　宁夏是我的第二故乡,一生做的有意义的事情,可以说都是在宁夏完成的,所有的成绩都是在宁夏取得的。我十分感谢宁夏,对宁夏的感情很深厚。

　　陈:一生主要研究书法美学,但您当初,是因为喜爱文学,尤其是俄罗斯文学而报考的北大俄语系,对吧?

尹：我当时在农村的中学求学，我们的学校，每年能上北大的也就一两个。我那时候成绩好，胆子大，高考报志愿时，第一个报的是北大中文系，第二个报的是北大俄语系。我喜爱文学，一心要上北大，没有考虑过落榜了会怎么样。

陈：您实现了自己的心愿，被北大录取了。上了俄语系，您一定读过很多俄罗斯文学原著，能讲讲您的阅读感受吗？

尹：那个年代俄罗斯文学很受欢迎，我在高中时就读了很多俄罗斯作家的作品，崇拜托尔斯泰等俄罗斯作家。学了俄语，读了托尔斯泰的《战争与和平》、高尔基的《海燕》、普希金的诗歌，等等，都是俄文原著。读原文感觉简直太好了，看到感动处，几乎不能自已。那种语言本身的气势、风格、神采，读译文几乎是读不出来的。比如普希金的诗，其实都是格律诗，翻译成汉语以后成了分行的散文，原诗的节奏、韵律、高低音，显现不出来了。这真是没有办法的事。

陈：我也很喜欢俄罗斯文学，听您这样一说，真希望自己也能读俄文原著。您从事书法美学及美学理论研究几十年，您觉得对文学的爱好，您的文学素养，对您后来的专业研究有着什么样的影响？

尹：文学艺术修养会改变一个人的思想境界、审美理念、审美趣味。阅读俄罗斯文学，还有李白、杜甫的诗篇，让我一直对雄伟和朴实的作品充满兴趣，对肤浅、装腔作势的事物很反感。

陈：1980年您通过考试分配到宁夏社科院哲学所工作，可以说是命运的一次重大转折。当时您38岁，正是干事业的好时候，彼时，您一定有很多想法吧？

尹：我喜欢钻在屋里搞自己的研究，不适合做中学教师。感谢改革开放，国家招考研究人员，我考上了——可以说冥冥之中我一直在为这一天做准备，坚持学习和研究，业余看了很多文章，有相关的积累。1980年前后，正是改革开放蓬勃之初。与文学、绘画相比，中国书法理论的研究尚待探求，尤其书法美学更是"一片空白"，也正是在这一时段，我站在了"开拓"的前沿。到社科院后,如鱼得水,开始做自己喜欢的研究,感觉很有意思,很幸福,沉浸其中。

陈:相对于进行文学创作,对于书法您主要关注的是其体现出来的美学意义。而在1980年前后,书法美学方面的论文还比较罕见。1990年您出版的《书法美》一书,是全国谈论书法美学的第一部,是用现代美学原理阐述书法美的第一部。且您是以中国书法的传统为基础的研究和谈论,与后来的西方美学理论是完全不一样的。能说说您的创作缘起,或者说初衷吗?

尹:我童年在农村度过,家境比较好,伯父和父亲都是高小毕业,在村里文化水平最高。四合院结构的住房,中厅里挂着花开富贵的牡丹图,两边一副对联。我特别喜欢那副对联上的字,时常盯着看,觉得特别好。爷爷告诉我,是之前村里私塾的先生写的。至今我还记得那副对联,每个字都如在眼前一般栩栩如生,是楷书的"王谢风流晋永和,褚虞书法唐贞观"。可以说,我从小天生就对艺术充满好奇和热爱,对书法美学充满了兴趣。

陈:尹老师,您还是坚持用各种笔在纸上创作吧!很多人喜欢传统文化,喜欢书法艺术。但因为时代的发展,电脑的普及,签字笔对钢笔的代替,现在能写一笔好字的人很少。对于眼下这些现状,您怎么看?

尹:古代人生活在那种环境中,从小看书法,满目都是好字,现代人没有时间去下那个功夫了。你去看王羲之的字,点、划都有厚度,它们是活的。而现在,即使一些电视栏目上的题字,都不能细看。丢掉书法的遗憾是无法弥补的。书法是我们中国文化的精华,是国宝,无论如何要保存好、继承好。从目前来看,作为艺术,学习它的人,想成为书法家的人不会少;但普通人的字越来越差,既不会运笔也没有字形,握笔的姿势都不对,这真是太遗憾了。

陈:是啊,看到许多孩子写不好我们的中国字,真是遗憾得很。您在书法理论研究之外,也一直坚持不懈地进行书法创作,您是主攻行书、草书,取法"二王"、兼纳众家,作品"清新雅健,潇洒从容,别具一格"。您怎么看待理论研究与书法创作的关系?

尹：理论研究与书法创作，是一种"相辅相成、血肉一体"的关系。要真正把一件事做好，就不仅要知其然，还须知其所以然。书法创作，也是一样的道理。当然，艺术水平与理论修养，绝不是一回事，不是简单成正比的关系。但是，学书者若想在书法上有高层次的追求，了解一些书法美学等理论是必要的。

陈：尹老师，您说的每句话都令我有种醍醐灌顶、茅塞顿开之感。虽然我不懂书法，更不懂书法美学，但艺术是相通的，您今天所谈到的，对我的写作和我的人生都有很大帮助。谢谢您。

陈莉莉，宁夏文艺评论家协会会员。

守护风沙中的一盏灯

——郎伟教授访谈录

◎许　峰

一

许峰：非常感谢老师百忙之中接受我的访谈。今天访谈的主要目的是通过成长经历、读书求学、批评实践这三个方面来大致勾画出您的学术成长道路。首先，想请老师简单谈谈童年和少年时代的生活。我们知道，在那个年代，生活和学习条件都不是很好，您是怎么对阅读产生兴趣的？

郎伟：从六七岁开始，我是在故乡杭州南面的一座小城富阳接受小学启蒙教育的（一年级到三年级）。我堂哥家里有很多连环画，我的阅读就是从读我堂哥的连环画开始的，这是在南方的三年经历。四年级时我转学回到银川，这个时候就开始阅读字书。我父亲年轻的时候喜欢文学，他买过一些书，我在我家床底下的一个筐里面发现了这些书，比如说我记忆最深刻的，我接触到的最早的中国当代长篇小说是《林海雪原》，我觉得这本书很好看，第一次读的感觉甚至可以用"惊心动魄"来形容。我少年时代正处于"文革"年代，物质条件很不好，物质匮乏，书籍也一样，很少看到一些新书，虽然五六十年代曾经出版过大量的文学书，但是书店是不卖的，书店主要卖的第一是鲁迅的书，当时还小看不懂，第二是马恩列斯毛的理论著作。我看到的《林海雪原》是50年代出版的一个版本,包括1950年代广州救火英雄向秀丽的故事也是从我们家床底下的筐里找到的。小学时代,我就是读这些东西。

我们所有人都生活在一个现实的世界当中,除了眼前的世界,世界上还有无限广阔的生活的可能性。现在看来,正是这些书使我进入到一个完全和自己的眼前生活不相干的一个世界。读这些书让我进入到一个自己完全不知道的世界,这让我觉得很神奇,阅读打开了我认识世界的一个巨大窗户。如果说我有点文学的爱好、对阅读产生兴趣,可能就是由于这种对于文字的敏感,凡是带文字的东西,我都感觉到亲近,不排斥。毕竟我少年时代能够接触到的影像的东西很少,也没有电视,手机更是闻所未闻。

许峰:我记得您提到过,您初中所在的学校并不是一所重点中学,但是您却凭借着努力考上了银川一中,您能否谈谈在中学阶段的学习生活是怎么样的?有没有哪位老师或者什么书、课程对您影响比较大?

郎伟:中学阶段对我很重要。我从1975年开始上初中,如果说小学是一个兴趣萌发的阶段,中学阶段对我现在从事文学研究可以说起了一个奠基性的作用。初中一共三年,这三年我在银川一个很不起眼的中学读书,当时叫银川第十一中学。虽然学校不是一个优秀生集中的地方,但是有一些非常好的老师,比如说我的语文老师吕立人老师,他是我的班主任,也是我的语文老师。吕老师作为班主任,他对班级的要求非常严格,教学水平也非常高,他对我在语文的学习方面,可以说起了一个非常好的引路人的作用,现在我跟吕老师还有联系。优秀班主任的好处在于他能使整个班集体的风气变得很好:一是对学习风气的培养,二是让这个班级形成一种积极向上的正气。从1975年到现在45年了,45年之后再来评说,我们这拨人都已经快60岁了,当年的好多同学现在仍对初三(五)班赞誉有加,因为相对来说,我们班成才率比较高。

尤其对我而言,作文屡屡受到吕老师的表扬,经常被作为范文来给同学们朗读评点,使我有了很强的自信心。当时我上初三的时候,唯一目标就是要考重点中学。我能考上银川一中,除自己的努力之外,和班主任的教导跟引导有很大关系。还有一个重要原因是,我父亲一直对我督促很严。我父亲是杭州一中毕业的高才生,后来考上了大学,他当时是热血青年,国家号召要支援大西北,要建设边疆,我父亲就没有上大学,直接报名来宁夏了。父亲平时工作忙没时间,但他所有的业余时间主要用来读书和读报,因为他从小就喜欢读书。所以我爱读书是受我父亲的深刻影响。

我在很小的时候就看《参考消息》这份报纸,今天的《参考消息》还有一个扩大版——《环球时报》。《参考消息》和《环球时报》都是新华社办的报纸,过去没有《环球时报》,只有《参考消息》,我可以说是看《参考消息》长大的。到今天为止,我对文史哲和天文地理知识仍兴趣浓厚,尤其是历史和地理。此外,我对国际政治和外交也非常感兴趣,都是受这张报纸的影响。

初中阶段,有两本我印象很深刻的书。有一本小书我找不到了,书名叫《天才来源于勤奋》,记载了很多科学家和文化名人的成功经验,既然天才来源于勤奋,我要想比一般的孩子学得好一点,就只能靠自己的勤奋,所以说这本书对我影响特别深。第二本是徐迟先生的报告文学集《哥德巴赫猜想》。本来数学这个东西很专业,但是徐迟先生用一种非常文学化的诗意的笔触写一个数学家陈景润的事迹,给我留下的印象太深刻了。我在中学阶段,尤其是初三要考重点中学,我们练习作文,我反复把里边的句子都抄录下来,写作文时经常引用。

许峰:高考是您人生的一大转折,1980年,您以宁夏文科状元的身份考上了北大中文系,这中间有什么学习经验值得分享?这前后又有哪些事情让您印象深刻?

郎伟:我高中上了两年,我们当时没有高三,只有高二,现在看来这两年过得极快,到了银川一中之后,我非常有压力,因为大家全都是尖子生。我在银川十一中的时候,总分排名始终在班级前3名,到了银川一中高一(1)班之后,我处于前10名,所以心里有落差。有一阶段时间心里边很苦闷,当时又处于青春期,还有点叛逆。过去不知道,现在知道,实际上当时心理上非常"焦虑",在尖子生当中再突围出来,觉得是很艰难的一件事情。

当时银川一中优秀学生云集,学习风气、课堂纪律极好,好到什么地步?下午上自习,班里面没有老师,非常安静,没有一个人说话,掉下一根针都能听见。我参加工作之后,曾经在中学带过实习生,也在唐徕中学当过半年的语文老师,到班里边总觉得现在的孩子坐不住,乱哄哄的。虽然孩子们天性活泼,但我不能接受。为什么?我总是想到我在银川一中上学的时候,没有任何人监督,所有的学生都在做题,都在憋着劲赶超别人。我高一的时候,最愉快的时光是学习三角函数,做三角函数习题最后证明等于0还是等于1,感觉无比愉快。虽然中学时光已经过去40年,但是当时的学习气氛给我留下了很深刻的印象。

如果说有什么学习经验,我觉得从初中到高中,再到考上北大,有三点心得。第一,无论是考文科还是考理科,作为学生,你的内心必须有一种兴趣点,对某种事物的痴迷、痴恋,你要喜欢什么东西。我从小喜欢文学、历史、地理,包括对国际政治和外交也很有兴趣,一直喜欢这个东西。现在的很多孩子没有爱好,我觉得不可思议,哪怕喜欢昆虫,那也是一种爱好。如果说经验分享,坚定的爱好是第一个前提。第二个就是勤奋和刻苦,任何时候勤奋和刻苦都是取得成功的垫脚石。人的天分禀赋有差异,但是大多数人的天分禀赋差异不大。我们不否认有些爱因斯坦式的天才人物,但是这样的天才人物,包括大学者、大小说家钱钟书这样的天才人物总是极其少数。我觉得用今天的话来讲,大多数人,尤其是孩子们的智商没有太大差别。因为我在北大待过七年,我见过中国最聪明的二三百个孩子,你说我们的智力有多少差异?没有多少差异,但是刻苦特别重要,智商虽高,但不刻苦是没有用的。第三就是要有耐心,只有有了耐心,才能坚持,一旦我认定一个目标,别人怎么说我也不管不顾。有了耐心就会心境平和,不为风吹草动所惑,就会坚定地认准自己的目标,哪怕暂时达不到。就像爬山一样,不会因为别人说山很高,你就不爬了,你会坚定地攀登下去。这就是我在中学学习的三个经验。我之所以能考上文科状元,就是靠这三点,没有什么诀窍。

二

许峰：参加高考，能够考入心仪的大学很重要，选专业也是很重要的事情。我记得您说过，您很喜欢国际政治专业，可是最终选择了中文这个专业，对于这个专业的选择，您当时是怎么考虑的？

郎伟：我上高中的时候自己拥有一间小房间，房间是家里人为照顾我高考而专门腾出来的。墙上贴了两张大地图，一边贴的是世界地图，另一边贴的是中国地图，有时候看书的时间太长了，想休息休息，就看地图。所以到今天为止，我闭起眼睛都能说得清楚世界上许多国家的地理位置。因为老看地图，以至于我后来经常做梦也能梦到相关情境。

我现在会做几种梦：一种是赶火车的梦，这和我长期的读书求学经历有关，总是赶火车；第二种是梦回中学，正在考试，考的科目有时是写作文，有时是考数学；第三种梦就是我有一次居然梦见自己在俄罗斯远东地区的堪察加半岛下面的太平洋里面游泳，这都是少年时代看地图留下的印象太深了。所以说，我实际上刚开始是想报考国际政治专业，当一名外交官，可是1980年我高考完之后，国际政治关系学院不在宁夏招生，想当外交官的梦想就破灭了。因为我对当作家也感兴趣，也有一个文学梦，所以就选了北大中文系。在我那个年代，上北大中文系是多少青年学子的梦想，这是很光荣的一件事情，当时就想不管北大中文系培养不培养作家，先考进去再说，专业就这么选择的。这实际上也是和我从小的爱好非常契合，喜欢文学，又考到北大中文系了，正好是一拍即合，也是自己的梦想所在。

许峰：北大四年在您人生之中是一个重要的阶段，您能分享一下您在北大时的学习与生活吗？

郎伟：1980年9月，我如愿考上北大中文系，从此在燕园度过了我的学习岁月。在北大，最先接触到的是朝夕相处的同学和同居一室的宿舍伙伴。北大的同学和伙伴与过去接触过的众多同学和伙伴是不一样的，我以为，最大的不同是：这是一群真正嗜书如命的人，古人所谓"读书种子"是也。这群人饭可以吃得粗劣一些,衣服穿得寒碜一点也不太在意,但不买书或者书读得少了,别人还没吱声,自己就先矮了三分,怯了三分,心中十二分的不自在。

因为真的爱书,爱知识和崇尚智慧,所以宿舍里讨论和争辩的话题总是和读书学习有关,偶尔也谈风花雪月,但绝对不是主流。我在北大读本科时(1980—1984),中国经济还处于从"文革"的灾难中逐渐恢复的阶段,国家和家庭能够提供给大学生们的生活费每月一般在人民币25元到35元之间,我和同宿舍同学用于买书的钱大多都在15元上下。我家中现存的几千册图书,有一半是我在北大读书时省吃俭用购得的。有一些夜晚,熄灯后与伙伴们在宿舍里卧谈,有人问:"将来某一日忽发一笔横财,得到一笔巨款,第一件最想做的事是什么?"都说:"先到王府井大街上的各书店买上一卡车喜欢读的书,再配上若干大书柜搬回家,沿墙壁把装满书的大书橱一字摆放开,那会是多么令人欣喜若狂的场面!"那时的心情,正如孔夫子听韶乐,三月不知肉味!没有人会说有了钱之后先弄上一处豪宅,再包上一房小妾之类的话。

北大文科生的休息日多半也是在图书馆和书店里度过的,我和伙伴们当学生时最常去的书店是海淀新华书店(当时还没有建成现在的海淀图书馆)和王府井新华书店。海淀新华书店离北大最近,有时听说有紧俏书,中午就可以一溜小跑去"抢书"。20世纪80年代初期,北京的王府井新华书店是全市最大的书店(也可能是全国最大的书店)。海淀新华书店店面小,所进书籍品种少,复本也不多,有些好书刚一上架,就被爱书的北大人"抢"走。而王府井新华书店不仅店面宽敞(一共四层楼),它的周边好像也没有著名的综合性大学,好书没有人"抢",成为我和同学们淘书的好去处。从北大到王府井,大约有20公里路程,星期天,我们通常骑自行车赴王府井书店。从北大出发,过白石桥、动物园,在新街口的"中国书店"做一停留,然后向南经过西四、西单,有时也会在这两个地方下车,进新华书店逛一逛。逛完,便进入长安街一直向东,直到在北京饭店处拐入王府井大街。王府井大街上不仅有书籍品种繁多的新华书店,它的中段东安市场里也有新华书店的一个柜台和一家"中国书店",它的北头还有两家著名出版社的"读者服务部"——商务印书馆的读者服务部和中华书局的读者服务部。这样说来,每次来王府井淘书,自然不会空手而归。

现在我手头所存的陈寿所撰《三国志》、黄节注解本《阮步兵咏怀诗注》、余嘉锡的《世说新语笺疏》、洪楩编刻的《清平山堂话本》影印本、沈德潜选注的《唐诗别裁集》、夏承焘选注的《金元明清词选》、钱钟书的《管锥编》《谈艺录》以及人民文学出版社1981年出版的《红楼梦》等上百册图书,都是在这条街上的书店里购得的。前些日子,翻看这些纸张已经有些发黄的快四十年前出版的旧书,恍若又回到了自己的青春时代。那些为买好书而在京城大街上骑车飞奔的日子,如今想起,格外留恋。那真是些单纯、明朗、快乐而布满梦的翅膀的美好日子。如果要说分享北大时的学习与生活,爱读书、真读书、嗜书如命和购书"抢书"的执着应该是最大的支撑点。

许峰:20世纪80年代北大聚集了国内顶尖的学者,您当时聆听了这些学者的授课,您觉得您的授业老师在授课和做学问方面和现在的学者有什么不一样?您从这些前辈学者身上学到了什么?

郎伟:我的那些老师都是国内一流的老师,他们对我的影响惠及我此后的人生岁月。第一是他们对学问的那种痴迷。我的老师都是完全发自内心喜欢自己所学的专业和所从事的专业,不为名,也不为利。恕我直言,我们今天的很多学者并非是对专业和学问发自内心的痴迷和崇敬,而是为了名利,我的老师不是这样。

当时物质生活条件很不好,我的很多老师一家人住在不到20平方米的房间里边,没有写字台,写教案都是把铺盖卷起来,在床板上写(木板床)。你说他们图什么?名还是利?没有名和利。我现在自己做学问,身处一个市场经济的年代,我愿意尽可能保持住自己对于学问的真诚热爱之心,从内心深处崇拜人类的那些伟大的精神财富以及对于学问的敬畏之心。对于知识和智慧的永远的追求之心,这是我的老师给予我的最深刻的一个影响,也是我的老师们最宝贵的品德。

第二是我的这些老师们授课从来不讲究回报，他们尽可能把自己读书所得在课堂上展示给学生，传授给学生，淡泊名利是他们的一个优秀品德，敬业精神也是他们非常优秀的品德。在敬业，或者说是对于学问与智慧的敬畏之心、淡泊名利这两方面，他们与现在的许多学者有深刻的区别。我刚参加工作时，1984年到宁夏大学当青年教师，当时一个月的工资60多块钱，这在社会上属于一个不是非常理想的，甚至是中下的收入。我的很多同伴们嫌高校的工资低，都已经调离。在高校从事文学研究现在被认为是一个边缘化的事业，我之所以还能坚守着这份事业，受我的老师们影响很深。

许峰：毕业后您可以选择留在北京或者去经济发达的城市工作，您为什么选择回到当时各方面条件都比较落后的宁夏来工作？

郎伟：这个问题有两个原因。第一个原因是当时国家政策的限制。我本科毕业时，包括研究生毕业时，国家是有政策的，凡是来自边远地区的考生（9个边远省份）都必须回原户口所在地工作，这是当时国家的政策。第二是因为我在宁夏长大，说实在的，对银川，对宁夏是有感情的，父母也在银川，因此回到银川也未必是一件坏事。这个城市虽然是个地处西北的小城市，但是有它可爱的地方，也是我熟悉的一个地方。

现在看来，如果说自己有什么弱点的话，就是胆子不够大。当时我们很多同学去南方，尤其是深圳刚刚改革开放，南下深圳成为流行作法，但我自己觉得要去那么遥远的地方，一个人生地不熟的地方，怀疑自己面对一个陌生的环境，没有能力去应对。现在好多年轻人觉得这都不是问题，而对于当时的我而言，受传统教育比较深，没能走出这一步。这当然还是个问题，但不能就此论对错。

许峰：工作四年后，是什么动机又促使您在1988年重回北大读研究生？当时师弟可是刚出生不久，您能谈谈吗？

郎伟：我是1984年7月到宁夏大学工作，工作了4年之后，也有点教学名气了，学生们喜欢听我讲课。当时我也成家了。我是1988年的9月份再赴北大读研的,你的师弟1988年10月出生,也就是说儿子即将出生,我却去读书。为什么要去读这个书?当时就觉得自己在高校当老师,要做出更大的成就,尤其是科研上要做出更大的成就必须要去读研究生。

上研究生三年,除了孩子出生的时候,我请过半个月的假,再就没有请假回银川,完全是在北京读书,家庭也照顾不上,实际上心灵还是很受煎熬,因为你心中有牵挂。这或许就是前面说到的内心的坚定和耐心的值守。

许峰:研究生这三年您最大的收获是什么?虽然工资微薄,可是您读研期间却买了许多书,并且读了许多书,有哪些书对您影响最大?

郎伟:研究生三年最大的收获一是系统性地读了中国现当代的最优秀的一些作品。二是在文学作品的认知上、文学理论的知识和见解积累上又学到了很多东西。因为读研究生时听了很多国内一流学者的课,比如说乐黛云先生、严家炎先生、钱理群先生、洪子诚先生、曹文轩先生,这都是现代文学研究的泰斗式人物,从他们身上我学到了很多做学问的方法。

研究生学习期间,除了听课之外,主要是自己读书,这个时候买了很多书,当时我的工资是每月100多块钱,每个月的买书钱起码有三四十,很多时候是骑着车去买书,从北大骑车到王府井去买书,一是为了省车票,二是沿途会经过好多书店。我的很多藏书都是本科和研究生的时候买的,研究生时因为自己挣工资,经济稍微宽裕一点,所以很多书都是这期间买的。

读研究生期间对我影响最大的书,我现在还能找出几本来。看了这些书,觉得对自己后来的研究文学非常有用。比如霭理士原著、潘光旦译注的《性心理学》,特雷·伊格尔顿的《二十世纪西方文学理论》,艾布拉姆斯的《镜与灯——浪漫主义文论及批评传统》,李泽厚的《中国近代思想史论》《中国现代思想史论》和《中国古代思想史论》,陈平原的《中国小说叙事模式的转变》,卡尔·古斯塔夫·荣格的《心理学与文学》。这几本书对我的影响非常大,都是我研究生时候买的,这些书初读到现在都快40年了。

许峰:您的导师佘树森先生是国内散文研究的大家,您觉得佘树森先生对您有什么影响?

郎伟:我的导师佘先生56岁就去世了,是我研究生毕业第二年去世的,佘先生对我影响很深。第一是他对学问的专注、痴迷,以及勤奋刻苦。佘先生研究的是散文,他是国内散文研究方面的权威。据佘先生说,他年轻的时候用毛笔抄写过《红楼梦》,抄了多少我不知道,但是他跟我说过这个事,可见其刻苦。现在你们这代人不要说用毛笔抄写《红楼梦》,就是用钢笔抄写《红楼梦》,不能说没有,但也很罕见。第二是做人待人方面,佘先生是非常严谨,非常正派的一个人,从来不搞歪门邪道。佘先生对任何人总是充满着热情,不冷漠,哪怕你跟佘先生第一次见面,你都不会觉得拘束,因为他自己就是农家子弟出身,没有架子。这点给我留下了很深刻的印象。他影响我不要做一个高冷的人,和社会各行各业的人打交道,不要老是高高在上,一副高冷的样子,这样不好。尤其是和弟子打交道,学问上可以教训、批评,但是要给弟子一种你是一个可以亲近的导师的感觉。

许峰:我发现无论您本科的同学还是读研究生时的同学,都有许多是当下活跃的学者,你们在读书求学期间,是怎么交流的?我记得黄学军老师说您读研究生期间,总拿个小本子记笔记,什么都记下来。另外,我还记得您之前说过,您那些同学炫耀的方式就是能买到比较紧俏或者价格比较贵的书,和现在的学生完全不一样。您能谈谈这方面的感受体会吗?

郎伟:要说学生生活,同学之间的交流是一种非常重要的学习方式,我本科和研究生阶段在北大读了7年书,当时学生主要还是通过书,谁看的书多,谁看的书少,以书为载体进行交流。第一,当时物质条件匮乏,整个国家的经济条件、经济形势都不是太好,不具备现在学生多方面的交流条件。第二,整个社会的风气相对来说简单一点。学校里没有现在同学之间的"拼爹""炫富"现象,与我同宿舍的8个同学里,有两个同学是高干子弟,但是我们打交道时没有感觉到人家颐指气使,最大区别在于他们买书的钱比我多。这是我们当时同学间的交流方式。

我个人感觉大学的学习生活它实际上是多个成长环境的综合。第一个是课堂的成长环境,老师授业解惑,通过师生之间的交流互动,尤其是听老师讲课,在知识、智慧和思想上得到帮助,你有成长。大学还有一个空间,就是宿舍的一个空间,这个空间也包括课外的一些活动和同学的交流,我觉得就我个人的成长经历来说,宿舍空间和同学的交流构成成长的另外一个重要的环境和因素。你可以从你优秀的同学身上学到很多,这是今天在大学里非常缺乏的一个方面。当然前提是宿舍的风气要好,是一种向学的风气,这是很重要的前提。今天也有很多宿舍,一个宿舍的同学全考上了研究生,全考上了博士,这样的宿舍的精神气候是健康的,美好的。

我个人在北大读书期间,从优秀的宿舍文化当中和优秀的同学身上学了很多,受益终身。如果说和如今高校的现实环境作对比的话,现在的高校急需要建设一种更美好的宿舍文化,这种美好的宿舍文化是一种健康向上的力量。

我当时经常拿一个小本子是在记录宿舍的生活。我觉得有时同学们说的话很有趣,发生的事也很有趣。而我当时想写小说,所以记了一些同学之间包括宿舍里的一些稀奇古怪的事、很多生活的细节,以至于现在几十年过去了,我们同学见面的时候,还有人问我那个小本子现在还在不在。这就是小本子的来历。

许峰:您在北大读研究生期间,是以一个什么样的状态去学习的?宁夏大学图书馆里有一本《中国当代文学作品辞典》,我看到有您当时写的故事梗概,写得非常好,这样的学术历练对您后来的研究和教学有什么影响?

郎伟:我在北大期间是以积极进取的状态去学习,因为这样的学习机会来之不易,不能浪费难得的学习时间和学习机会。工作4年之后好不容易重返校园,这是命运对我的眷顾,因为多少人想再回北大,没有了这个机会,要珍惜不要辜负了这个机会,这就是当时的心情。

读研究生期间,我的导师佘先生应北大出版社的邀请主编《中国当代文学作品辞典》,我是编委之一,写了差不多10万字,48个词条,我的工作就是把部分作品的故事梗概说清楚,然后再把作品简单评点几句,这项工作对我有很好的训练作用,对我认识作品有很大帮助,不管是对我以后做学问,还是讲课。到现在为止,只要有时间,我还做这方面的训练,有时备课时遇到新作品,我还是把它用自己的话写成故事梗概。特别在讲课的时候,很多本科生没读过作品,你把故事梗概给他说清楚,他对小说最核心的内容了解了,对他来说实际上也起到一个导读的作用。他不是没读过作品嘛,你给他说这个作品整个故事多么有趣,促使孩子们去读文学文本,因为现在认真去读文学文本的本科生并不是很多。所以说,这既是一种很好的学习方法,也是一种非常有效的教学方法。

我为什么经常主张你们要多写故事梗概?因为我自己经过这方面的训练,在《中国当代文学作品辞典》中写了差不多10万字的故事梗概,尤其是如何把文学作品最核心的内容把它抓住,拎出来,对思维的训练应该说能够起到一个非常好的作用。首先你看完作品之后就能知道主线索是什么,当然,现实主义的作品你可以很清晰地归纳出它的线索,有些先锋派和现代派的作品,比如说苏童的《1934年的逃亡》是个先锋派的作品,它的线索很纷扰,如何从纷扰的线索当中把主线索拎出来,这就需要多写多思考。

三

许峰:您本可按照研究生时期的学习思路,集中到对中国当代文学的研究上,是什么缘由让您把学术研究的方向转向了地方文学的研究,并且这一研究就是几十年?

郎伟:我转向宁夏地方文学的研究是基于两个理由。第一个理由是我出去参加学术会议时,经常有人问我,张贤亮如何?宁夏文学的总体状况如何?当时我研究生刚毕业,对宁夏文学的总体状况还不是非常清晰,接触的材料也少,除了张贤亮之外,其他有些问题我还回答不上来,我觉得这个东西我得去弄清楚,这可以说是一个最朴素的想法。第二个重要的原因是当时陈继明在《朔方》发了一组小说(一个中篇两个短篇),要给他出一个评论小辑,陈继明让人把他的作品给我送过来,让我写一个1000字的评论,我就写了一个短评。这可以说是一个最初的触动点。

　　我的知识背景是中国现当代文学，"五四"以来中国最优秀的中短篇小说，包括长篇小说我都读过，这个背景非常重要，这个背景就是我的底色，一个非常雄厚的底色。就像你已经喝过世界上许多品质不差的葡萄酒，现在让你品酒，你立马就能知道它好在什么地方，不好在什么地方。我为什么总强调必须把这些优秀的作品再读一遍，因为建立一个坚实的知识背景很重要，这个背景是个鉴赏的背景。正是有这个背景，我再看宁夏的文学，觉得陈继明的小说写得还可以，宁夏文学起码不是我以前想象的那样差，我为什么不以此作为突破口，把宁夏文学搞清楚呢？

　　学界的朋友问我宁夏文学的状况，我不能说得很清楚，既然在宁夏搞文学研究，连眼前的事都说不清楚，说不过去。再者，那么多学者都在研究现当代文学，别人都说清楚了，留给你的学术空间已经不多了，现在又有一个偶然的机会读了陈继明的作品，觉得这个园地是可以开发的，我就认认真真做这片园地，所以说也有寻找新的学术空间的思路在里边。

　　至于能够一研究就是几十年，也有两个方面的原因：主要是自己性格所决定，我一贯的工作和生活习惯就是选定一个方向，不轻易改变。既然选择了，看准了，就做，就认真地往下做，做起来，就要做好，要做好，就要有耐心。性格上虽然有点保守，但这种耐心和保守是联系在一起的，就是坚持。

　　许峰：您20世纪90年代开始关注宁夏文学的时候，宁夏文学正处于一个低潮期，选择这样一个课题去做研究，可谓吃力不讨好，您是怎么克服前期的这些顾虑的？

　　郎伟：对于宁夏文学来说，20世纪80年代的早期和中期是高潮期，代表人物就是张贤亮。第二个高潮是20世纪90年代中期到新世纪前期。第三个高潮期就是十八大之后。当时低潮期的时候进入这一研究领域，究其原因有两点。第一，具体地说，我是从1994年进入这一领域，这时和宁夏的作家逐渐熟悉了，看了几年宁夏作家的作品和《朔方》文学杂志，发现对于本地的小说，包括《朔方》发表的小说没有人写评论，这是一个空白点，我做一下。所以，从1995年开始每年写《朔方》的年度小说评，对每年发表在《朔方》

的小说作品,尤其是中短篇小说,我每年都要写一个评论。

第二点原因,大概写了两年之后,就有点学术名气了,好多作家就跟我联系,给我寄作品,说我写的小说评论文章评里点到他写的一篇作品了,比如说火会亮,火会亮当时我还不太熟,但我文章里提及了他的作品,火会亮感受到鼓舞。由此,我觉得写作每年《朔方》发表的小说的年度评论对这些作家是有影响的,可以提振他们的创作信心,我觉得这个工作有意义,就这么一路写下来。

说到吃力不讨好的问题,现在看来,对地方文学的研究之所以当时还能做下去,就是因为自己认定这个方向有学术空间。当代宁夏文学本身就是中国当代文学一个组成部分,也是一个值得挖掘研究的领域,有一批好的作家和作品需要去研究。通过研究点评,使宁夏文学能够更趋成熟,这也可以说是一种责任。另外一方面也与我上一个问题谈到的跟我一贯的工作和生活习惯有关。

许峰:在您之前,也有像高嵩、荆竹等老一辈批评者研究宁夏文学,不过宁夏文学好像不是他们的主业,很少有人像您一样把精力都集中在宁夏文学的阐释与评介上,您觉得您对宁夏文学的研究有什么贡献,有什么独特之处?

郎伟:回顾起来,我从1994年进入宁夏文学研究领域,如今都快30年了,对宁夏文学做了一些阐释与评介工作,有一些贡献。说到独特之处,可以从两个方面考量。第一,我可能是最专注于宁夏文学,完全把主要精力放在宁夏文学研究上的一个宁夏学者,尤其是在宁夏的小说和散文创作方面,我是投入热情、关注最多的一个评论者,对宁夏作家的研究处于持续和长期追踪的一种状态。我的前辈,比如说高嵩先生、荆竹先生,他们可能只关注具体的几个作家,而我关注宁夏文学的总体创作态势,这30年来,我算是对宁夏文学关注最全面和最深入的一个研究者。之所以我要一直把握总体的东西,一是因为宁夏小说的年度评论我做了很多年,二是因为经常去参加一些国家级文学奖的评奖,这对我反观宁夏文学有很大好处。通过评国家奖,我就知道宁夏最好的作品与国内顶尖作品的距离在什么地方;能意识到宁夏的作家能获奖的优势在什么地方,不能获奖的短板在什么地方。比如说宁夏的长篇小说一直不能获茅盾文学奖,通过当茅盾文学奖的评委,去阅读历届的获茅盾文学奖的作品,就会意识到宁夏长篇小说存在哪些问题。

还有就是我有比较宽阔的中国现当代文学背景。再者我非常喜欢唐诗宋词,到现在为止,累的时候还经常抄写唐诗、宋词,我的古典文学背景和现当代文学的背景能帮助我认识宁夏文学的独特之处和它的不足之处。谈论宁夏文学的优势所在和缺点所在,我所依托的学术背景是全国的大背景,甚至是全球的大背景。评说短篇小说创作,我不仅说石舒清的短篇写得好,那么和张贤亮对比,和国内一流的短篇小说家对比,甚至和获诺贝尔文学奖的优秀短篇小说家对比区别在哪里,和这些作家对比,才可以说出宁夏文学的优劣所在,才可以持续全面深入地研究下去。

第二,就是我在高校任职,一方面研究宁夏文学,一方面可以带博士和硕士研究生,通过自己的不懈努力,起码带出了几个在研究宁夏文学这个领域能够坚持和可以寄予希望的学生,壮大研究宁夏文学的人才队伍,更好地为宁夏文学的发展服务。

许峰:三十年的批评实践已经让您有了一个稳定的价值立场,您能否谈谈您的文学批评观?通过阅读您的书的后记,我们知道您是一个语言至上者,您将批评语言上升到一种本体论的地位,您觉得语言在文学批评中意味着什么?

郎伟:谈到文学批评观,我先说我的文学观。第一,受我的老师和北大学派的影响,我觉得文学不仅仅是描写自我生活的一种载体,更是展示广大的人生、给人心灵带来力量的一种意识形态方式。也就是说,文学给我们心灵带来力量。我不反对文学描写个人的生活,但是必须给人心灵带来力量。我始终相信鲁迅所说,文学是为了改造人生的,文学要改良人生。鲁迅说到当年他为什么要写小说:"第一是为人生,第二是改良这人生。"受鲁迅这些优秀的现实主义作家的深刻影响,我始终提倡文学价值观在于它是一个能够为人的心灵带来真善美的精神载体,它是提升人的精神层次,丰富人的心灵的一种意识形态方式。鲁迅的这句话是我的文学观核心,我始终信奉鲁迅所说的"文艺是国民精神所发的火光,同时也是引导国民精神的前途的灯火",这是鲁迅在《论睁了眼看》一文中的观点。如果联系如今的现实,文学就是提升民族素质的有效途径之一。我从来反对文学只是自说自话,尤其是说自己的私生活,我不赞成这样的文学观。

第二,本着这样的文学观,我觉得文学批评一是对文学文本的一个优美的阐释,二是对文学文本的价值,尤其是它的社会价值、思想价值和改造人生价值的一种阐发。文学批评要具有现实性,不能只做文本的内部批评,必须联系你所生存的社会,因为文学和整个人生、整个社会是有着血肉联系的,所以我们的文学批评不能自说自话,不能在文本的内部兜圈子,我反对完全的象牙塔里的文学,这是我的文学批评观。

作为文学批评,我始终注意文学语言的运用。文学批评它可能是一种技术性的批评,但是文学是情感的艺术,是语言的艺术,文学批评万不能做成一个技术报告,尤其是不要做成语言寡淡的技术报告。在这个方面一定要注意,因为我看到大量的博士论文就是写成了一个技术报告——趣味寡淡的技术报告,这是文学必须反对的东西。说语言至上可能有点夸张,但是我觉得我们是从事文学的,文学批评又是让读者阅读的,你必须要有你的文采,我特别瞧不上过度的技术至上的文学批评,堆砌了大量的西方的学术术语,让人看得趣味寡淡,再者,觉得像一篇哲学论文,充满了迷雾。所以你看我的这几本文学评论集的名字,尤其是最新的这本文学评论集,叫《守望风沙中的一盏灯》,像个散文集的名字,我就想取得这个效果,我的文学批评是可读的,让人读起来有文字之美,不要趣味寡淡,也不要全都是技术术语。那样的文学批评和一个病理报告、和一个产品的说明书没有什么两样。文学作用于人的心灵,文学最基本的材质是语言,语言都不能打动人,你的文学批评怎么让别人去读?所以到现在为止,我最看不惯的就是技术至上的文学批评,我从来不写这样的批评,如果说我是一个语言至上者,我是希望文学批评写得优美,写得像散文一样,说理可以,但是不要把说理搞成一个一般读者都很难进入的一个迷宫,我不主张这样的文学批评。

语言是文学批评最本质的东西,如果语言不好,别人连读你作品的兴趣都没有,接受你的影响就更无从谈起。所以说如果文学批评是一个大厦,语言就是构成文学批评最坚实的砖块,没有砖块,大厦就无从建构,如果砖块不牢固或者是不美的,你的大厦就无从显现出你的思想和面貌之美,包括你的见解深刻性都无从谈起。

许峰:当下,人们对文学批评诟病不少,您认为当下的文学批评有哪些问题?您理想中的文学批评应该是怎样的?您有崇尚的批评典范吗?

郎伟:我认为当下文学批评存在的问题一,过于玄奥化和神秘化。问题二,思想的浅薄化。批评家对于社会和人生缺乏深透的了解和意识。自身对社会人生缺乏深刻的认识,对文本也缺乏深刻的解读,所以思想浅薄化。问题三,语言粗糙化,不优美,有些话根本读不懂。读不懂一是因为学的是翻译体,引用大量的西方的理论,用的是翻译体的语句。二是因为古典文学和中国古典文化的积累太浅薄了,积累太少,所以语言不优美。这是三个最大的问题。

我理想当中的文学批评应该是这样的。第一,文学批评是能够让人读懂的。专家可以读懂,一般的读者可以读懂,引车买浆之流也可以读懂。第二,应该给人一种读了你的文学批评之后,可以对作品有深刻的认识的感受,就是你应该提供你独特的思想和艺术见解。第三个方面是文学批评要有趣味,这意味着思想和对艺术的鉴赏是有趣味的,语言也是有趣的。

文学史上有许多优秀的文学批评典范,足以让人不断学习,我所崇尚的有中国古典的文学批评,比如《文心雕龙》,钟嵘的《诗品》,这都是中国古典文学批评的最高境界,思想见解和语言都非常优美。清末的批评大家,其中我非常喜欢梁启超的文学批评文章,比如说《论小说与群治之关系》,写得那样充满激情,那样动人心魄,还有王国维。再有现代以来的批评大家,比如说优秀的文学批评家李健吾,他的语言非常优美。李健吾还是一个优秀的翻译家,主要翻译法语文学。我非常喜欢读作家写过的文学批评。新时期早期,上海文艺出版社出过一本《鲁迅论创作》,这本书是我经常看的一本书,我觉得鲁迅的文学批评非常出色。当代的批评大家,比如说钱钟书,这个也可以说是现代的,我非常喜欢读。还有当代的我的师兄辈的几个批评家,有的是我的老师,比如说钱理群、陈平原,黄子平既是我的老师,也是我的师兄,还有我的师姐赵圆、季红真,师兄吴福辉。当代的批评家里,还有南帆的文学批评。海外的批评家,我最喜欢读王德威的批评文章,当然夏志清的《中国现代小说史》也是我经常读的。我的文学评论受他们的影响很深,他们的评论非常文学化,同时也不乏非常深刻的见解。语言的优美,并不妨碍这种深刻,这是我学习的批评典范。

许峰:您已经出版了六本著作,其中大部分还是关于宁夏文学的研究,您对宁夏文学可谓谙熟于心,您能对宁夏文学特别是当前宁夏小说的优势与不足谈一下吗?作为一个评论家,您对宁夏小说家有什么建议?

郎伟:就宁夏小说而言,优势有两点。第一,就新时期以来这40年来说,短篇小说创作是我们的优势,我们的短篇小说在全国可以毫无愧色地说,名列一流的地位。第二,是我们的中篇小说,尤其是新世纪以来的中篇小说,写得也不错,比如说季栋梁的中篇,马金莲的中篇,我们的作家生活积累和生活的经验非常深厚,这是我们的优势。不足之处有两点。首先,我们的长篇一直没有出现一个能够获得茅盾文学奖的长篇小说。我们长篇小说创作的总体态势处于一个薄弱的环节,一是数量还不够,二是还不能提供带有强大思想冲击力和艺术冲击力的作品。其次,还可以谈一下的就是继张贤亮、"三棵树"和"新三棵树"之后,我们除了马金莲,后续的小说作者队伍,尤其是短篇小说创作的集团式的效应还不是太强大,比如说张贤亮是所谓的"一枝独秀",但是张武和戈悟觉等人的小说创作也还不错,比如说"三棵树"和"新三棵树"都还不错,但是在我们创作第三个高潮期,只出了一个马金莲,一个人的创作不可能永远处于高潮期,如果马金莲再进入一个沉潜期,要靠谁去在全国短篇小说一流的阵地打拼,现在成了一个问题,这是我们的优势和不足。

说说我对宁夏小说家的建议。第一,对长篇小说的创作需要作家们转换思路,一定要清楚认识长篇小说的文体特质。我们很多长篇小说的写作者,不知道什么叫长篇小说,一定要打破这样一个说法——长篇小说就是字数多的小说。不是这么回事,长篇小说字数多,是它的文体的一个最基本的限定。长篇小说的第一个特点是要提供新鲜的思想,这是我们的很多作家没有意识到的。第二个特点是必须提供独特的脱俗的艺术新创造和艺术新形式,也就是说长篇小说要构建一个崭新的艺术王国。宁夏作家在这个方面缺乏基本的认知。之所以这样说,是因为我们报茅盾文学奖的好多长篇根本就缺乏这些优秀长篇小说所具有的基本素质。所以说对宁夏的小说家来说,要对优秀长篇小说的内涵有一个准确而深刻的认知。第二,还是要多读书,多揣摩中外古今的大师们的创作,读书要平心静气地去读,读书的状态和写作的状态,实际上都是一种孤独的状态。所谓读书和写作的孤独状态,过去中国庄子的学说叫"虚静"状态,就是你处于认真读书和写作的状态时,世界仿佛不存在了。读书和写作的状态是这样一种状态,这才叫认真的状态。但是恕我直言,这样的状态90%的作家都做不到,所以写不出精品。我自己写得最好的那些文学评论几乎都是在这样的状态下完成的。我当时40多岁,那时候状态比较好。早晨7点起床,洗漱完了之后多吃点东西,从早晨8点开始写作一直到下午3点,那是我状态最好的时候,电话全都是静音状态,好多人找不着我。我的一些很好的文章,比如写石舒清的那篇《苦土上的岁月与人生》,就是这么写出来的。作为一个长篇的写作者,需要处于一种孤独的状态,没有这个状态是出不了精品的。

许峰:您最新的文学评论《守护风沙中的一盏灯》,我对这个书名当时还有些不解,现在,我逐渐理解,这其中饱含着某种文学批评的使命与担当。您教学与写作已30多年了,我想这两项事业您也会继续做下去。这些年行政、教学工作占用了您大量的时间,可您仍有高水平的学术论文问世,是什么动力支撑您继续去写作?

郎伟:之所以起名叫《守护风沙中的一盏灯》,其中是有象征和隐喻的,风沙指的是世俗社会,我们现在处于一个市场经济的社会,世俗的利益成为大多数人追求的目标,名和利,这是世俗的追求。从事文学写作,尤其是从事文学批评,一直处于一个边缘化的境地,文学批评就像风沙中的一盏灯,所以需要守护,甚至是坚守。

要说支撑我写作的动力,一是工作职责,学术研究是我工作的应有之义,是我做教授的本分所在。二是因为心里边一直喜欢文学,又在高校教文学,做自己喜欢的事也是一种快乐和幸福,能在世俗风沙扑面的状况下坚守这盏灯光,能把这束灯光逐渐拨得亮堂一点,是我矢志不渝的选择。三是宁夏的文学批评事业始终处于一个不是非常发达的状态,尤其从事宁夏文学批评这个行当的人非常少,认认真真做文学批评的人更是屈指可数。因为和宁夏文学有不解之缘,所以愿意为它贡献出自己的一些力量和智慧,想替这份事业做一个摇旗呐喊的人,通过自己的努力,把这个星星之火化成燎原之火,也是我的心愿。四是如果说还有什么动力,说得稍微大一点,就是想替国家,首先替宁夏的文化建设、宁夏的文学事业尽一份力量,这更是一种责任所在。另外,我能够一直坚持做文学批评,有一个原因也不得不说,那就是我在高校有一份工作——当文学教授,这可以支撑我的生活。如果我完全以文学批评为业,我是无法生存的。比如说我现在写一篇文章,在状态比较好,也觉得还能拿出手的情况下,写1万字要花一个月的时间,而我的稿费是1000多块钱,这对我来说,显然是无法生存的。所以说我现在之所以能把文学批评工作做下去,能够坚守下来,这也是一个重要的原因所在。

许峰:《负重的文学》《写作是为时代作证》《欲望年代的文学守护》《孤独的写作与丰满的文学》《守护风沙中的一盏灯》,我觉得您的书名透露出某种执拗、担当与使命,也是您为文为人的一种风格,是我们这些后学者值得继承的精神财富,尽管您在学习和生活中给予了我们许多教诲,但我还是想请您给致力于学术研究的后辈们简略地分享一下您的学术心得。

郎伟：我这些书名里边有几个关键词，第一是文学，第二是守护，均两次出现，我自己也是无意识的。无论是《负重的文学》还是《写作是为时代作证》，这实际上都强调文学的社会责任感，《欲望年代的文学守护》也是文学的责任感，《欲望年代的文学守护》和《守护风沙中的一盏灯》几乎是同一个书名，只不过表达不一样。包括《孤独的写作与丰满的文学》，说来说去我自己也意识到了这些字经常出现，可以说透露了一种执拗、使命和担当。

我从事这个行当，到现在已有40多年，学术心得实际上也是我前面说的我成功的秘诀所在。第一是对你这份事业有发自内心的痴迷，这是一种最深沉的迷恋，不为外在的名和利所诱惑，这是我的一个心得，也是我源源不竭的动力。第二是要有坚守的心情，做学问就是无论外在的社会环境，还是你周围的小环境如何变化，你都坚守自己这方阵地。我永远相信人一辈子只能做好一件事，这是我的一个人生信条。我自我评估我不是一个才能特别强大的人，可以在同一个时期之内做好多事，我只能专注于一件事情，所以专注永远是我成功的基本的垫脚石。第三是要有耐心，这种耐心包括在学术之路跋涉过程中对寂寞的应对。在你没有成功之前，你是很寂寞的，因为你没有成就，甚至是在一种半昏暗的状态上，你还没有找到自己的光明点，这个时候你很寂寞，我忍受过很长时间这样的寂寞，那个时候因为自己还没有成就，有时晚上睡不着觉，而且会很伤心。所以我觉得耐心很重要，尤其是在相当长的一段时期之内忍受寂寞的这种耐心，这是进行学术研究所要具备的基本素质。

许峰：今天聆听了老师治学的心路历程，非常受用，对我们的学习和研究非常有帮助，今天的访谈就到这里，非常感谢郎老师能在百忙之中抽出时间接受访谈！

许峰，博士，中国文艺评论家协会会员，宁夏社会科学院副研究员。

一部倾注心血和智慧之作会重新塑造你

——张学东作品俄文版出版访谈录

◎罗季奥诺夫　罗玉兰

　　罗季奥诺夫：张先生，您好！2021年5月份圣彼得堡海波龙出版社推出了您的长篇小说《家犬往事》俄文版。这是继2020年该社推出俄文版《张学东中篇小说选集——蛇吻》后，您在俄罗斯公开出版的第二本著作。在此衷心祝贺您！应该说，俄罗斯广大读者对中国当代文学的了解还远远不够，我们全国每年会发表或出版中国文学作品25本到30本，其中当代文学在12本左右。因此，被译介过来的每个版本都很珍贵，这些作品能最大限度地开阔俄罗斯人的眼界，特别是对加强俄中两国人民民心相通起到非常积极的作用。我们希望能借此次采访的机会，更多地了解您的生活及创作状况。

　　张学东：十分荣幸，亦万分感谢。作为一名写作者，两年间先后有两本书经由二位译介到俄罗斯出版，应该说这是中国文学的一份荣光。毋庸讳言，一定程度上，我们是读着俄罗斯文学成长起来的，托尔斯泰、普希金、陀思妥耶夫斯基、契诃夫、普宁、巴别尔、莱蒙托夫、屠格涅夫、帕斯捷尔纳克、索尔仁尼琴、肖洛霍夫、布尔加科夫……这些名字中国作家耳熟能详，对于他们的代表作更是如数家珍。所以，当有朝一日自己创作的小说也有了俄文版本，还是非常激动的，如您所言，中俄两国交流可谓源远流长，尤其是在文学艺术方面，我也希望通过你们翻译家的不断努力，有更多中国当代作家的优秀作品,能够走进俄罗斯这片古老的土地,并被那里的广大读者所接受。

罗玉兰:我很荣幸两次翻译您的著作,去年海波龙社出版的《张学东中篇小说选集——蛇吻》就给人留下非常深的印象。据我看,您的中篇小说《阿基米德定律》《一意孤行》等最突出的特点是心理描写都很深刻,我们俄罗斯读者非常喜欢看到每个人物复杂的心情,甚至是他们心中的一个个痛点,您往往会让小说中的人物做出艰难的选择,这种选择关系到做人的原则和尊严。此外,您的小说描写的是当代中国最真实的生活和人物,故事很曲折,有时让读者无法预测接下来会发生什么。应该说,您的作品不仅代表宁夏文学,也代表着中国当代文学,我们愿意通过翻译您的作品,把优秀的中国故事带给俄罗斯读者。请您谈谈对文学翻译作品的一些认识。

张学东:译作是了解陌生世界和人群的一扇扇窗口,我们通过阅读那些被译介过来的优秀之作,可以不知不觉跨越千山万水,抵达一个又一个异域国度,接近一颗又一颗独特心灵,最重要的是,在文学的国度里,你能感觉到人类如此相似,什么肤色、地域、种族、民族统统不是问题,唯有人性本身让这个世界千奇百怪,常常令人扼腕叹息。

罗玉兰:您的长篇小说《家犬往事》是否存在自传性,或者说,这个故事与您的家庭在"大跃进"时期的经历是否密切相连?

张学东:我在中文版《家犬往事》后记里说过,这首先是一部想写给自己女儿的书,中国的发展速度有目共睹,尤其近年来百姓生活水平大幅度提高,我女儿生于新千年之初,可以说从出生以来一直过着衣食无忧的生活,"00后"这代人对国家的历史了解有限,特别是对新中国成立后所经历的风风雨雨,知之甚少。我就想通过一部文学作品,让我女儿以及她的同龄人有机会走进那段缺吃少穿的艰苦岁月,去体验普遍的贫困所带来的重压和伤害,我想以拒绝遗忘的方式为孩子们补上这一公开课,唯独如此,年轻读者才能深刻理解自己的国家是一路怎样走来的,才知幸福得来实属不易,才能倍加珍惜今天的美好生活。《家犬往事》搅动的至少是两代人的共同记忆，我的祖辈、父辈是亲历者，对那段历史有难以磨灭的印记，我小时候经常听到他们谈及"大跃进"和三年自然灾害，特别是祖父，每每见到我们浪费粮食，便要大加斥责，我写这样的作品，算是对老人们的一个交代。

罗季奥诺夫：在阅读《家犬往事》时，我最担心那两条大狗会不会受革命群众之害，像张贤亮的《邢老汉和狗的故事》那样，令我高兴的是这些狗不仅自己生存，还一次次救出了那些无助的孩子，而且它们最终还生下了小崽子。看上去，您特别心疼那两条狗。请您多谈一谈家犬。您家是不是一直养狗？您觉得养狗最大的好处在哪里？

张学东：诚如您注意到的，《家犬往事》确实没有回避真实甚至是残酷的历史背景，尽管故事是以孩童和家犬为主人公的，但它恰好体现了中国哲学中的"四两拨千斤"的理念，或者叫作以小博大，因此，我以为它是有力量的小说，我相信它能击中读者的心灵，也包括俄罗斯人。小时候，我家里就养狗，记忆最深的是一只狼狗，它还很小时，由我亲手从外面抱回家来养，它矫健、机敏、勇猛，就像我在小说中描述的退役军犬"坦克"一样，看家护院身先士卒，一丝不苟，应该说"坦克"就是它的化身。它是我年少时最贴心的玩伴，即便跟附近孩子们一起玩耍，我也时常牵着它，长大后我去南方求学，有一年暑假回来，发现狗窝空空如也，家里人先告诉我它跑丢了，后来瞒不住，才说它死了，就葬在我家果园一隅，那一刻，我站在静悄悄的果园里，突然泪流满面，仿佛死去了一位至亲至爱的人，从那以后很多年家里再没养过狗。人们总是说，狗是我们的朋友，这话一定是养过狗的人的肺腑之言。

想想看，偌大一个院子，如果没有一只汪汪吠叫的大狗，这个家园便死气沉沉，了无意趣，我以为人最了不起的是，他不光自己要活着，还要活得足够丰富精彩，院子里有了狗，就不一样了。我写《家犬往事》时，家里正好养着一只比熊犬，它娇小玲珑可爱，更适合没有院子的楼宇生活，它总是喜欢黏人求抱抱，跟过去的大型家犬不能同日而语，有时候我甚至觉得它不像狗，更像一只猫，总是懒洋洋地蹲卧在人的大腿上，反正我们全心全意养着它宠着它,我就是在它撒着娇打着呼噜中完成这部作品的,换句话说,这本书也包含了它的气息。

罗玉兰:既然咱们聊到了张贤亮,应该说,我曾比较多地研究和翻译张贤亮的小说,并于2001年专程到银川拜访了张贤亮。很遗憾,他已于2014年离世了,但他担任过二十多年的宁夏作协主席,对整个中国文学的发展做出了巨大贡献。不知他对您的创作生涯有没有产生某种影响,请您介绍您和张贤亮的关系。另外,您这一代的作家和张贤亮那一代的作家最大的不同是什么?

张学东:张贤亮先生是宁夏乃至中国的一棵文学大树,他以自己二十余载的劳改生涯和生命体验,铸就了属于他那个时代的文学辉煌,诸如《灵与肉》《绿化树》《男人的一半是女人》《习惯死亡》等堪称一代经典。早在2001年,即我创作之初,彼时张贤亮先生尚担任宁夏作家协会主席一职,他曾亲自为我能成为中国作协会员签署了推荐意见:"张学东同志是青年作家中的佼佼者,这两年他的创作成绩有目共睹,为此我推荐他加入中国作协。"斯人已逝,墨迹犹存,对于这位了不起的大作家,我最想说的是,他曾以知识分子的一笔之力,撬动了中国乃至世界文坛,他让外界知道了地处西北内陆渺小的省区宁夏,更为后来宁夏"三棵树""新三棵树"及文学林的崛起起到了不可估量的作用。对于我们这代作家来说,他的成功经验不可复制,所谓时代造就英雄嘛,我们要做的是不断阅读前辈的作品,从中汲取营养。

罗季奥诺夫:当代西北文学和中国东部、南部文学相比,是否有某些鲜明的特点?

张学东:南北地理上的巨大差异,一定程度上造成了文学作品面貌上的迥然不同。通常,南方作家的文字就像那边连绵不绝的梅雨,阴柔、潮湿、怅惘、迂回,而北方作家更擅长用一种硬朗、质朴、憨厚甚至是笨拙的语言去构筑作品;东部特别是像长三角这些经济高度发达的地区,更容易出现都市文学和女性主义色彩比较浓的作品,而西北地区历来是落后和欠发达的代名词,所以,这里的文学作品更多表现土地的贫瘠、家园的荒芜以及天灾人祸。当然,这一切都因人而异,作家的出生之地、生活环境、教育水平,等等,都会影响到他们的创作。就我个人而言,写过土地和灾难,写过乡村和城市,也写过历史和现实,不管写什么,我都非常注重人物的过去和现在,也就是从哪里来到哪里去,现实主义文学不光眷顾人的吃喝拉撒生老病死,更应该关注人物的历史背景和未来去向。

罗玉兰:您的日常生活是怎样的一种状态?是不是每天都会伏案写作?具体是早上写还是晚上写?还有,是用电脑打字还是手写?记得作家刘震云曾说过,他在跑步过程中思考小说的故事。具体到您呢?

张学东:水无常势,写作者大抵如此。过去二十年,我习惯于早起,洗漱完毕用罢早餐和咖啡,可以在电脑前坐两三个钟头,心无旁骛海阔天空地写小说,九点钟以后开车去单位,白天做编辑工作,晚上看看书。对了,我极少夜间写作,而且很不喜欢阴天,坏天气很容易破坏我的思绪,而晴天丽日总让我灵感不断。2020年年底,我完成了20万字长篇新作《西西弗的石头》,这是我对新千年以来现实和生活的观察和思考,借用加缪的《西西弗的神话》给这部小说命名。这两年,我的身体被腰椎间盘突出症、肩周炎等困扰,写作状况已大不如前了,以后再像过去那样痴迷写作恐怕不行了,也许身体想善意地提醒我,该换一种生活方式了,放慢脚步,好好读书,修身养性,毕竟年过半百,该写的东西基本完成。关键是,写作在当下大有泛滥之势,什么人都想写,都想发表和出版,铺天盖地参差不齐的书刊,叫人对写作这件事产生了怀疑。每天,只要打开微信,圈里皆是新鲜出炉的作品推介和道貌岸然的创作之谈。所以,我想,不写也许比写本身更有意义。

罗季奥诺夫:您自己比较喜欢阅读哪些作家的作品?枕边书都是什么?是否也包括外国文学?

张学东:我的阅读比较庞杂,单就外国文学来说,除了读上述经典的俄罗斯作家作品外,欧美及东亚作家作品涉猎相对较多,霍桑、海明威、福克纳、杰克·伦敦、路易斯、卡佛、契弗、梭罗、莎士比亚、狄更斯、哈代、勃朗特姐妹、劳伦斯、奥威尔、毛姆、奈保尔、耶利内克、卢梭、司汤达、福楼拜、大仲马、雨果、布鲁斯特、莫泊桑、罗曼·罗兰、加缪、萨特、君特·格拉斯、托马斯·曼、乔伊斯、马尔克斯、巴尔加斯·略萨、博尔赫斯、茨威格、卡夫卡、萨拉马戈、太宰治、三岛由纪夫、川端康成、大江健三郎、帕慕克、门罗、库切，等等，不胜枚举，甚至像周边韩国也有喜欢的作品，比如韩江的代表作《素食主义》便是其中之一。读书多年，其实最最喜欢的作品也是屈指可数，比如《日瓦戈医生》《罪与罚》《变形记》《百年孤独》《约翰·克里斯朵夫》《包法利夫人》《失明症漫记》《钢琴教师》《个人的体验》等。当然，这里面也少不了曹雪芹的《红楼梦》和鲁迅的一系列小说，前者几乎堪称社会百科全书式的伟大写实主义杰作，后者则如锋利无比的解剖刀对社会和国民性一次次大动手术，它们都是我的枕边书，我经常翻阅，并持续地为我创作带来灵感。

罗季奥诺夫：说来咱们是十年前认识的。2011年，您作为中国作协组织的作家代表团成员访问了俄罗斯。记得，当时我们圣彼得堡大学和中国作协合作翻译了一部中国当代文学中短篇小说选集，其中就包括您早期优秀的短篇小说《跪乳时期的羊》，咱们当时围绕这部书中的作品进行了交流。不知您有没有像王蒙或冯骥才那样，也存在某种俄罗斯情结？或者说到俄罗斯，您最想谈论些什么？

张学东：去年，刚好读过法国作家沃尔科夫的《彼得·柴可夫斯基——一幅真实画像》，这是一部非常真实生动的作品，甚至超越了普通的传记文学。柴可夫斯基在中国一直享有盛誉，一点儿不亚于托尔斯泰。记得十年前，我随中国作家团访俄，好像正值柴可夫斯基诞辰一百七十周年，那晚在美丽的圣彼得堡，主办方精心安排了柴可夫斯的专场芭蕾舞纪念演出，《天鹅湖》《胡桃夹子》《睡美人》等经典剧目片段悉数上演，场面十分壮观，观众热情洋溢，激荡的"乌拉"声不绝于耳。我喜欢他还因为他的《第一钢琴协奏曲》《降B大调弦乐四重奏》《悲怆交响曲》，以及幻想序曲《罗密欧与朱丽叶》，我女儿现在能熟练地弹奏钢琴曲，于我来说真是最美的享受。柴可夫斯基说过："如果没有音乐，人们更容易同庸俗、低级、卑劣的东西同流合污。"他还说过另一句话："如果说我注定要获得声誉，它也将迈着坚实的步伐姗姗来迟。"如此清醒而又理智的艺术家,就凭这两句话,人们没有办法不喜爱他。俄罗斯还有非常深厚的油画传统,列宾、列维坦、马尔科夫、克拉姆斯可依,等等,那次访俄在国家展馆里亲眼目睹了他们的油画真迹,足慰平生矣。还有,俄罗斯的小朋友。几乎在所有参观的场所,都能看到老师们带领他们穿梭其中,孩子们面容清秀,眸子明澈,生活在这个艺术国度,从小接受各种伟大作品的洗礼,在这个意义上,他们是幸福的。

罗玉兰:最近一年整个人类的生活在疫情的冲击下发生了很大的变化,这个局面让您领悟到什么?您是否打算写有关疫情方面的小说?

罗季奥诺夫:您创作已过20个年头,不知这期间,您写作的追求是不是发生了变化?具体到目前是什么?您觉得自己是什么样的作家?

张学东:20年弹指之间,值得回味的东西很多,创作追求发生变化也是在所难免的。今年,国内即将出版我的《西北往事三部曲》,可以说这是我最最重要的作品,它涵盖了1958至1988年的寻常百姓生活,它包含了福与祸、得与失、悲与喜、聚与散、生与死和善与恶,它是我二十多年创作生涯矢志不渝的一部三卷本作品,尽管这中间有犹豫、彷徨甚至停滞,但最终我还是坚持下来了,因为它是我文学梦开始的地方,也就是现在大伙挂在嘴边的初心。文学,对于个人来讲,也是一种体系建立的过程,从开始的一草一木、一砖一瓦到后来的亭台楼阁,慢慢地你会发现,这个文字建筑真的拔地而起,它承载了你所有的思想和抱负,它既是现实的,又是历史的;它既是你的,又不完全属于你;它是虚构的,同时又是那么真实。它就矗立在那里,成为你的另一种存在。一个人一生可以浑浑噩噩得过且过,但是一部倾注了巨大心血和智慧的作品,它有可能重新塑造你,而我知道自己确实被《西北往事三部曲》所塑造。我要感谢这二十多年的时光,我没有挥霍它们,并尽可能将业余的分分秒秒挥洒在阅读和写作之上,所以,我现在最想对你们二位翻译家说,在这个意义上,我被作品塑造成有现实感、有历史担当,同时也是一位有力量的作家。套用马克思在论及费尔巴哈时说过的一段有关革命的话,而我想说的是:作家,只有在其创作中,不断地证明自己思想的正确性和真理性,那么,他的作品才会真正有力量有价值。

罗季奥诺夫:改革开放以来,世界目睹了中国的迅速崛起,中国人的日子过得越来越好,现在中国人民在追求实现中华民族伟大复兴的中国梦。那么,当代文学如何助力这一梦想?

张学东:中国的变化可谓日新月异,几乎每天都能在各种媒体上看到有关经济、国防、科技、社会民生诸多方面的最新报道,我们进入了发展的快车道,而世界形势波谲云诡,这一切都需要作家潜心去捕捉并表达。而每个作家都有他们最熟悉的领域和最密切接触的生活,我以为每个个体做好自己的事,关注自己最想关注的群体,书写自己最感兴趣的故事,那么,千千万万个作家作品集合起来,便以最真实最全面最生动最个性的方式,集束表达了我们对祖国的热爱,对时代的赞美。有一点不知你们注意到没有,就是当代中国有一个非虚构写作群体,他们致力于用非小说的方式(或长篇叙事散文)来描述社会生活的方方面面,就像白俄罗斯女作家亚力克塞维奇那样,如今这样的文学创作也颇受官方和读者关注,这些作品绝大多数关注的正是现实进程中的中国,我相信,类似的文本对于助力中国梦的实现应该是有些裨益的。

罗季奥诺夫,俄罗斯圣彼得堡大学博士,文学翻译家。

罗玉兰(·罗季奥诺娃),俄罗斯圣彼得堡大学博士,资深文学翻译家。

艺苑·杂谈

重塑经典打造高峰正剧　文艺创新承载历史使命
——电视剧《灵与肉》创作简述

◎杨洪涛

　　为庆祝改革开放四十周年和宁夏建区六十周年,由宁夏党委宣传部主导,宁夏电影集团历时三年,倾心创作,将当代著名作家张贤亮先生代表作《灵与肉》改编为同名电视剧,张贤亮先生曾在生前无偿将小说的电视剧改编权捐赠给宁夏电影集团。2018年6月17日,电视剧《灵与肉》在CCTV-8晚间黄金强档开播,收视率一直保持全国前三,引发广大观众的强烈反响,成为2018年度热播电视剧。下面,结合整体艺术规划与理念,简要阐述一下该剧的创作历程。

一、名著改编

　　张贤亮先生是新中国的文坛巨匠,是宁夏的文化名片,他的作品艺术风格深沉、凝重,充满哲理性的思辨色彩与浓厚的浪漫主义气质,在国际上享有盛誉。张贤亮先生亦是文化英雄,他以非凡的想象力,让曾经蛮荒的羊圈变为大视觉文化之地——镇北堡西部影城,他以"文化有情、荒凉有价"的理念,将废墟之地打造成"东方好莱坞",把荒凉之地装点成文化奇观,让中国电影走向世界,为中国文化事业的繁荣发展作出卓越贡献。

　　小说《灵与肉》是张贤亮先生的代表作,它犹如一座灯塔,为一代知识青年点亮生命的阶梯,引领他们走向文学艺术之路。小说《灵与肉》肯定了知识分子在人生重创下直面困苦、艰难生存的毅力和勇气,赞美了农牧民们淳朴热情的品质和宽厚善良的胸怀,在反思伤痛的同时,着重表现了精神之美,用"痛苦中的欢乐,伤痕上的美"集中展示中国人民坚毅、自强、友爱、勇敢的价值取向。这样一部人物性格鲜明生动,情节脉络、矛盾设置、感情线索丝丝入扣的经典文学作品,具备改编成为上佳电视剧的先决条件。

二、改编方向

将一万八千字的小说《灵与肉》改编成近七十万字的电视剧剧本,要把小说的时间背景扩展,视角不再局限于普通人的命运,舍弃以人物命运遭遇为中心的单一情节模式,采用多角度叙事方式,对原小说进行重新构架,将主人公许灵均与父亲在几天之内的痛苦纠葛,改编为从20世纪50年代末至90年代初,以许灵均为代表的一代支边知识分子,历经反右、"文化大革命"、上山下乡、中美建交、粉碎"四人帮"、恢复高考、改革开放等新中国各个历史节点,在残酷的自然环境、社会环境和人文环境的隔绝、碰撞与挣扎之下,在各种痛及肉体、触及灵魂的奇绝测试中,面对生与死的抉择、善与恶的选择、美与丑的辨别、苦与乐的感受、个人与集体的平衡、物质与精神的取向、灵与肉的撕扯所引发的跌宕起伏的故事,展现出波澜壮阔的伟大人格,让广大观众对知识分子以及知识力量产生新的视点与新的价值取向判断。

三、核心创作理念

电视剧《灵与肉》的核心创作理念是把知识分子作为一个群体,分析知识带给国人的影响与意义,通过塑造与众不同又个性十足的知识分子全新视觉形象,阐释灵与肉的哲学关系。今天探讨"灵与肉"的艺术作品很少,超越存在(灵魂)和实际存在(肉体)之间的撕扯是戏剧矛盾的核心思考和动力本源。本剧的精彩之处在于主人公许灵均的灵魂被肉体和环境所禁锢,但是他选择突破,勇于坚守,最终找到灵魂的归宿。世间百态,万象丛生,真正的奇观是人格奇观。

《灵与肉》不是描述西北农村家长里短的百姓故事,其核心创作基准是展现信仰和坚守的价值,以张贤亮先生传奇的一生和支援西部建设的广大知识分子的感人故事为背景,用抽象出的生命关怀能力塑造出一个具备超级人格和知识能力的知识分子,把以张贤亮为代表的新中国一代知识分子形象艺术化呈现出来。在创作过程中,我们对中国知识分子的塑造进行突破,摒弃诗书情话和文辞浸淫为总体符号化表征的传统形象,通过波澜起伏的人物命运,展现出知识分子不仅具有人文魅力,更具备产业价值。知识分子不仅仅注重自我完善和自我人格的展示,更能够通过自己手中不变的武器——知识,在文化装点和艺术加工的作用下,坚持梦想,用智慧和文化艺术创造财富,就像张贤亮先生的真实经历一样,把镇北堡变成中国首座具有产业意义的影视文化城。

电视剧《灵与肉》力图把知识分子塑造成中国主流文化产业的劳动力支柱,集中展现他们改变当代中国进程的传奇故事,传递出知识是核心推动力的创作理念。许灵均的角色魅力是从知识力量中提炼出来的,他利用知识完成信仰的坚守,并最终改变所处环境和周边人群的命运,我们用42集给出答案,坚守和信仰才是人生精彩的不二法门,这样的艺术规划,不仅能唤起广大历史见证者共同的记忆,还能对千千万万充满梦想的青年人产生激励作用,让他们听到时代进步的足音,感受到时代发展的脉搏。

四、艺术特征

《灵与肉》总体艺术特征是知识分子用知识改变环境,改变生命状态。好的角色人物是在不断变化的生态中保持不变的内心追求,主人公许灵均无法改变历史,但有能力改变小环境,他以知识为武器,以人性的坚守,逐步完成了对身边的人和自然环境的影响,给没有人文价值的镇北堡注入文化价值,注入不可磨灭的生命痕迹,改变了原本完全隔绝的文化生态。

一部好的影视作品,征服观众的个性在于用极具艺术的表现手段把握住时代的生命特征,并营造出独有的艺术氛围。观众期待看到一部横跨近半个世纪的西部史诗画卷,并借助主人公的视角逐步进入一个全新的充满体验式的艺术世界。除了主角之外,所有的元素都是测试系统,都为了塑造主角而服务。测试本身并不是核心,测试的结果才是最重要的,观众希望看到人物怎样被测试,测试后留下了什么成果。所有的测试都是为了构成一个具有魅力的新生命,以及塑造这个生命的人生态度、存在意义和生命价值。

西北知识分子的典型环境是严酷的,通过严酷进行推演,反映出他们所能遇到的自然环境困难、文化氛围困难,与其应该存在的物理空间上存在的巨大反差,以此作出结构化人物分析,找到戏剧冲突的根源——文化隔绝。以许灵均为代表的一代人文知识分子,用知识本身打破文化隔绝,改变一代人的命运。那么,我们就要把文化隔绝的氛围营造出来,例如,剧中老白干撕许灵均的英文版《资本论》、谢狗来踩踏许灵均的口琴、七队乡亲将许灵均和女知青何琳的文学交流误认为出轨,等等,这些情节,都是主人公必须经历的文化隔绝。

五、人物设定

在人物设定上,按照多重人格构成原则,塑造出以主人公许灵均为代表的七队群像人物,他们内心的突变和撕扯带来的垂直震动,是展现创作影像变化感和构成内外交映艺术特点的根基。

许灵均的一生极不平凡,始终经受着灵魂与肉体的撕扯与折磨,他是时代的亲历者,他身上那种在苦难中挣扎的人格魅力以及超强的智慧和才艺,逐步赢得了周围人对他的尊重和信赖,赢得了李秀芝对他的爱恋,也使他对自然环境产生了超乎寻常的感情,最终升华出"出卖荒凉、造福百姓"的梦想。精明幽默、经营头脑极强的孙见利;讲究兄弟义气、打抱不平的谢狗来;一身酸儒文气、关键时刻能挺身而出的姜文明;富于民间智慧、仗义执言的郭谝子;来历神秘、洞悉一切、屡屡在关键时刻对许灵均起到点化作用的老梅,这些人物是许灵均内在抽象人物性格的外化表现形态,在特定历史条件下,与许灵均坐上同一艘命运方舟,这个命运共同体,在每个历史特定节点和事件中,都能凝聚成一股勇往直前的力量。

情感纠葛是商业电视剧的重要卖点,对于本剧中女性角色的设计,主要采用炼狱、人间、天堂的人物意象化表现手法。通过许灵均与几个女人的生死离别和爱恨纠葛,展现出在文化隔绝下人物内心情感与理想的碰撞。黄菊花是许灵均接触的第一个女人,是炼狱式情感遭遇的具象,是对极端政治环境下带给许灵均政治高压的艺术控诉。男人的一半是女人,李秀芝是许灵均生命的另一半,也是许灵均在人间寻找到的温暖港湾。女知青何琳则是许灵均的精神伴侣,虽让许灵均得到灵魂安慰,但也差一点让他陷入道德绝境。

本剧的反面角色主要以老白干为代表,一生沉溺于阶级斗争的老白干,是政治的牺牲品,也是人生的失败者,对知识分子的鄙夷和对知识力量的蔑视是其迫害许灵均的根本原因。老白干不是坏人,是阻力系统,是塑造许灵均伟大人格的反作用推动力。人的所作所为都是他们的生活方式,是典型环境下的典型人物性格。对于反面人物的设计,只是站在人类历史的角度上进行角色推演,反映出文化生态、社会生态以及自然环境生态的高度统一。

无论是原著小说还是改变电影,许灵均内心的纠结都是来源于父亲许景由,没有亲情依靠的内心巨大压力,是他灵与肉撕扯的根本原因。在处理许父要带许灵均赴美的情节设计上,如果沿用小说和电影中描述的那种难以割舍与大自然和农牧民之间的水乳交融的情感,在当下来说,势必会显得过时,所以在考虑角色人性的阶段性延展的创作过程中,一定层面上应用到马斯洛层次需求理论,即许灵均要完成自我实现的灵性需求,通过文化的力量改变七队的命运,带领乡亲们走上艺术致富的道路,这样的设计更具当下化的合理性。

六、剧作创新

电视剧《灵与肉》尝试探索艺术必然性带来的艺术高雅,尝试把电影塑造人物的技巧运用到电视剧的人物塑造,以当下公允价值观,以艺术创新的方式,打造出一部中国版的"文艺复兴"故事,为国产电视剧带来新的创作方向。

在故事创作中,逻辑自洽十分重要。许灵均不知生死,不知家在何方,不知人生的归宿,他的起步就应该是这样低端的,紧接着大漩涡来临,由此牵扯到七队众生群像,将人物关系结构化。在情节设计上,想特别说明一点,本剧在结尾几集的剧本创作过程中,编剧技法采用了情景自洽来表现逻辑自洽,曾经在七队插队的上海知青钱有为,后来成为电影导演,回到七队拍摄电影,以自己的理解诠释过往经历和每个人的命运。采用剧中剧的方式,既展现剧中人的人生变化,又回顾整部剧的精彩看点,对历史节点进行升华,不仅仅是戏中戏的呈现,也是现实生活的再展示,具有一定的创新意义。

七、美学突破

作为美学呈现的重要元素,主场景的规划设计,即七队的典型环境描述,以边塞感为显著场景特征。边塞文化是高度复合的文化,黄河落日,贺兰晴雪,戈壁飞沙的景象,烽火台、月亮门、古长城遗址、马厩等建筑,尤其是主视觉镇北堡就像金字塔一样,是许灵均生命的伴侣,始终以背景出现在镜头之中。这样的设计避开纯农业文明展示,避开皇天后土的厚重和平面性,以及草原一望无际的流动性,摆脱窑洞、黄土高坡等传统概念中的西北风貌,展现西北大漠的塞外风情,凸显边塞感。山脉、戈壁、草原、沟壑、漫天风尘、狼烟等视觉元素构成西部典型环境和总体艺术态。自然环境、人文环境、社会环境对主人公许灵均灵魂的桎梏和人性的隔绝都将收敛到主场景的浓缩环境中,构成许灵均与周边人的垂直震荡关系,使人物演绎场所环境的处理与人物性格和命运达成一体化。在自然环境和人文环境之间不停地完成穿越,将本剧主场景和贺兰山、镇北堡分离又结合,以大情怀的格局和特有的西北生活方式彰显出独有的人文价值和美学样态。

八、技术升级

为营造与众不同的影像空间,电视剧《灵与肉》采用电影级别的技术设备,选用 2.35：1 的电影级别宽画幅比,配合 4K 高分辨率的影像标准,并采用创新性航拍技术手段,为观众带来更多"一镜到底"的视觉享受。此外,航拍无人机红外及可视化视频识别系统也首次被使用在电视剧的拍摄中,以一种崭新的拍摄视角,通过镜头表现骏马奔驰、雄鹰翱翔等"塞上江南"独有风景,呈现出西部边塞广袤大地及雄浑的贺兰山风貌,展现跌宕起伏、悲欢离合的人物命运。

九、结语

当下,电视剧不仅具有商品属性,而且具有意识形态属性。这意味着电视剧既关联生产、流通、经济利益、文化产业等环节,又关联着思想导向、价值观念、道德情感、民族精神等命题。生命需要知识来装点,中华民族伟大复兴与知识分子的忠诚坚守密不可分。在一代文豪张贤亮先生离世之后,创作《灵与肉》这样一部电视剧,既是对经典文学作品的致敬,也是对张贤亮先生的缅怀。当今中国社会,迷惘与错位是显著特征,信仰与功利、物质与精神、欲望与坚守、平凡与辉煌的各类选择,冲击着每一个人的心灵。国人渴望用信仰的坚守构建伟大人格,国家需要文化英雄来铸就辉煌。电视剧《灵与肉》把人性的光辉镌刻在历史的巨石上,通过对经典的重塑,创造出全新的文化英雄,测试出民族脊梁的成长环境,将深刻揭示知识的力量与人文价值对改变命运的作用,引发广大观众对生命、价值、信仰等人性命题的深度思考,再现对伟大灵魂的强烈感召,用文艺创新来打造影视高峰正剧,承载历史使命。

杨洪涛,宁夏文联原主席,宁夏电影电视家协会主席,宁夏电影集团董事长,一级导演,中国电影家协会理事,中国电视艺术家协会理事。

疼水·一个人的摄影

◎牛红旗

一

航拍中国的飞机在西海固上空盘旋好一阵子了,机翼划破长空的声音,飘曳于机尾的白雾,引得人们不断向上仰望。在坡田里点种玉米的村民丁志科抬起头望着天空说:"那上面肯定有双眼睛,正在向下俯瞰哩,他肯定能看见下面的梯田和村里升起的炊烟。"我说:"那不是神的眼睛,可通过那双眼睛向下俯瞰的人,表情一定很丰富,看见下面神迹般的变化,准会眼睛一亮,发出接连不断惊叹。"

西海固已不是以前那个"不适宜人类生存"的土头土脸、寸草难生的酷旱之地,如今她眉清目明,头戴花冠,身穿绣衣,出落得像个曲线优雅的大姑娘。而且从前干涸了的山谷里,新生的条条溪流,正波光粼粼地向山外流淌。

这变化,自然是人和上天共同努力的结果。村民不再把牛羊放出去啃山咬树了,他们已经知道什么是生态环境,越来越爱护草木了。他们甚至连那些野外的野鸟、野兔都想召回家去,撒些食物让它们吃,晒一盆清水由它们喝。

　　然而，一切并没有过去。在那些山村道路由沙土变成混凝土，散落山间的土窑和泥屋变成整齐的安民新居时，在自来水流进每家每户，人们脸上的尘土演化成笑容时，那些飘忽的往事并没走远，依然像胡须花白的老人，端坐在村口或山坡上，那些从眉睫边划过的光影，在消失的时候，给人们的眼角留下了难以磨灭的纹路。

　　我不知道飞机上向下俯瞰的人看没看见我，知不知道我从哪里来，要去哪儿。我可能正徜徉在某个山道上，可能就是那个水滴一般隐约闪动的小黑点。

　　我对自己要干什么，能干些什么，并没有完全揆清，我只是觉得生在西海固，亲眼看见这块土地一天天由旧变新，有了雨水，多了云霓，禁不住放下可能赚钱的小生意，挎上相机，给笔管吸满墨水，朝向山野和村落，向银须飘飘的光阴老人走去。

二

　　人喜爱什么，或许就会邂逅什么。在我看来，遇到机缘，能不能结缘，一则靠造化，二则要看你怎么走，怎么做。

　　说到肩挎相机，我很早就开始在影像中注意自己了。小学毕业那年，我从同学手中接过毕业合影时，立刻把前排靠边蹲着的人捏在了拇指下。那正是我。我从没发觉自己会那么穷酸，那么丑。前排蹲着的男同学中，唯有我穿着一双没包尖的黑色女式塑料凉鞋，唯有我左脚的鞋带是断裂后用黑线缝接起来的。那一刻，同学们都在为自己漂亮的衣着和俊秀的外表欣喜时，我却第一眼就盯住了自己那只羞怯到无处躲藏的左脚。

　　这大概就是我与摄影的缘分吧。我把那张合影带回家后没让姐姐看，也没交由母亲保管，而是把它夹在书中弄丢了。然而，我因此却知道了照片是可以攫住某个时段、某一瞬间，可以化作永恒的。

　　很难说清我是因爱上摄影而深刻地认识了西海固，还是因热爱西海固才喜欢上了摄影。

从我生活的县城迈步出去,不足两里就跨入了田野。或者说,整个西海固本来就是一个大村落。每每回想走过的路,我不由自主就想起了波浪翻滚的麦苗,想起了那些光秃但又温暖的山丘,想起了如外婆一样佝偻着腰去沟底挑水的农妇。

我读了《世界摄影史》,走了上百个山村,想了许许多多事,我发觉,时间神不知鬼不觉溜走的时候,消磨掉了人们一些不畏困苦的气质,碾碎了一部分俭朴的生活细节,隐没了曾经陪伴人们的扁担、背篓、板凳,以及人们曾经用来烧饭的铁锅、风箱。

常在乡间走访和拍摄,使我有了与在淡然状态中生活的人融入的机缘,有了乐在其中的幸福感。从而,整理影集资料时我很容易就把拍摄的图像归了类,给每个单元取了名:"我原是一名村童""雪落无声""羊世间"……

三

对于摄影,我不反对追求影调,但认为没有强烈的影调也是一种影调。

我愿意顺应客观环境与在人们流露出自然情绪的状态下拍摄。我不反对人们说我汲取了爱默生的自然主义摄影方法。爱默生的作品冷静、客观,忠于现实,但我认为拍摄作品不去介入个人审美情趣,不掺杂价值判断,完全以"出世"的态度去创作,是决然不可能的。我觉得无论拍摄人物、动物、器物还是景观,摄影者必然是在场的,必然会对相应的空间作出取舍。

在不断总结自己的过程中,我从"决定性瞬间"中走了出来,在我的摄影里,空间决定着瞬间,尤其我拍摄的非新闻性的纪实和人文影片。我情愿把瞬间拉长,拖成时段,拽进特定的空间,经过观察分析后再进行拍摄。

有个叫小武旦的小男孩,喜欢跟在我屁股后面摸揣相机,说他长大了要拜我为师,跟我学拍照。他出生那年,村道旁栽植柳树苗,大约他两岁那年,他躺在家门口的小柳树下撒着泼要让哥哥折根柳枝给他编个柳圈帽。第二年冬天,一场大雪把小柳树压倒在地,我拍照时他小手从袖管里伸出来指着两棵小柳树咿呀道："它们死了，头杵在地上了。"可等到春暖雪融我再去看那两棵柳树时，它们不仅挺直了腰杆，而且还猛然长高了一截。后来，小武旦上了幼儿园接着又上了小学，随后又跟着父母搬进了康居楼。临搬走那天，我去他家给他们全家在柳树前拍了合影，并把以前拍的照片从手机相册中翻出来。他看后，忽然搂住我的腰，羞答答地说："我小时候咋那么丑，那么顽皮。"

如今，两行柳树长成了大树，站在山下老远就能望见。我不以为它们只是两行大柳树，它们既是经历风霜雪雨活下来的树木，也是西海固从干山秃岭变成林草绿野的见证。

在我拍水泉村的这些年里，小梅出嫁了，马全仓的儿子回来了，老母的孙儿会骑自行车了，大母克仁家的牛圈里已由两头牛变成四十多头牛了。

村里的老人和年轻小伙，因生在不同时代，经历不同，对未来有着不同的认识和期许，我一边分析其中的差异，一边用我认为可采用的方式做着记录。

对水泉村连续不断的拍摄过程中，与其说我在拍摄村民的生存状态，见证着日新月异的变化，不如说我是在修炼自己对人生的认知，深化着个人对摄影的理解。

四

记得我有过较长一段时间处于困境之中。大约半年时间吧，那段时间，仿佛我大脑短了路，只是带着相机往水泉村去，而不知该拍些什么。有时候，我会蹲在地头与田间干活的人闲聊一个上午，有时候我会坐在大峁梁头一根接一根抽完半包烟。

那一年，下了大雪，进村后我满脑子都是困惑，不知在苍茫天野间该从何下手。正是那天，我神不守舍地把一侧车轮滑下了路坎。就在我不知所措时，从屋里出来给牛添草的丁志科看见了我。他唤来两个儿子和邻居马玉学父子俩，帮我把车抬了上来，又邀请我到他家去坐。他半含揶揄地笑道：

"都好几年了,这么熟悉的路你咋能让车滑下路坎呢?"他当过两届支书,与我有过多次交流,还让我看过他以前写的笔记。

他呷一口茶,不眨眼地望着我,慢悠悠地说:"着什么急呀,水泉村在这儿,你随时来都可以拍,想怎么拍就怎么拍!"

我说:"我总觉得以前只浮光掠影拍了皮毛,没拍到根上。"

他依然不眨眼地笑着说:"不行就换种方法嘛,地闲撂上一茬,再去种它,兴许还能多打粮食哩。"

从他家出来,车开到沟畔边又左滑右滑没法行驶了。海玉安见状,跑回家拿来铁锹,铲了雪,沿着沟崖用黄土给我铺撒了一条很长的路。叮嘱我,当心点,走慢点,不怕慢,只怕偏。

随后,拐过弯道又看见海恒莲老太太在前面往路上撒土。她那么老了,竟然还那么有力气,不紧不慢给整条坡上都撒上了土。

我终于把车开到了宽阔处,可等我从车上下来向她道谢时,她已白巾飘飘地扛着铁锹回了家。

开春后,老太太和一家人老老少少在地里铺薄膜,我走过去问:"您那天帮我铺完路,为啥不声不响就走了?我连声谢谢都没对您说。"

她小姑娘般努努嘴说:"有什么好谢的,路是给众人铺的,有情有感人家才会给你铺路。"

听了她这句话,我想了许久。想着想着,眼前忽然亮了。路是给众人铺的,有情有感人家才会给你铺路。同时我又想起了丁志科和海玉安说过的话。

从那以后,我又找到拍摄目标,拍起了路。拍水泉村的路,拍西海固所有的路。我发现,每条路上都有人的足迹、情感的轨迹、驶向未来的辙迹。

之后,因路的启发,我又拍摄了人们视而不见的许多事物。

牛红旗,本名牛宏岐,自由摄影、撰稿人。中国作家协会会员,中国摄影家协会会员,宁夏摄影家协会副主席,固原市摄影家协会主席。

只有汗水到位，方能出类拔萃

——《这里是石嘴山》创作谈

◎张宇强

　　《这里是石嘴山》定位是一部适合在新媒体推送的城市宣传片，时间长度和景别选择都和以往在电视屏幕上播出宣传片有所不同，时长定在3分钟，景别以特写为主，要见人见事。虽然片长不长，获奖等次也不高，但扎扎实实拍了一年多，个中体会，有时候语言也不能完全表达到位，献丑谈一下感受，就当是抛砖引玉了。

　　时间跨度虽然大，但是有句话叫"心有多大，舞台就有多大"。前期构想这个"心"，可以说是这部片子的方向。"想"的过程看似容易，实则艰辛。因为这种"心"一定是创新，一定是精益求精，而不是简单的机械的重复。片子表达什么？传播什么？在拍摄前我们主创组每一次为此都有很多争论。争论之后，达到一致的创作要求，那就是：以山、水、城、人为选题，三县区分别为构架，体现有特点的石嘴山主题元素，镜头以自然抓拍为主，必须带现场声。一句话，就是画面里人与环境、自然要融为一体，要体现出人与环境和谐共生的关系。这就要求我们不是就拍摄而拍摄，也不能刻意摆拍，要真实表达。只有这样，才会让观者产生一种自己想去亲身经历的冲动，不仅是因为呈现出来的美好，而且由于它所展现的正是我们内心热切需要的，这就是来源于大自然的人类对大自然的一种归属感。因此，《这里是石嘴山》画里画外"心"贴合得比较统一,这样,传播者和受众的此心与彼心才能建立起灵犀相通的点。

实拍和构想相辅相成。构想再好再完美,都要在实拍中努力去做才能得以展现。原以为是本地人,拍摄《这里是石嘴山》可以驾轻就熟,但到了贺兰山山顶,五月天山下绿树成荫,山上积雪皑皑,我们导演组近乎残忍的工作作风和要命般的细致认真,让大家感同身受地体会到了精品出炉前的严苛。在拍摄山水外景时,摄制组每天早上5点起床,晚上12点收工,等整理完当天的拍摄素材睡觉时已经凌晨1点多了,每天如此周而复始。有一次拍摄越野车队翻越贺兰山大峡谷,漫天的沙尘暴,山风刮得人根本无法站立,三个摄影师只好选角度趴在岩石上拍摄,四个随车安装的Gpro也被风刮得不见踪影。环境恶劣至此,但这就是越野运动日常的真实写照,摄影师必须克服一切困难真实记录。突然,一辆越野车在到达山顶之际猛地翻滚了下来!作为摄影师,我们非常担心车上人员的生命安全,但职业素养让我们从不同角度拍摄下了这惊心动魄的一幕。所幸人没事,我们的镜头也没有辜负这些挑战自我、征服极限的车友们。我在回放着镜头对大家说:"上次拍岩画专家艾老师在山里搜寻岩画时遭遇冰雹,大家躲雨没有错,但却错过了本就是老专家的一幕生活细节。今天这一组真实翻车拍到了,这是我们的职业精神,是我们对'越野精神'的一种致敬。"每次回想起这段"致敬"辞,我的血液就有种涌上头顶偾张的感觉。没错,就是这种感觉,或者说是"践于行"的冲动,才能激发出如此强大的动力,才能够克服常人难以想象的困难而作出精品。

只有汗水到位,方能出类拔萃。创作要靠实干,靠嘴吹不出来。所以有时候创作更像是一种感觉,"蹲在田块里拍摄浇灌的画面时,好像能听到秧苗吱溜吱溜喝水的声音;趴在条垄间拍摄枝叶迎着阳光伸展的画面时,可以感受嫩芽咯吱咯吱拔节的韵律;爬上车间的工作台拍摄运转的机器时,能够分辨零件叮叮当当碰撞的交响……"这是一种美妙的感觉,我们在创作时,让观者透过画面,就能够感受到一种来自现场的带着泥土、笑声和热乎气儿的有内涵的东西。为什么?这也是长期在基层采访一线摸爬滚打才会锻造出来的:俯下身,倾听大众的声音;沉下心,感受自然、社会的韵律。我们力求这样的境界,我们创作的作品才会有品质、有思想、有温度,才能把泥土的清香、丰收的热度、发展的节奏传递给受众,传递给全社会。

张宇强,石嘴山市新闻传媒中心编委、专题部主任,全国"德艺双馨"电视艺术工作者,自治区青年拔尖人才,宁夏"四个一批"人才。

艺术摄影作品分析及评价要素浅议

◎吴建新

摄影艺术在180多年的发展进化中,不断地吸取姊妹艺术中的有效成分,逐步完善到现今的这一高度,自然也形成了自己的一套技术的、艺术的规范。那么,如何理解形成艺术摄影作品或摄影艺术作品的成因呢?

首先,要搞清楚什么是真正的艺术,而不只是摄影。列夫·托尔斯泰在他的《艺术论》中说:"艺术是人与人相互之间交际的手段之一,正像传达出人们思想和经验的语言是人们结为一体的手段一样,人们用语言互相传达自己的思想,而用艺术互相传达自己的感情。"艺术起源于一个人把自己体验过的感情传达给别人,于是在自己心里唤起这种感情,并用某种外在的标志(承载物)表达出来的结果。在认识并掌握了艺术的这一本真后,将这种认识转化到摄影的整个过程之中,摄影才会是艺术。所展现出的作品自然会成为一件艺术摄影作品,而非一张照片或别的什么。艺术摄影作品还应该是在一定的美学观念支配下,超越技术限制或依靠技术的技巧而产生的艺术创作结果。如邵大浪先生拍摄的《江南诗意》,正是因为有着对于江南水乡的那份难以割舍的独特情感,促使他"十年磨一剑"最终展示给读者的一系列,充满江南大地如诗般韵致以及黑白摄影作品所独具的表现力。再如著名摄影家袁毅平先生的经典名作《东方红》,为表现中国人民如旭日在东方崛起这一时代主题的精神内涵,经过两年多的观察、试拍才终得以圆满,真可谓"精诚所至,金石为开"了。

摄影是随着时代进步,通过发展的、革故鼎新的过程,在科学技术向前发展的同时自然而然地促进了它在艺术表现方面的拓展。艺术是通过观念再现的方式得以体现的,摄影只不过是一种途径、一种方式、一个传递思想的媒介。180多年来的摄影艺术有着相比任何艺术门类都要迅速的发展速度。今天,摄影的语言构成已经相当成熟和丰富,各种流派和艺术形式争奇斗艳,尤其当今数字技术的"介入"和前卫艺术的"借用"更使摄影的分类和边缘显得异常丰富和复杂化了。从表现自然风光的艺术摄影作品来看,自然的生态、景观是客观存在的固有的一种原生态景象。看到美景并拍下这一美景还仅仅是处在摄影术自身本质的一面,而要向艺术摄影作品方面发展,还需去创造,虽然看到和拍到的已是美丽的极致了,但个人的发现与再认识,却在其中没有得到体现,就不足以称之为艺术摄影作品,只能是自然主义的写实作品。只有将这种单纯的记录自然本身转化或渗透进自己的思想感悟与素养,并且融合到你的"构成"中方才得以升华,形成艺术的摄影作品。以生活在长城并拍摄长城的摄影者周万萍为例,从最初的为游客拍摄纪念照开始,逐步拍摄长城,重新认识长城,感怀思考长城,从而由一个普通的农民成长为一名职业摄影师。其作品更是耸立于摄影之林。

中国传统美学"意"的表达,是走进"物"中"物我两忘、天人合一"的境界。拍摄出的山依旧是山,水依旧是水,但人与物达到感应、交流、相融的契合点构成等因素,是对"物"转化为"境",表达出"意"的一种观念表述。著名国画大师石涛先生有言:"山水之大,广土千里,结云万里,罗峰列嶂,以一管窥之,即飞仙恐不能周旋也。以一画测之,即可参天地之化育也。山川使予代山川之言也,山川脱胎于予也,予脱胎于山川也。搜尽奇峰打草稿也,山川与予神遇而迹化也。所以终归之于大泽也。"他把"自然山川"转化为"胸中山川",再运筹为"画中山川"。由此,摄影作品如何能成为艺术摄影作品的最关键问题是你如何去构思、表现你的被摄物,使之具有一定的审美意义,并在完成后能被大多数所认可,当然,认可的界定是随着认识的深度而确定的。不能只简单认为,只要具有艺术性表达的摄影作品就是一件好的艺术摄影作品。

艺术源自生活,生活又是艺术摄影构思的基础。只有深入生活,并在现实生活和艺术实践中去丰富自己的基础经验,拓展其他知识领域和积累一定的文化艺术经验,才能够沉淀出自己的认知标准。当生活的、自然的现象在经过摄影者的心理认知和思维活动后,才有可能进行取舍、提炼为一种生活的、自然的摄影艺术表达。对于摄影艺术来讲,就是要通过具体的创作实验,把认知和批判的标准转化为一种独特的思维方式和表达能力,从而将现实生活的美,概括为艺术的美。同一个题材,不同的人所拍摄出的作品会给观者不同的感受。所以说,摄影艺术美的产生,关键是来自内心的真切感触,并在最佳的决定性瞬间所凝固的东西,才能打动作者自己和观众。有价值的作品还必须是有所启发的,生活中的平淡是一种踏实,但艺术上的平淡则是空洞的没有任何意义的。只有在平淡的表象中,挖掘出其深层的、隐含的意义,才是一种化平淡为神奇的深层思考,端起相机感觉是回事儿,但绝不能离开思维,思维是艺术创作的绝对升华。思维同时又与摄影艺术的创新有极大的关系。生活现象只有经过摄影者的主观能动进行心理的想象时,才有可能艺术地反映生活。对于社会事物的多维性、多级性的多元表达,所注重的是摄影者思维、感受的表现。照相机被公认为是人的第三只眼睛,为什么呢?因为,人的双眼是客观现实反映到主观大脑的途径,只有经过大脑的分析、整理后所产生的和看到的东西,才能是第三只眼睛所看到的、感悟到的具体表现。所以提高摄影人的文化修养和知识的广泛性,以及建立一种良好的思维方式,才是最终与摄影所结合的最佳模式,相应产生的作品自然就会达到一定的水准。长久以来的跟风追潮流现象,一直是摄影艺术发展的最大障碍。寻求一定意义上的超越,无可厚非,但多数的摄影人盲目地以题材、形式照搬,未融入任何的个人思想或个人独特的表现,始终是摄影艺术创作难以向上发展的绊脚石。

文化修养的提高,决定着一个人的品质与魅力。品质与魅力的建立又自然地融入了其作品之中。试想一个没有优良品格的人所展现出的作品,能被大众所接受吗?摄影人解海龙历经数年的跋山涉水,以坚韧的品格与心系贫困地区教育的善良本性,赢得了全社会对"希望工程"的关注,诠释了他作为一个摄影人的职责与人格魅力所在。知名摄影家、摄影理论家梅生先生所展现给我们的《高原》《故宫》等系列作品,以凝重、洗练的表现手法,诠释了青藏高原的厚重与苍茫,"天、地、人、神"互为依存的和谐关系。在《故宫》中历史的沧桑与深厚的民族文化,尽显于方寸之间得以淋漓表达。更有在无意间对于《马》的独特感怀,从那些跳动的生灵间所幻化出的人性光芒,着实叫人感动。

人需要知识就如同需要空气和水。作为传播者之一的摄影人,在不断获取新知识的同时,又在不断展现着对这一知识的认识。那么,如何将一种知识转变成为能够展示出来的认识?这就需要摄影人建立一种良好的思维方式。我们所处的社会,每一天都是清新的,通过我们的镜头所展现的应该是有其价值的,我们当用心观察和思考,去提炼丰富的生活、凝固精彩的瞬间,而不是随着感觉去臆造不确切的瞬间。

优秀的摄影艺术作品,它的灵魂存在于所表达的内容,而它的魅力则在于它以怎样的视觉冲击力去抓住读者的心。我们都有相同的感受,在一堆照片中,首先触及你目光的必然是以强烈的形式表现刺激你去深究其内涵的。那些不以特定意义存在为主要表现的一些怪异的、哗宠之作,只能作为一种自我的陶醉,起不到任何积极的意义。

吴建新,宁夏摄影家协会副主席兼秘书长。

黄河文化题材歌曲的黄河精神与文化内涵

◎高　敏

一、黄河文化题材歌曲概况

（一）民族文化的交流和历史源流

黄河流域自古以来便是一个多民族的聚居地,古代有戎、氐、羌、匈奴、夷、鲜卑、吐谷浑、党项、发、鬼方、坚昆、敕勒、突厥、乌孙、回纥等,随着时代的变迁,许多古老的民族也在不断地和其他民族进行融合,尤其是和汉民族的融合较为频繁。黄河流域现在居住的民族有汉族、回族、满族、蒙古族、藏族、土族、东乡族、保安族、裕固族,等等。从分布来看,许多少数民族都居住在黄河上游地区。自青海黄河河源到内蒙古自治区托克托县的河口镇,这里是一个多民族的聚集地,包括汉族、回族、藏族、撒拉族、土族、裕固族、东乡族、蒙古族等,共计19个民族。和黄河流域中下游不同的是,这是一个多民族音乐文化的交流地。从历史来看,羌族在黄河流域上游地区有着极为深厚的根基,后来在这一地区又出现了鲜卑族的文化、蒙古族文化,进而形成了甘、宁、青民族文化的特点。

我国自元代以来,开启了民族大迁徙,逐渐形成了民族融合的状况,从而形成了独特的民族文化特征。除了政治、经济之间的频繁交流外,各民族之间的音乐文化也开始了频繁的交流与融合。因为多民族的关系,黄河流域的文化兼具了各类不同民族的文化特点,在宗教信仰、生活习惯等方面均有所不同。黄河流域文化在古代更加呈现出多元化倾向,到了现代,因民族的融合致使文化呈现既多元又单一的现象。黄河流域本身就是各个民族文化交流融合的聚集地。黄河分为上、中、下游地区,根据资料记载,黄河的历史源远流长,共计110多万年,其河道在历史的发展进程中,曾出现过多次改道的情况,尤其是黄河下游地区。

黄河上游民族之间的音乐文化交流,多以"花儿"歌曲最为显著,在时间的流变中,"花儿"在甘、宁、青等地各民族文化音乐之间都存在,同时还有其各自的特点。尤其宁夏的"花儿",内容广泛,题材繁多,具有粗犷浓郁的乡土气息和朴实的民族民俗特点。宁夏的黄河文化歌曲在黄河流域地区的数量也不算少,如《黄河船夫号子》《推船号子》《羊皮筏子汉》《黄河船歌》《神圣的母亲河》《六盘山高黄河宽》等。许多历史学者认为,汉族文化对其他少数文化的影响较多,尤其从黄河文化题材歌曲的发展中就能够发现端倪,古代的黄河流域歌曲在各个民族均有其代表,但在逐渐的发展过程中,黄河文化歌曲也开始不断趋同,这也和民族文化不断融合有关。现阶段,我国的黄河文化题材歌曲还在不断地发展,在不断吸收其他文化的同时,还会丢弃一部分口头流传的民间音乐。目前来看我国对于黄河文化题材歌曲的研究成果较少,本文希望能够为黄河文化音乐的发展尽一份微薄之力。

(二)不同地段形成各自地域文化特色

黄河文化题材的音乐作品可按照黄河地段的不同而形成黄河上、中、下游的区分,不同区域的歌曲有着不同的特色。在黄河上游地区,以青海、甘肃、宁夏交界地带为主,这一地理位置物产较为丰富,是多民族的聚居地,以汉族、回族、藏族人居多,因多民族的融合使得这里的文化呈现出一种独特性。游牧民族和农耕民族形成两种文化,这两种文化融合在一起形成了河湟文化。同时山野歌曲也逐渐流行开来,以"花儿"流传最广,同时也最能体现河源文化的特征。河源文化也是黄河文化的一部分,是其在民族文化大融合的过程中形成的。

在民族音乐学家的眼里，"花儿"又被分为"河湟花儿"与"洮岷花儿"两大类，其中"河湟花儿"的歌曲主要是在青海、甘肃、宁夏一带流传，同时也被称为"少年"。由于受宗教、地域、语言、情感表达方式等种种因素的影响，宁夏南部山区也是"六盘山山花儿"生成繁衍的主要地区。"六盘山山花儿"和"河湟花儿"有着千丝万缕的联系，大部分"六盘山山花儿"是三句一叠的格式，多以单套短歌的形式即兴填词演唱。"河湟花儿"和"六盘山山花儿"的表现形式有两种，其一是独唱，其二是对唱，其歌词的结构也并不复杂，但曲目极为丰富。

而"洮岷花儿"则是在陇西南洮河流域以及岷县流传的一种"花儿"，唱词分为两类，其一是单套，其二是双套。其曲目较少，常用的仅有两种，分别是《莲花山令》和《铡刀令》，其创作的手法变化多端，即便曲目少，却不会让人感到腻烦。

除了"花儿"外，还有地处黄河中下游地区的"信天游"以及黄河号子。"信天游"主要集中在陕西(陕北)地区，是当地劳动人民的智慧结晶。歌词通俗易懂，形象生动地展现了当地人民劳作、生活的场景，其结构分为上、下句，主要呈现一种对比的关系。通常上句为高音，下句为中低音，歌曲的音域形成鲜明的对比。

而黄河号子则是另外一种黄河文化的显现，黄河号子的流行主要依据船工在黄河上工作时的体力劳动形式进行区分，主要有船工号子、抢险号子，等等。黄河号子的节奏特点鲜明，与劳动场景密不可分，同时还伴随有一领众和的喊唱方式，还可以根据劳动的实际情况进行即兴创作，其目的是激发劳动者工作的积极性。

以黄河音乐为根基的民间歌曲多种多样，是各民族人民展现其劳作、生活、情感、精神的重要途径之一，因此我们应该保护黄河文化题材的民间歌曲。随着时代的发展，部分口口相传的黄河流域民歌已逐渐消失，我们能够做到的便是在现有的范围内，尽自己最大的努力，进行抢救与保护。

(三)独特的文化艺术样式奠定其艺术地位

黄河文化题材的歌曲以其独特的文化艺术形式呈现在世人面前,同时也在通过歌曲形式记录着历史与当地人民的生活,具有极为宝贵的文化价值和审美价值。黄河是我们的母亲河,也是中华文化的发源地。千百年来,黄河文化养育了中华儿女,黄河两岸的人民也生活在此,歌曲也诞生在此,一首首优美的黄河歌曲,以其独有的艺术特征流传于世。虽然黄河文化题材的歌曲大都内容简单,朗朗上口,但其中蕴含的思想却极为深刻,数量也很惊人,一直深受世人的喜爱,黄河文化题材的歌曲也值得专家、学者们做进一步的研究。

首先,黄河文化题材歌曲具有一定的文化审美价值。黄河两岸的自然风光是自古以来有关黄河文化题材歌曲中最为常见的表现内容,创作者通常会以歌曲独到的旋律来展现黄河的雄浑壮阔、气势磅礴,同时还会以此展现黄河流域各族群众的生活情景。比如宁夏的黄河灌区歌曲中,往往一方面展现黄河的宽阔雄宏,另一方面描写回汉人民的幸福生活,同时还会寄寓对母亲河的赞美与感恩。许多歌曲作品所展现的黄河之美都具有较高的文化审美价值,对于中华文化精神的传承起到了一定的推动作用。

其次,黄河文化题材歌曲还具有一定的现实意义。由于黄河流域自古代开始受到交通的限制,所以当地居民的活动范围较为有限,多数歌曲都描述的是当时人们的生活状况。但总的来看,我们可以从歌曲中得到对黄河历史文化的参考,也可以从歌曲传递出的信息,了解各个时期黄河流域人民的生活状况,这对专家、学者的创作和研究,具有较大的现实意义。

因此,纵观历史上有关黄河文化题材的歌曲,不但凝聚了历朝历代创作者的豪情以及劳动人民的智慧,而且所体现的黄河文化,集中展现了中华儿女对于母亲河的精神寄托。我们应当肩负起对于黄河文化题材歌曲的研究、弘扬和传承,让黄河文化和其所衍生出来的歌曲能够继续流传和推广。

二、黄河文化题材歌曲本体研究

(一)多样化民族风俗的对应显示其音乐特征

黄河文化题材歌曲创作的本体研究主要侧重两部分,分别为创作背景和作曲技术。不同的歌曲的创作背景各不相同,尤其是自古以来,我国以黄河文化为载体所创作的歌曲不胜枚举,但就其音乐特征而言,多体现为活泼、抒情、生机勃勃的音乐律动风格。

以黄河上游的宁夏地区歌曲为例,其曲调的风格较为独特。因宁夏民族自治地方,自古以来各族人民聚居此地,因此其歌曲有很多民族特点和回族"花儿"的韵味。其他地区的黄河文化题材歌曲也会受到当地民族文化的影响,与黄河文化进行深度融合,进而形成其独特的曲调风格。

宁夏地区的黄河文化题材歌曲的调式、节奏、旋法等都较为类似,许多歌曲均由五声宫调构成,和我国传统的五声调式大体相同,但同时在结构上呈现出独有文化特征。

黄河文化题材的歌曲的角调式在其他地区的歌曲创作中也极为少见,但宁夏地区的歌曲中运用角调式的却较多。在歌曲创作中会通过不同的旋律发展方法以及多种节奏的变化以形成对比,以达到形成歌曲中不同风格的目的。宁夏地区的黄河文化题材歌曲大都以柔和、抒情的风格为主。

其他的地区黄河题材歌曲却显示出强悍的音乐风格,以陕北地区为例,其歌曲的音乐特征多数为二句式和四句式,上下句就可以构成一个段落,两句一韵,其歌曲的变化和其他地方歌曲相比也较为自由。但同时,对于歌词的要求却比较严格,主要以七言为主,比如歌曲《三十里铺》《脚夫调》,等等,但因黄河文化题材歌曲大多是叙事为主,因此在歌曲创作时也可以对七言句式作出相应的调整。

总体而言,黄河文化题材歌曲的音乐构成较为多样,其曲词结构和速度都会根据不同的民族文化背景作出相应的调整。因此,我们在欣赏黄河文化题材歌曲时,应该关注与多样化民族风俗的对应关系,关注歌词中所包含的广泛内容与差别化的表达方式。有的歌曲不仅节奏自由,句式也较为特别,音韵可以根据创作者的实际情况进行调整。

黄河文化题材的歌曲节奏大都是从民间的锣、鼓等打击乐器而来,宁夏地区因回族文化特征的影响,这一地区所创作的黄河文化歌曲节奏多数具有浓厚的民族风格。

(二)从演唱表演了解其背景及思想

黄河文化题材的歌曲大多数是以叙事、寄情为主,因此在演唱时要对歌曲中所展现的生活状态和情感进行分析,在此基础上,了解创作的背景和歌曲所呈现出来的思想意境,以此为歌曲的演唱做好充足的准备。

以较为著名的歌曲《黄河大合唱》为例,这一歌曲创作背景是在抗日战争时期,主要目的是鼓舞战士们的士气,虽然曲调和其他的黄河文化题材歌曲并不相同,但和劳动号子的目的类似,都是为了能够鼓舞士气。歌曲借由我们的母亲河——黄河作为创作的主题,歌词中赞颂了千百年来先辈们面对外族侵略决不妥协的抗争精神,既歌颂了祖国的大好河山,同时也描述了战争对祖国山河的摧残,以此进行对比,既展现出战争的残酷,还表现了我们保家卫国的决心。

《黄河大合唱》是在中国最为苦难时创作的作品,曲调激昂,极为振奋人心。歌曲共分为八个部分,在每一部分之前都有朗读的内容,其开篇是以《黄河船夫曲》为始。《黄河船夫曲》类似于劳动号子,因此在演唱时呐喊的部分较多,主要展现黄河的湍急,同时展现船夫与堤坝做抗争的急切心情与不屈不挠的精神,借此呈现战争的残酷与激烈。第二部分是《黄河颂》,则展现了祖国上下五千年的历史,在演唱时和开篇的方式截然不同,需要在演唱时蕴藏深切的情感,同时还要展现黄河的大气磅礴。第三部分是《黄河之水天上来》,这部分并没有演唱的部分,却将黄河的汹涌澎湃展现得淋漓尽致。第四部分是《黄水谣》,这部分的演唱应该以低沉的声音为主,展现一种悲伤的情绪,演唱者扮演哭诉者的角色,向众人诉说战争的残酷。第五部分是《河边对口曲》,这部分的地方特色较为鲜明,山西方言的运用让歌曲更为现实,所展现的人物也更为具象,战争使得人民流离失所,这一悲惨的遭遇在这部分得到了极致的展现。第六部分是《黄河怨》,这部分是女声独唱,是通过女性的形象来展现战争的残酷,在演唱时要展现一种悲凉之感,同时还要有悲愤的情绪。最后两个部分分别为《保卫黄河》和《怒吼吧,黄河》,这两个部分是《黄河大合唱》的高潮部分,前面所压抑的情感,在这两个部分全部都喷涌而出,因此演唱时要激情澎湃。

除《黄河大合唱》外,许多黄河文化题材的歌曲都是以歌抒情,以歌叙事,因此在演唱时需要了解歌曲所要呈现的情感以及情绪状态,以便更好地演绎歌曲,将黄河文化更好地呈现出来。

(三)从民族乐器的借鉴挖掘其创作素材

人们对于黄河的整体印象,是硬朗和明快,但其实黄河作为我们的母亲河,在历史的长河中也有着许多悲愤和苦难的时刻,同时温情和秀美也与之相伴。而歌曲作为较好的传播载体,将黄河文化淋漓尽致地呈现出来。

黄河文化题材歌曲作品在创作的过程中,以大量本土风格的民歌以及民族乐器为根基,形成了黄河文化题材歌曲作品独有的特色在对这些特殊的民族文化与本地特色进行歌曲创作的过程中,需要创作者通过不同的演绎方式,才能够较为完美地展现出来。

民族特色的素材是创作中用之不尽的素材。我们从小就接受着丰富的中华文化的熏陶,对我国民族音乐具有天生的亲和力,而黄河文化题材的歌曲则更为鲜明地展现出民族特性,其标题也往往具有浓厚的黄河流域地区的风味。因此,创作者一般具有对黄河与生俱来的亲切感与熟悉度,通过创作能有效促进黄河文化的发展,强化大众对黄河文化题材歌曲的想象力,同时还可以强化演绎者对于黄河文化的理解及表现能力。

大众在聆听黄河文化题材歌曲的同时,能从中了解中国传统的民族文化和民族精神,让受众清楚这不仅是一门音乐艺术,更是展现民族文化,传承民族精神的手段。当然,要想演绎好黄河文化题材歌曲就需要了解音乐艺术发展的历程,清楚黄河文化题材歌曲的文化内容,在继承民族文化的基础上,提升对黄河文化题材歌曲的理解能力,尤其是对其中民族音乐的理解能力。因黄河文化题材歌曲具有明显的民族性特征,所以易于理解和被接受。通过对这一题材歌曲的了解、演唱可以提高大众对黄河文化的广泛兴趣,进而增强此类题材歌曲创作者的创作自信。

三、黄河文化题材歌曲的黄河精神

(一)题材优势奠定民族文化音乐传承的重要地位

黄河文化是中华文明的重要组成部分,也是中华民族的文化瑰宝,推进黄河文化题材歌曲的创作,就是在传承祖先留给我们的宝贵遗产。我们要深入挖掘黄河文化,探究其蕴藏的时代价值,通过歌曲讲好"黄河故事",延续历史的变迁,也更加坚定中华民族的文化自信。所以黄河文化题材的音乐创作,对于表现黄河精神具有得天独厚的题材优势。

黄河文化题材的歌曲作品有许多,除了前文提到的《黄河大合唱》《三十里铺》等,现代所创作的《黄河谣》则展现了宁夏地区的黄河文化,《黄河梦》则是表达对母亲河的思想,《黄河渔娘》体现的是黄河渔娘此人不屈不挠的精神,同时也是对女性的一种赞美。

除此之外,这些歌曲作品多展现的是劳动人民的现实生活,多以叙事的手法为主,有悲壮、柔情、激昂等各个曲调,从歌曲的内容到旋律都极为丰富多彩,豪放是大多数黄河文化题材作品呈现出来的状态,主要是体现黄河的一种姿态。

黄河文化题材歌曲都具有鲜明的创作个性,技巧娴熟,结构多样,主题鲜明。大多数的黄河文化题材歌曲主要是以叙事为主,因此当听到歌曲的那一刹那就已经能够与故事中的主人公感同身受。同时,这些个性还体现在历史性上,影视记录黄河流域居民的日常生活,所以具有一定的历史价值,其创作的手法具有鲜明的地域特征,黄河流域上游、中游、下游的居民所吟唱的歌曲截然不同,这也体现了黄河文化的多样性与包容性。

黄河以其包容的态度孕育着黄河两岸的文明,千百年来,黄河奔流不息,黄河文化也源远流长。黄河文化题材的歌曲着重展现了黄河岸边的风土民情,不仅具有一定的文学价值,还具有一定的现实价值。黄河文化题材歌曲以人文精神为主,其传播、发展以及内容都极具民族特性。劳动是黄河文化题材歌曲中永恒的主题,除此之外,还有许多展现黄河岸边的劳动女性题材的作品。黄河文化题材的作品在民族文化音乐传承中具有极为重要的历史地位,对于该题材的创作我们应该与时俱进,促进其不断传承发展。

(二)表现手法主要突出精神上的需求

黄河文化题材创作的作品,表现手法多以直接抒情为主,这同我们的母亲河本身有关,黄河奔流不息,气势磅礴,和其他河流相比,黄河更显粗犷,其艺术表现和当地风俗、多元文化紧密相连。

除此之外,这些作品通过营造意象表达诉求时,多以具象来展现作品精神上的需求。黄河文化题材作品通过对比的表现手法对歌曲中所要展现的情绪进行铺垫,通过高昂的曲调开篇,将歌曲的意境与创作者想要表达的情感相融合,进而呈现激昂的曲调。许多作品将细腻的情感与宏大的背景进行融合,歌词中意象极为具体,所呈现的人物多为劳动人民,歌颂劳动人民的精神品格,鼓舞他们奋勇向前。黄河文化题材创作的作品偶有抒情的曲调,主要是希望通过缓慢的叙事风格将歌曲中所要呈现的故事慢慢展现出来。

以《黄河渔娘》为例,其旋律跌宕起伏,气势恢宏地展现黄河的姿态,创作者将细腻的情感嵌入其中,以黄河作为大的背景,将"渔娘"这一人物形象生动地展现开来,将其不畏艰苦、勇往直前的坚毅性格淋漓尽致地呈现出来,同时展现黄河的雄伟壮阔。歌曲整体的表现手法便是以曲调的对比,突出人物与黄河之间的关系,同时将人物的性格生动地呈现出来。

(三)色彩符号呈现不同民族的审美情趣

我国传统文化中,多数会以颜色作为文化的一种象征,因此黄河文化题材歌曲中的色彩鲜明,主要是根据黄河文化以及两岸的民族特性,在作品标题中常有各类的色彩用词夹杂其中。其实黄河文化题材歌曲中的色彩不仅是歌曲内容所呈现出来的色彩,还有许多地方的文化色彩,这些歌曲展现的是黄河流域不同民族的文化色彩,我们可以透过歌曲看到不同民族文化的美感。黄河流域不同民族之间的语言、风俗习惯、宗教信仰、审美情趣等各个方面都有所不同,但又有相似之处。

黄河的上、中、下流域的民族生活状况各不相同,其音乐的表现形式也各有千秋,他们歌曲中所传递的美感也是各式各样,但有一个共同之处,便是以黄河文化为根基,将黄河两岸的自然风光融入其中,不仅将歌曲的内容染上了各式各样的色彩,还将歌曲所要呈现的精神面貌染上了相应的色彩。黄河文化题材歌曲的色彩呈现的是多样性,有对本民族文化的赞颂,那是独属于各自民族的色彩;有对革命精神的赞颂,那是属于红色的;有对黄河本身的赞颂,黄色必然是占据主导的地位。黄河文化题材歌曲的色彩呈现差异极大,但其色彩却极为浓烈。

四、黄河文化题材歌曲的文化内涵

(一)时代内涵可挖掘其内在价值与功能

黄河文化所呈现出来的是中华文明最为原始的气息,展现的是中华儿女坚毅的品格,象征的是中华文明生生不息的精神。黄河文化源远流长,上万年都未曾断过,正是因为如此,我们要更加强调对于黄河文化的传承。而音乐则是传承的最佳形式。其实黄河文化题材的歌曲在反映其艺术特性的同时,还表达着时代的特征。从宁夏"花儿"开始,所呈现的是从古至今黄河流域两岸劳动人民的生活状态,反映着农耕文化的时代特征。《黄河大合唱》则更为鲜明地呈现战争的残酷以及百姓在面对战争时的英勇无畏,具有特定的时代内涵。

黄河文化题材歌曲的艺术时代特性始终留存,而在新时代,我们应该将黄河文化中的艺术瑰宝、民族歌曲传承下去。无论是古代的黄河文化歌曲,还是现代的黄河文化题材歌曲,无论是展现民族的风貌,还是呈现红色革命的风采,都具有丰富的文化价值与功能。

近些年来,我们在传承黄河文化方面下足苦功,对于传统的民族音乐进行创造性的转变,进一步开发黄河文化歌曲的艺术时代,挖掘其内在的文化价值与功能。

(二)风格内涵体现其鲜明的艺术风格

整体而言,黄河文化题材的歌曲具有鲜明的艺术风格,主要体现在以下几个方面:其一是中国古代诗词艺术歌曲,其二是现实性艺术歌曲,其三是民族性艺术歌曲。

古代诗词艺术歌曲对于我国古典文化的传承有着极为重要的作用,其中的韵律,有一些歌曲依旧沿用宫商角徵羽这五个韵律,正因为如此,在一些歌曲中我们依然能感受到一种含蓄的古典美,借景抒情的歌词表述也较为常见。

而现实性艺术歌曲,多为民间小调、劳动号子,是劳动人民的艺术智慧,和古诗词的风格不同,这类歌曲多数大胆、奔放,直抒胸臆,歌词呈现的内容较为直白,曲调也以轻松、愉快为主。以劳动号子为例,其艺术风格更多体现在韵律上,因为是号子,所以歌词朗朗上口,曲调催人奋进,主要是用于激励劳动人民劳作而用,因此在创作时,以写实的艺术风格为主。

除此之外,还有民族性艺术歌曲。这类黄河文化题材歌曲,主要是以黄河流域两岸的各民族的生活为主要创作题材,宁夏"花儿"因其民族特性展现得较为多样,会呈现出鲜明的民族特点。"花儿"的歌词中所展现的情感,许多借由美景抒发出来。上千年来所流传下来的含蓄美已经印刻在绘画、歌曲等各类艺术作品中,也逐渐形成了特有的民族化艺术风格。

(三)审美内涵体现两岸居民的精神寄托

黄河文化源远流长,对两岸的居民产生了深远的影响,不仅是影响其生产与发展,同时,还对其审美风格与追求产生一定的影响。黄河流域的劳动人民在各自的地理环境中,逐渐形成了自己独有的审美风格,黄河文化题材的歌曲是各民族审美理想的具体体现。

从审美的角度来看,黄河文化题材的歌曲主要体现的是劳动人民的智慧,是一种积极向上的审美情趣,同时也展现劳动人民的文化品位。以劳动号子为例,在生产劳作的过程中,劳动人民需要一种节奏鲜明的号子,让大家能够心往一处想,劲往一处使。所以劳动号子主要是在生产劳作的过程中吟唱,主要体现的是实用性的特点。

除了劳动号子外,黄河文化题材作品还有小调,又称为小曲,其节奏较为规整,用词相对华丽,主要展现的是当地居民的日常生活以及喜怒哀乐,因此曲调较为婉转。

黄河文化题材歌曲种类极为丰富,都是以展现劳动、生活为主题,和其他地方音乐相比,层次鲜明,曲调优美,体现劳动人民的智慧和乐观向上的精神,是他们生活的写照和精神的寄托。

五、结语

黄河作为我们的母亲河,见证了祖国历史的变迁,所孕育的黄河文化千百年来流传至今,也许那些历史的岁月已经离我们远去,但是因为歌曲的流传依旧让我们铭记。纵观黄河文化题材歌曲,我们能够看到夏商周历史更迭,也能感受到唐朝的强大,同时还能够理解清末的悲壮,中国共产党在历史的进程中所迸发出来的红色革命精神也同黄河文化融合一体。是这些歌曲让我们没有忘记古训,黄河文化题材的歌曲早已不再是一首歌曲这么简单,它肩负传承与弘扬中华优秀传统文化,记载岁月变迁的使命。艺术作品虽然属于世界的瑰宝,但其民族性却不容忽视,黄河文化题材歌曲有着帮助人们了解中华民族的特点,传承中华民族的精神,强化人民群众中华民族共同体意识的重要作用,这是黄河文化题材歌曲创作与研究的主要目的。

高敏,副研究馆员,宁夏音乐家协会副主席兼秘书长。

试论融媒体时代舞蹈艺术跨界出圈的机遇与挑战

◎姜郑嘉梓

　　社会高速发展,新事物层出不穷,影响着我们的生活、工作、学习。每一个人经历着认知、观念,到实践方式的具体改变,以适应这个时代的节奏,跟上这个时代的步伐,如果能以敏锐的眼光捕捉到变化、把握变化,就能够在各个领域极大发挥创造力、创新力,创造、开辟着新的时代。河南卫视作为媒体机构,敏感地把握了时代发展特点。以科学技术、数字化为文化艺术赋能,以艺术资本运作的经济方式驱动,运用融媒体平台产生社会效应,在艺术受众层面打造出多档集视觉、审美、文化为一体的电视节目,践行"秉持中国传统文化"的主流意识和民众文化取向,紧随已然兴起的"国潮"风,进一步促进了传统文化在大众间的影响。值得一提的是,这些电视节目进行艺术化创造的主要表现形式是舞蹈艺术,具体说是中国古典舞蹈。

　　中国古典舞蹈是新中国成立后,20世纪50年代的新创造,基于中国传统文化讲求的气韵,彰显传统文化审美的舞种类型,几十年来的发展经历建立、探索、质疑、反思、重构,以及近年来更多研究者认同的秉持学术研究角度的复现。电视作为一种传播媒介,伴随科学技术的发展和推动,让更多具有想象的创意成为现实,也赋予舞蹈艺术更多可能性,一定程度上改变其时间性、空间性、力的质感。河南卫视先后在传统节日,如清明节、端午节、中秋节时,以舞蹈表演为主体形式,进行"端午奇妙游""少年奇妙游"等节目制作,结合古代诗词、历史文化记载,融合一定想象创造了新的舞蹈、新的电视节目。在此之后,又在受众瞩目和期待中推出电视舞蹈节目《舞千年》,随着《舞千年》系列节目中《相和歌》《踏歌》《越女凌风》等几期的播出,此节目受到普通大众、舞蹈创作者、舞蹈理论研究者等越来越多人的关注,也促使我们思考"融媒体"时代的舞蹈艺术创作现象。

一、机遇:融媒体方式的介入与舞蹈艺术创新的实现

(一)时代环境赋予舞蹈艺术表达的机遇

舞蹈艺术的存在和发展离不开社会时代的大环境。在刘建老师《舞蹈身体语言学》研究中,舞蹈作为一种具备"言说"功能的"语言",离不开自然科学的本体角度,社会科学的政治、经济、教育、传播等,以及人文科学的视野范畴等影响因素。因此,我们探讨一种具有创新的艺术在社会中出现并发挥作用,必然离不开社会时代的语境,言语的言说必然发生在一定的环境中。

历史上任何一次时代巨变都会带来舞蹈的全新发展,例如政治、经济、社会意识和社会思潮的变化,总能引起舞蹈艺术新的观念、新的方式的产生,呈现新的样态,从而创造新的语言。我所理解的舞蹈"语言",本身就是一种媒介,是人类在求生存、求发展的探索中,形成的重要文明之一。它以高度概括的符号化,承载着"能指"与"所指"的丰富信息,作为媒介工具实现交流,建立关系,促进发展。独具特点的舞蹈语言具有一定社会作用,新的时代环境下带来新的舞蹈语言,使表达多元化,各种元素的混融形成新的语言方式成为一种新的现实。

(二)科技发展赋予舞蹈艺术创新的机遇

时代发展赋予我们各种助力条件,当下艺术创作者有意识地把握并运用这种助力——融媒体方式,促进舞蹈艺术创作实现本体功能,并实现跨界传播。融媒体是多元性融合媒体,充分利用媒介载体,把广播、电视、报纸等既有共同点又存在互补性的不同媒体,在人力、内容、宣传等全方位进行整合,实现"资源通融、内容兼融、宣传互融、利益共融"。很显然这是科学技术促进观念、资源、实践等方面产生的新发展。

从艺术本体创作而言,利用科学技术实现跨界能够促进艺术创新,赋予舞蹈艺术表现和表达以更多可能性,实现舞蹈艺术内容的衍生拓展,以及形式的多元呈现,符合多样化的受众审美需求,这在一些取得关注度较高的跨界舞蹈作品中已有体现。从几年前探讨的新媒体到如今的融媒体,从舞蹈影像到《舞蹈风暴》节目,科学技术、大众传播、媒介方式的创新发展在一定程度上为舞蹈艺术创作赋能,也实现了范围更广、层级更多元的受众对舞蹈艺术作品的审美接受。从这个角度而言,融媒体方式的介入对舞蹈艺术创新的实现是新时代的机遇。电视舞蹈节目《舞千年》目前的口碑和观众的喜爱程度,运用融媒体可整合的科技条件,舞蹈艺术结合科技的方式值得肯定。

(三)受众群体赋予舞蹈艺术接受的机遇

在新的时代环境下,受众群体的结构、偏好、层级,以及接受舞蹈作品的主动性都发生了新的改变。我曾经在一篇研究舞蹈受众群体层级的文章中,将舞蹈艺术受众群体分为三个层级:核心受众、次级受众、外围受众。核心受众是舞蹈艺术的创作者、表演者、研究者,作为创作者在某种意义上也是接受者,以及对舞蹈艺术痴迷的狂热爱好者;次级受众主要指文艺爱好者、其他艺术门类的创造者和从业人员,他们由于兴趣爱好和工作性质,多少会接触到舞蹈艺术;外围受众是从来不看舞蹈,甚至舞蹈在其生活中几乎产生不了影响的受众群体。但是随着融媒体这样的新技术的产生,使舞蹈的表现方式不仅在舞台、广场这样的实体空间,更使其在网络空间大放异彩,极大地拓宽了舞蹈艺术呈现的载体平台和舞蹈艺术可能出现的空间。

当今社会受众群体对网络技术的需求和依赖程度,对网络文化内容的需求迅速发展。疫情的发生,更是加速了社会生活、工作的更多方面从现实向网络转化的发展趋势。受众群体接受文化艺术的习惯、偏好、方式正在发生改变,这对舞蹈艺术的表达方式都产生新的需求。网络受众群体越来越年轻化的倾向,也对舞蹈艺术在网络语境中的新样态有所需求。

二、挑战:融媒体环境的影响与舞蹈艺术的本位反思

(一)舞蹈艺术语言本位表达探索中的挑战

舞蹈艺术本身的表达彰显艺术力量和文化内涵,归根结底应当在舞蹈艺术本体中予以确立。随着时代发展,我们越来越深切地理解、认识到中国传统文化的探索,以及能真正学习和继承,无论对个人成长还是国家发展都具有重要的价值和意义。舞蹈作为社会文化,伴随着人类存在与发展的生命过程,其中蕴含的生命性、文化性,以最直接、最纯粹的载体——人的身体呈现,融媒体与舞蹈艺术结合的新的舞蹈形式是否真正体现传统文化,怎样真正体现传统文化,都是基于舞蹈语言本身应当具有的思考。

就电视舞蹈节目《舞千年》中的各个所谓的舞蹈创新作品的呈现效果,其形式语言具有相对独立性,或者说独立性很强的时候,是具有辨识度较高的审美风格的,例如汉唐古典舞《踏歌》。那么不得不反思在何种语境下,舞蹈语言应具有怎样形态的语义,话语权主体为谁等问题,我们的创新作品是否都已经很好地解决?答案自然是否定的。《舞千年》电视节目技术层面制作团队的相关人员,在一次访谈中坦言,制作节目的过程中,其实有很多朝代、很多传统舞蹈的形态和表达是模糊的,比如先秦舞蹈、宋代舞蹈、元代舞蹈等,更不用说具体地消失在历史中的诸多古代舞蹈名目,融媒体技术的运用,电视节目的制作,网络资源的建立等,都是以舞蹈艺术本身为实现基础的。所以对蕴含中国传统气韵的舞蹈的本体语言探索,给我们提出了更大的挑战。

(二)舞蹈艺术语言文化价值确立中的挑战

融媒体、科技、跨界等因素,这种所谓的"繁荣"或者"创新"还是更多体现于形式,甚至可以说是电视节目制作方式的创新,是传播学意义上传播途径的创新。这种方式实现了视觉包装和舞蹈艺术的结合,并且在紧凑的、有限的时间中吸引受众关注,满足受众多元审美、多种信息获取的需求,体现出在有限的、局限的表演空间里充满想象力的表达,随时带给欣赏者以新鲜感和视觉刺激。但是,其中同样反映出这些问题:文化知识的碎片化,视觉特效的形式化审美导向,以及最关键的舞蹈艺术本体语言的缺位和异化。在我看来这并不能从实质上代表中国古典舞蹈艺术本身,我认为这需要我们辩证地看待,在融媒体和舞蹈艺术结合的过程中文化价值的确立遇到挑战,我们遵循什么,秉持什么。

在飞速发展、创新层出不穷的时代节奏中,谈及艺术、文化,应当把速度放慢,不应一味追求新、奇、变化,正视真正赋予舞蹈艺术力量的东西是什么,舞蹈艺术的力量来自舞蹈文化本身,舞蹈艺术创作以及舞蹈工作的方方面面,都应当以自我文化素养、人文感知的提升为基础。在舞蹈艺术创作方面,真正实现对生命本质的观照和思考,继承、发扬真正的中国传统文化,传统舞蹈文化才是舞蹈艺术作品的核心价值,文化是浸润在生命里的气质,是内寻的。

(三)舞蹈艺术语言审美峰值回落中的挑战

根据哔哩哔哩综艺制作中心主任姜小巍2022年10月在BDA舞蹈发展论坛"舞蹈产业发展分论坛"上的数据分享,对比2021年、2022年融媒体舞蹈在较大的网络视频播放平台的接受反馈统计,2021年排名第一舞蹈类节目的播放量是851.2万,2022年则是556.8万,排名第二舞蹈类节目2021年播放量731.9万,到2022年为49.8万,排名第三舞蹈类节目从2021年的679.5万滑坡式下降到12.3万,直接反映的现实情况是2022年的"审美峰值回落"。数据的大幅度下降,反映出这一类型舞蹈节目受众审美疲劳带来的"峰值回落",这种"回落"是舞蹈艺术语言审美峰值在融媒体这一环境下面临的挑战。

三、机遇与挑战的辩证:融媒体视域的建立与舞蹈艺术格局的拓展

紧随时代的发展,拓宽视域和思维方式,打开"舞蹈·界"的范畴。

就当下舞蹈艺术创作发展而言，"跨界"和"出圈"已并非新鲜事物，人类无穷的想象力和充满智慧的创造力，能够让舞蹈艺术创作在"跨界"中精彩出圈，也较为成功地使舞蹈艺术作品逐渐走入更多、更广泛的受众视野，带来了更为深远的社会影响力。究其根本，"跨界"最有力的作用还是对艺术创作本身的推动。

无论是河南卫视《舞千年》系列舞蹈电视节目，还是在此之前已经成功运用融媒体技术制作精良的《唐宫夜宴》，水下"敦煌"，以及依托"中国传统文化节日"打造的系列融媒体电视舞蹈，甚至包括这一领域影响力较大的舞蹈比赛类秀场"舞蹈风暴"，北京舞蹈学院刘岩取材北京传统饮食文化而创作的舞剧《京宴》，王舸和许锐在"让文物活起来"的文化传承概念下，根据出土文物创作的舞剧《五星耀中国》，韩真、周莉亚重新解读中国传统山水画《千里江山图》而创作舞蹈诗剧《只此青绿》，以及体现环境艺术创作的首钢舞蹈展演，舞蹈在今天这个多元化飞速发展的时代，实现着同社会生活的诸多方面建立跨界联结，包括政治、经济，考古、博物馆，科学技术、新媒体传播，各门类艺术，甚至饮食文化、乡村建设、医学疗愈等。在跨界过程中，极大地发挥自身所具有的强大魅力，在新的领域成功"出圈"，甚至能够开辟和创造出新的领域。

舞蹈艺术具有经久不衰的生命力，传统舞蹈元素经过时间的更迭沉淀文化，这些文化是具有足够力量的。在新的环境和新的生命体，甚至新的人群关系和状态下，需要现代性的新的表达，多元有效融合新方式，既能激发"传统"元素本身的艺术生命活力，更能彰显其更大的社会价值和社会意义，真正彰显我们现代人的生命性和精神追求。在埃里克·霍尔斯鲍姆《传统的发明》中也是深刻地阐释着"我们对传统的继承，一定程度上也能体现出对传统新的创造"的意义。所以，融媒体语境下，《舞千年》的"破圈"与"出圈"，体现出新时代性舞蹈艺术的一种发展态势，我们是在传统元素中汲取文化的力量，创造了新的传统，传统是可以被创造的。

四、结语

每一个时代的精彩都是有着青春向上的活力和创新发展,学习、汲取、开放的态度,我们拥有传统文化这样丰厚的资源,是先民的智慧给予今天的我们以发展的力量,古典文化、传统文化中的人文能否和今天的人文连接,又如何更有效地运用科技,使艺术形象的塑造更加鲜活,并为艺术的力量赋能。我认为,保持包容的接受新事物的青春状态,并深扎传统中国文化,"为人民而舞"才不愧于这个伟大时代。

姜郑嘉梓,宁夏大学音乐学院舞蹈系讲师,西安美术学院艺术史论系博士在读,中国文艺评论家协会会员,宁夏文艺评论家协会会员,中国舞蹈家协会会员,宁夏舞蹈家协会会员。

文艺助力乡村振兴展新貌

——自治区文联驻村工作队艺术创作读感

◎马武君

　　西吉县新营乡大窑滩村是宁夏南部山区一个非常普通的村落,曾是我国最贫困的村庄之一。这里也是自治区文联定点帮扶的村庄,先后有四批驻村工作队来到这里为当地老百姓办了许多实事。当来到大窑滩村新村部时,我们一下被一种新鲜的艺术氛围所感染。村部的两侧墙面上两幅大型艺术作品格外引人注目,周边的墙绘作品将整个村部融入了艺术的乐园。

　　驻村工作队的同志们按照文联党组关于"驻村工作队要牢记文艺工作者的职责使命,积极发挥文艺专长,用艺术的感染力助力乡村振兴"的总体要求,并以人民为中心的文艺创作导向,结合西吉县推进乡村振兴总体部署,通过艺术作品宣传脱贫攻坚、乡村振兴的典型案例,得到了县、乡党委、政府的充分肯定和大窑滩村人民群众的高度评价。

一、主要艺术创作

(一)壁画《新时代　新家园》

《新时代　新家园》大型主题壁画,是由马惟军带领其他两名驻村同志马武君、赵永喜,利用3个多月的驻村业余时间合作完成。作品长680厘米,宽240厘米,以西吉优美山貌为背景,以种植及养殖特色产业为主题,表现美丽山村在农民的努力下喜获丰收的景象。画面以彩钢板为底,油画颜料绘制,通过颇具装饰效果的造型、浪漫乐观的人物情绪、绚丽自然的色彩,突出新时代农民为建设美丽新家园、向往美好生活的新气象。这是马惟军首次创作大型壁画,为了让作品能够永久性保留,对画材的应用、底板的选择,包括安装工艺都有极高的要求。

(二)金属浮雕《月亮山下》

大型金属浮雕《月亮山下》是马惟军首次大胆尝试全新的艺术表现形式,从构思设计到制作安装各个环节克服多种现实困难,完全突破传统的艺术表现形式,通过材料的特殊性,力求达到具有视觉冲击力的艺术效果。他带领制作团队克服多种困难,历时一个月创作完成。作品长580厘米,宽240厘米,造型全部采用1.5毫米镀锌铁板和不锈钢板切割焊接而成,车漆着色,重500公斤,以深蓝色背景和银色造型形成强烈的色彩对比,以当地特色产业为装饰元素,表现在美丽的月亮山下广大劳动人民辛勤耕耘建设美好新家园的精神风貌。作品从构思到制作完成,突破传统平面艺术表现,大胆尝试现代立体装饰造型风格,结合几何形体和自然配件的反复叠加,加深光影的立体效果和金属质感,以突出时代气息和现代艺术特色。

(三)连环画作品《乡村振兴生活记》

连环画作品《乡村振兴生活记》规格为长40厘米,宽40厘米,共创作60幅。通过一年的驻村工作、生活经历,马惟军细致地描绘了大窑滩村民通过艰苦奋斗,逐步从脱贫攻坚迈向全面乡村振兴的精神面貌。作品以现实中的基层劳动人民为原型,通过现实主义表现语言,运用装饰线描为创作手法,更突出广大劳动人民的情感世界。如在反映抗疫的《乡村防疫》《爱心土豆》,表现农民生活的《老刘入党》《科技卖牛》,表现农村儿童现状的《顽皮小孩》《学龄儿童》等作品,较为完整地再现了西部边远山村的村情风貌,通过最基层平凡人物和生活细节体现伟大的乡村振兴对广大老百姓生活的影响,有着较高的艺术性和趣味性。现在,初稿已基本完成,作品集预计在

2023年出版。从作品内容看,马惟军创作乡村题材连环画并不是第一次,2018年完成驻村工作后,他创作了脱贫攻坚题材连环画册《扶贫记事》,就获得广泛好评。作家石舒清曾提出建议,"优秀的作品要呈现出强烈的生活质感"。这次创作的《乡村振兴生活记》,就已完成的50多幅初稿来看,乡村生活气息明显加强,作品整体呈现的思想深度、视野广度、生动性和趣味性亦有较大提升。

(四)系列墙体绘画

墙体绘画是全国文艺助力乡村振兴普遍采用的艺术表现形式,为满足人民文化需求,增强人民精神力量,让文艺的百花园永远为人民绽放,马惟军为大窑滩村新村部四周墙面设计26幅,约150平方米的墙绘作品,并组织宁夏美协新文艺群体会员汤智国等4人组成墙绘工作队。作品题材和风格生动独特,并参考农民画的表现特点,通过老百姓喜闻乐见的生活场景反映乡村振兴、社会主义核心价值观、移风易俗、农民精神风貌、生活场景的墙绘作品,具有浓郁的民俗气息和地域特色,很受当地群众的喜爱。

二、价值及特点

作为一名专业画家和在基层工作的驻村干部,马惟军的创作过程及作品概括起来有以下三点。

(一)为谁作

回顾马惟军一年来驻村的创作历程,从大型主题壁画《新时代 新家园》,金属浮雕《月亮山下》到连环画《乡村振兴生活记》,再到系列墙体绘画,从形式到内容,都在不断强调作品主体和受众。作品中的主要人物均为现实生活中的干部、农民、基层各行各业的劳动者,正是这些奋斗在乡村振兴伟大事业中的鲜活个体,组成了马惟军乡村振兴艺术作品的集体群像。

他常说:"文艺创作是文联的主导工作,就应该利用我们的优势条件和资源为当地老百姓办点实事,通过艺术作品我国最基层农民的生活状态真实地表现出来,同时进一步提高广大劳动人民的文化修养和审美意识。"

（二）怎么做

优秀的文艺作品要真实地反映时代中的人,其思想感情要和广大人民群众的思想感情打成一片。靠闭门造车的臆想、蜻蜓点水式的采写,挖掘不出好的素材。只有俯下身融入人民群众中,与他们一同生活、一起劳作,才能聆听到他们的所思所想,才有可能创作出与他们的心声共鸣的作品,这样的作品才会丰满,形象才会鲜活,这样的文艺家才是"有出息的"。

驻村工作,需要走村入户,了解和解决老百姓衣食住行、孩子上学,帮助农民增产增收,调解村民矛盾纠纷。马惟军一直有随手拍摄和记录的习惯,每次工作结束回到驻地,他都会把一天的工作记录一一做梳理留存,以备创作素材。连环画《乡村振兴生活记》中的作品就是驻村工作的艺术写实,可以说每幅作品的背后都有一个生动的故事。马惟军用他的诚实和勤奋践行了"只有深入人民群众、了解人民的辛勤劳动、感知人民的喜怒哀乐,才能洞悉生活本质,才能把握时代脉动,才能领悟人民心声,才能使文艺创作具有深沉的力量和隽永的魅力"的创作真谛。

（三）创新呈现

作品是作者所思所想的艺术表达,马惟军的不同的艺术表现形式,呈现出多种创新的元素,凸显作者的综合艺术素质,总体上以写实性、装饰性和象征性等手法的结合,通过绚丽的色彩和变化丰富的线条,来突出事物的情感世界,反映了他对艺术创新的理解与执着。

马武君,宁夏文艺评论家协会副秘书长。

浅谈书法风格

◎杨卫星

一

典型化的创作方法是艺术作品登上大雅之堂,得以广泛流传的重要手段,书法艺术同样也离不开典型化的艺术方法,这个典型化就是书法风格。

书法风格大体有两种含义:其一是书体风格,每一种书体都有各自不同的风格;其二是书法家的个人风格,是不同书法家在行笔、结字、墨法以及抒情、释怀、书法节奏的表达方面所体现出来的明显不同,说得直接一点,就是书法家个人的书写风格。这里所说的"风格"是指第二种含义的书法风格。

从某种意义上讲,没有了书法家的个性风格,书法艺术就会逊色许多。比如,明清时期的"馆阁体",虽然从笔法到结字都把毛笔书写的特点发挥到了极致,但却不被书法界所认可,究其原因,就是因为"馆阁体"书法实在太标准、太无可挑剔,失去了艺术的独创性,继而也就失去了艺术审美的个性。因此,突出书法家个性风格,强调书法家与书法家的书写差异,也是书法创作和书法欣赏的重要支点。

二

书法风格,多就行、草书而言,因为在真、行、草、隶、篆五大书体中,真书(楷书)、隶书、篆书在笔法、结字等方面已形成较稳定的模式,难有大的突破。比如,篆书运笔没有粗细变化、结字盘旋曲折,字体多有对称。但如果把篆书写成蚕头燕尾、锋芒毕露,形声结体的话,那就不称其为篆书了。再如,楷书字形正方,笔画横平竖直;行笔虽有变化,却难摆脱裹锋入笔、中锋行笔、回锋收笔等楷书笔法束缚,因此,很难把楷书打造成独具个性风格的书体。相比较而言,行书既离不开汉字书写基本笔法、结字的窠臼,不失毛笔书写之根本;又灵活、自由,拢得住,放得开,可以像草书一样率真自如,尽情抒怀,因此行书也是最易于体现书法家个性风格的书体。所以,在此讲书法风格,主要是针对行、草书而言。

行书是介于楷书和草书之间的常用书体。行笔拘谨、规范一点,接近于楷书的称为"行楷";书写奔放、潇洒,接近草书的就叫"行草"。比起隶书、楷书来,行书易于书写,比起篆书、草书来,行书易于辨识,因此行书也是最受欢迎的书体。

说到行书就不能不说草书,其实行书和草书之间并没有严格的区分。比如章草,虽然名之曰"草",但却字字独立,字与字之间互不牵扯,书写形式堪比行楷。今草(也称"小草")虽属草书系列,却易于辨识,不像狂草那样难写难认。因此从书法实践角度讲,行书也是草书,草书也是行书,二者经常混为一谈,称为"行草书"。比如,王羲之的"十七帖"、王献之的"中秋贴"、颜真卿的《祭侄文稿》等,既是行书,也可说是草书。

在书法史上,行书是最受欢迎的书体之一,究其原因,主要有两点。其一,行书可以"遮丑"。书法中最难写的书体要算正书(隶书、楷书)了。创作一幅正书作品,有一笔写不到位,就会影响整幅作品的艺术效果,以至于中国古代艺术理论用"败笔"一词来比喻艺术创作上的失败,足见楷书笔法的重要了。相对而言,行、草书创作就可以不必过分拘泥于汉字笔法、结字的束缚,而有力发挥主观能动。行书的好处是不以行笔、结字、整齐划一的"颜值"取胜,而是以章法、布局、神采、气势等"精神"内涵取悦于人。所以一幅行书作品有几处败笔,甚至几个字写得不精彩都无关大局,不会从根本上影响整幅作品的审美感观。其二,行书是最易于彰显书家个性风格的书体之一。艺术个性是艺术家安身立命,艺术作品流芳百世的不二法门。书法艺术也同样需要鲜明、独特的艺术个性,而行草书又是最易于养成书法家个性风格的书写形式,因此在书法史上,行草书创作就成了最流行的书风。特别是当代,由于国学、传统文化的复兴,学习和欣赏书法的人越来越多,一些急于出名的书法家总是寄希望于在书法作品中形成自己的风格,所以行草书创作也就成了当今书坛仿效性较强的书风了。

当今书坛,一方面大多数书法家都急于形成有自己个性特征的书法风格,另一方面又很难形成每一个书法家所都能具备的书法个性风格(这需要得到书法界和全社会的广泛认可),因此从一定意义上讲,绝对个性的书法风格是不存在的。我们讲书法风格只能是大体而言——从书法史的角度所做的大致分类。这又给我们提供了两点启示。

第一,形成个人书法风格是有条件的,并不是想怎么写就怎么写,而是在继承传统书法基础上的借鉴和创新。因此学书法不能一味赶时髦、随大流,要根据自身特点——性格、脾气、爱好、艺术修养、师承关系等主、客观条件,在打好书法基本功前提下(通过练习楷书来提高书法基本功)选择自己喜爱的书体学习和创作,以利于个人书法风格的培养。

第二,研究书法风格,更有益于书法欣赏,可以说从书法作品中判断一个人学习书法的源头、脉络等,是书法欣赏的必修课,而研究书法风格也有利于从理性上提高对书法艺术的认识。

杨卫星,石嘴山市委党校讲师,宁夏文艺评论家协会会员。

从晋唐整齐书写反观书法教学中
缺失的一环——抄写

◎范笑寒

　　从晋唐书法的整齐书写中,我们看到了晋唐与当下练习书法不同的一种书写方式,由此引发了我们的反思,从中寻找书法教学的新突破。

一、唐代对于整齐书写的重视

　　从智永《千字文》在唐代的传播之广,可见当时学书之人对于识字抄文和整齐书写的重视。传世墨宝隋智永真草《千字文》后有杨守敬跋文一则,曰"世传永师喜书千文传世凡八百本,然自宋以来唯关中石刻本有薛嗣昌跋,俗称铁门限者,其他集帖中皆无。"(《中国法书全集·隋唐五代卷1》,文物出版社2009年1版,第27页)有日下东作题写的一跋文曰:"永师八百本之一,天下第一本。"(《中国法书全集·隋唐五代卷1》,文物出版社2009年1版,第31页)从以上二跋文可见智永《千字文》在唐代的盛行,其流传数量之广,可以想见真草《千字文》在当时唐人手中是极度的时兴与盛行的,是当时世人学书的典范。这说明了唐人对于达到整齐书写的书写要求的必要性。自宋印刷术诞生以后,抄写式微,但传拓技术和印刷技术并不能取代信札信笺,人们仍然重视实用性的书法和抄写的意义。自近代以后,通信信息技术逐渐发达,随着信息业的日益壮大,抄写逐渐退出了人们的日常需求。

然而书法的习书门径从抄写到创作的书写过程却是不应该被改变的。在书法教育中不应该只注重书法的形式美,而忽略抄写。

在敦煌遗书智永《千字文》的临写中存在两种形式的书写。一种是字法笔意准确的临写,即将其视为字帖,如贞观年间蒋善进临本。另一种是以记忆字形为目的的临写,即作为字书。从敦煌遗书所见临写中留意到自汉魏晋以来一直存在的两种临书,即对于字法的追求,以准确临摹笔法为目的和对于字形记忆的追求,将书帖中的字形自我内化,以满足日常书写为目的。翁利先生的著作中将敦煌文献归结为"技法精湛""工整细致"和"稚拙简陋""散漫随意"这两种姿态,并且论说了书写的两个范围,"楼兰文书墨迹与敦煌藏经洞文献是一脉相承的,在时间上是先后发生的,在应用范围上则包括两个不同的书写范围:书籍抄写和日常应用书写。"(翁利《敦煌书法研究》,化学工业出版社2018年1版,33页–34页)在楼兰文书墨迹中可见对于"别""首"二字楷行对照练习和对于单字的反复练习及对于一个字的多种形态的归纳练习,这种记忆性的练习同敦煌所见习书方法有所重叠。在楼兰文书墨迹中也出现了对王羲之书作的精准临摹追求笔法笔意的书作,与此种逐字练习不同的通临。

二、唐人是如何整齐书写的

对于唐人抄写的研究在书法教学上有一定的作用和意义,不同人的书写,其书风有肥有瘦,书法风格不一,文字书写特征不同,所呈现的风貌不同。以古观今,可以看到千人千面对于书法经典之作的临写。在敦煌抄本中可以看到有"二王"影子的文字抄写,可以说是对于"二王"书体的一种改造式的临写。唐人习"二王"书风有的得其笔法,有的得其间架布白,有的得其笔画,以习得的笔法进行抄写摄取其中笔法,以用来整齐抄写文字,仅习其中笔法字形,而不习其中的章法变化。对于千人千面的继承式书法的研究,可以作为学习的资料,学生对于经典书作的吸收而后呈现出的个人书写,老师可以对其进行分析归纳和总结,与敦煌文书中的唐人抄书进行比对。

比如在唐抄本《世说新语》中可见不知名书抄者,其字之书写以字形为上,记字形为其习书功课第一要务,而笔法较简单。在所见诸多敦煌唐人书抄中对于古籍经典的抄录亦如此,呈现出结字为上,笔法次之的现象。

三、学科归类模糊导致的抄写缺失

关于书法教育的学科归类争议有围绕书法是脱胎于美术还是脱胎于文字学或历史学的有关书法所从属的范畴的争论。这两种争论就导致了书法的内涵与外延的方向的差异。书法作为一个交叉学科,其外延究竟要延向哪里,这个有争议的问题也决定了书法课程的设置问题,当今大学书法教育中有将其理解为美术范畴的,设置美术或美术理论课程为本学科的基础课程或交叉课程。也有设置文字学、历史学为其学科基础课程的。书法学科的如何分类,也决定了这门课程的学习过程和学习方式。所以我们就必须要先弄清楚究竟该如何给这门学科进行归类。

直至隋唐的习书教学之法"以字学入小学门,自汉志已然""学书,日纸一幅,间习时务策,读《国语》《说文》《字林》《三苍》《尔雅》。"(《新唐书》卷四十四,中华书局 2017 年 1 版,第 1160 页)所以书法应归于小学文字学类目中。书法教学与小学教学是相互依附的关系。持此论者又有王岑伯《书学史》中说:"学书须先明书之源流,源流者即书有十体六体五体之奥,以及其所始,而至于作书之法用力之方,有乱体制。"书法学科归类模糊,一部分院校将其归于字学,一部分院校将其归于艺术。这导致了抄写的缺失,所以我们已经不能像唐人一样抄书了。

四、书信的消亡导致抄写的消失

直至"清光绪庚子四月八日洞壁忽崩裂"(《中国法书全集·隋唐五代卷3》,文物出版社,2009 年版)书帖与墨迹才得以重见天日,被清人所发现。在书法创作的过程中我们因为时代、社会的因素,导致了书法失去了实用作用。书信往来自此销声匿迹了,这即是时代、社会的种种因素导致的书风导向的嬗变。这也是在书法教育中我们抛弃了抄写的原因,致使十几岁的孩子就起手训练书法创作。书信的消失,似乎使得写字的出口除了写作品以外没有他路可寻了。从整齐抄录到成为真正的书法家创作出真正的作品不是一蹴而就的。

五、结语

自然书写的状态即是从实用中创造美、发现美,从实用中而来的美,是一种自然真实之美,它不同于反复锤炼打磨之书作中的矫揉造作之美,重复书写而成的作品不能带给我们一种美的享受,也不能感动人。艺术真实的特殊品格就是以感动人为目的而进行的塑造,因此矫饰做作无法感动人心的重复书写之书作看起来只可当作是覆酱瓿之本。我们没有回溯书法的历史,去反思书法的书写真谛是有了一定的积学之后的厚积薄发而不是通过千百次打磨而成的。学习书法需要大量的记忆,只有去记忆文字的书写,才能像古人一般流露出自然书写的文字。如何才能做到真正地自撰书文,自然写就一篇书作?能成就这样书文的人他首先必须是一位博闻强记的君子。我们的固有文化,自有其封域,所以在书法学习中我们应该在回溯书法的历史中找到一条自己的道路。

范笑寒,宁夏幼儿师范高等专科学校教师。

天然石美的本质

◎李跃鸣

　　所谓天然石的美的本质,既是指宏观天然石的美的本质,也是指微观天然石的美的本质。宏观的如一座巍峨高耸的山脉具有美的本质,微观的如一枚小小的卵石具有美的本质,天然石审美者所要做的,就是把美的普遍本质当作天然石审美标准,通过对每一尊天然石进行观察和分析,发现它符合美的普遍本质,把它认作是具有美的本质的天然石,给它以美的天然石的身份,承认它美的天然石的地位。

一、天然石美的本质与外观特征的关系

　　天然石映入审美者眼帘的,首先是外在的形态和图景。形态和图景是天然石的外部特征,记载着它演化(发展)的历史真实痕迹。观察天然石的形态和图景能够发现它是否具有美的普遍本质。有许多天然石审美者只注重天然石的形态和图景,只把天然石形态和图景的好看视作美,如我国天然石界长期以来,把瘦、皱、露、透和形、色、质、纹、声等自然特征,当作审美的观点。外部特征当然是构成天然石美的关键要素,但是我们要问,一枚天然石仅凭外部特征就是美吗?又或者仅仅把它们综合地搭配在一起就是美吗?当然不是。我们要说,天然石的外部特征,只是它的物质特性形成的外

在表现形式,它的美与不美,不在于外部特征,而在于它是否具有美的普遍本质。天然石外部特征的审美功绩,只在于它提供了审读天然石美的本质的线索,从而使审美者探索到该天然石所以美的本质。因此,天然石审美不能只停留在外部特征,即不能停留在瘦、皱、露、透和形、色、质、纹、声等外部特征的层面上,而不去探索其是否具有美的普遍本质,这是对天然石审美的严重误解。只注重天然石的外在形态,而不重视内在本质的审美方法,绝不能达到审美的正确境地。

二、怎样理解天然石所呈现的不美的形态和图景

天然石是地球亿万年演化(发展)的产物,它的外部形态和图景是物质运动的必然结果,符合物质运动发展的美的本质,其自身就是美。但这并不能排除它只呈现出美的普遍美的形态和图景,呈现出不美的形态和图景。这有两种情形。

一种是呈现出自然力造成的不美的形态和图景,如一座因地震而崩塌的山崖、一棵因天旱而枯死的树木、一具因争夺食物而僵死的动物尸体、一只因飞行失误而折断了翅膀的老鹰等,还有河道上因炭疽病流行、无助河马全都因传染病致死,一群狮子因饥饿杀死了一头体形壮硕的水牛,突发的洪水把大量动物淹死,等等。毋庸置疑,这些景象在人类的审美者看来,都是异常不美的形态和图景。但这并不是天然石自身的过错,而是因地质和气象变化、动物们没有按照优胜劣汰、适者生存等错误活动而导致的死亡,在天然石所呈现的不美的形态和图景。这里我们要说的是,人类能够发现天然石上不美的形态和图景,是人类建立起猎人科学的天然石美学,对客观世界美的本质认识的伟大胜利。尽管如此,天然石虽然呈现出不美的图景,却仍然具有审美的作用,因为天然石所呈现出的不美,成为人类审美深刻批评和憎恶的对象,具有改正和克服不美的审美功效。

另一种是呈现出人类不美行为的形态和图景,如人类正在砍伐一大片绿色的森林、人类正在射杀一队正在长途跋涉的大象、人类的工厂正在排放电镀废水毒害一条河流,这些都是人类违背发展前进、进化和进步的美的普遍本质的行为,因而是不美的形态和图景。当天然石上呈现了不美的形态和图景,我们还能把它当作美的石头吗?我们的回答是:能。因为即使天然石呈现出不美的图景,那也只是自然界物质运动在它身上造成的印记,不是天然石自身的过错,而对于人类的审美者来说,仍然具有审美的意义。

三、关于天然石典型与非典型的美

发展是美的本质,但就它在天然石的表现来说,有两种情形:一种是典型地表现了天然石本质的美,一种是非典型地表现了天然石本质的美。虽然两种情形都是天然石本质的美,但是两种情形在表现美的充分程度上,却存在着巨大的差异。典型地表现天然石本质的美,是完整饱满的,给审美者以满足、感动和快感。非典型地表现天然石本质的美,是不完整饱满的,存在着美的缺失,给审美者以似是而非,不甚真实的遗憾。

(一)典型地表现天然石本质的美

天然石典型地表现美的本质,是其外部的形态和图景不仅像极了现实生活中的某个形态和图景,而且内在的物质运动趋势也外在地充分地表现出来,并且对于像极了的某个形态和图景的内容表现完整全面,表现画面鲜明清晰,不仅达到了具有美的本质特征,也达到了个性形象鲜明,充分地表现出天然石的本质的美。譬如形态是一段宽阔的河床,河床中充溢着浩浩荡荡的流水,表现出欲把一切生命浇灌的精神。再譬如图景是一株刚出土的松树幼苗,绿色挺拔,表现出奋力成长的旺盛精神。天然石如此的形态和图景,逼真、全面、饱满,典型地表现了物质运动发展的趋势,典型地表现了天然石美的本质。

(二)非典型地表现天然石本质的美

典型总是少数,人类大量面对的是非典型表现美的本质的天然石。非典型表现美的本质的天然石,没有充分地表现美的本质,但是它本身具有美的本质,人类必须把它看成美的石头。由于它数量大,占据了人类天然石审美的大部分,因此,人类必须重视和认真地对待,像对待典型地表现了美的本质的天然石一样,仔细地观察和分析它们,悉心地找出所具的美的本质的节点,珍惜和爱护它,当作典型地表现美的本质天然石的补充,使天然石的美在表现程度上达到完满,将能给人类的天然石审美者以满足的享受。

生命是人类审美的出发点,自然界是人类审美的物质基础,发展是美的本质,在此,我真诚地把发展称赞为美。天然石美的本质,在于欣赏理解天然石所表现出不美的形态和图景,应当重视天然石美的本质审美,天然石典型美与非典型美的问题需要我们更多地运用感觉和知觉去意会之后再言说。

李跃鸣,美学研究爱好者。

宁夏宝物故事的文化内涵解析

◎唐元祯

宝物故事是民间幻想故事的一大类型之一，其中的宝物可以为人们创造生活所需的财富，帮助人们战胜邪恶，是人们获得幸福的源泉。宁夏宝物故事的形成与宁夏的自然环境和人文环境息息相关，宝物在一定程度上反映了宁夏人民的传统生产生活方式。从宝物类型可以分析不同时期人们的精神需求、物质需求和审美需要，从宝物故事的基本情节可以分析其社会文化功能。宝物故事中的幻想源于人们对现实生活的不满，想通过神奇的宝物来获取财富，体现出人们对于幸福生活的追求。因此，宝物故事中的生活现象其实就是对现实生活的侧面反映，展现出人们生活困难的现实。但宝物并不是故事的主角，只是推动了故事情节的发展，主角则是故事主人公、对头和相助者。主人公和对头形成二元对立，两者之间的矛盾冲突推动故事情节有序发展，相助者则是在主人公最需要帮助的时候赠予宝物。

一、宁夏宝物故事的形成

宝物故事的出现，在一定程度上可以满足人们的精神需求和审美需要，对人们的生活具有积极的促进作用。宝物不仅可以带来财富，帮助人们战胜邪恶，而且还能让人起死回生。宝物的这些神奇功能是人民群众赋予的，因此宝物具有群众性，为人民服务，帮助人民过上富裕的生活和惩罚恶人,给人们带来快乐与自信。但宝物却不能代替主人公完成生产劳动,因为宝物故事是以现实为依据的幻想,而不是脱离现实的空想。如宁夏宝物故事《弯弯棍》中,晒尔东救白鹤,获得了能够创造美食的毯子和能够下金鸡蛋的母鸡,但他每天都还要去给黑蝎子干活,一方面体现出劳动人民爱劳动的品德;另一方面也体现出宝物故事中的务实性,只有依靠自己双手创造出来的财富才会永久地属于自己。

宁夏宝物故事将奇特的想象与现实环境紧密结合,表达出人民群众悲喜交加的生活情感和对美好生活的愿景。宁夏宝物故事中,宝物的获得者通常是樵夫、农民、渔民、长工等。其中,长工主要给财主家喂养牛羊马。如在《戳死戳活的狼牙棒》中,念书娃为了养癞呱就给地主当放羊娃,癞呱送他一根能复活万物的狼牙棒;在《放羊娃和青蛙》中,放羊娃救了青蛙后得到一只有求必应的神碟;在《海原民间故事》的《聚宝盆》中,努哈给马刻薄家放羊,割草时发现聚宝盆。而渔民只出现在《宝罐》和《聚宝盆》中。在《宝罐》中,杨有福和女儿去打鱼,打上来一个能够创造财富的瓦罐;在《银川民间故事》的《聚宝盆》中,庞老头去打鱼,金鱼送给他一个聚宝盆。宁夏宝物故事中,出现最多的是樵夫和农民。在《炼海干》《金鸡》《石猴治贪心人》《长鼻子老大》《夜明宝珠》《金种子》等故事中,主人公都是在上山打柴时获得宝物,有的是依靠寻宝常识获得宝物,有的则是动物为了报恩赠予宝物;而在《宝石缸》《仙罐》《宝缸的故事》等故事中,主人公在干农活时发现并获得宝物。

宝物故事并非完全虚构,而是基于一定的现实生活,体现出劳动人民对于生活的渴望与想象。宁夏属于温带大陆性气候,年降水量较少,适合牧草的生长,有利于牧业发展。自古就有"天下黄河富宁夏"之说,黄河穿境而过,促进了宁夏农业和渔业的发展。宁夏是我国远古文明的发祥地之一,是我国最早移民开发的地区之一,同时也是我国古代丝绸之路北道的必经之地。悠久的历史和独特的自然环境为宁夏民间故事奠定了基础,人员的流动为宁夏带来了各地的民间故事,在与本地元素结合之后,形成具有宁夏特色的民间故事。宁夏的生产生活方式影响了宝物故事的形成,宝物故事反映了宁夏人民的日常生产生活方式,两者互为表里。

二、宁夏宝物故事的类型

宁夏宝物故事中既有日常生活随处可见的罐子、碟子、葫芦、盆、种子、草帽、扇子等,也有未曾见过的仙丹、炼海丹、逼水珠等。这些宝物不仅能够创造财富,而且还能对贪婪的懒惰者进行惩罚,具有独特的功能和神奇的力量。宁夏所有宝物故事根据宝物的属性分为植物宝物、生活用品宝物、装饰品宝物和神物。

生活用品宝物故事反映了在物资匮乏的年代,解决温饱问题成了人们心中的首要目标,获取财富成了次要目标。在《宝石缸》《聚宝盆》《宝缸的故事》等故事中,主人公获得宝物后首先用于装米,当发现米取之不尽用之不竭后就用宝物创造财富。温饱问题被解决之后,人们将对财富的需求寄托在宝物身上。获取财富与动植物有关,如在《孖妹子和老鹰》《燕子报恩》《燕子恩仇》等故事中,主人公救了受伤的鸟后,获得鸟类从远方带来的种子等,当果实成熟后被主人公打开,里面全都是金银珠宝。他人知道后模仿主人公,打开果实后全都是怪物,最后被惩罚。这几个故事说明在急于解决温饱的年代,只有辛勤劳动才能解决温饱获得财富。生活用品宝物故事主要体现了人民群众急于解决温饱的愿望,当温饱解决后才开始将愿望转移到获取财富之上。

随着物质需求和审美水平的逐渐提高,人们对宝物进行精加工或者升华为神物,如石猴、夜明珠、金马驹等装饰品,仙丹、仙蛋、炼海丹等神物。装饰品是财富的象征,越是珍贵的装饰品越能体现出拥有者的身份地位。当人们解决温饱、获得财富后便有了更高的需求,如成仙和拥有无敌的力量。在《吃仙蛋》中,刘精光吃了神灵赐予的仙蛋,脚下就升起一朵云,飘飘然飞上了蓝天。在《狼心狗肺的由来》《戳死戳活的狼牙棒》《炼海干》等故事中,主人公获得宝物后就拥有了无敌的力量,能使海水干枯、使万物复活等。

宁夏宝物故事中,宝物和故事情节的变迁,反映了不同阶段人们的物质需求、精神需要和审美文化需要。宝物从能够创造粮食的生活用品逐渐发展到能够创造财富的植物宝物,再到可以起到装饰作用的装饰品宝物和神物。可以看出,随着人们审美意识的提高,宝物外形得到了进一步发展,变为现实生活中少见或者没有的物品,体现出劳动人民的智慧。

三、宁夏宝物故事的基本情节

丝绸之路沿线活跃着不同民族,他们携带各自拥有的物资,交换需要的生活用品,其中就有这样一批人,他们凭借人生阅历、生活经验和学识智慧,寻宝、识宝、鉴宝、得宝或失宝。宁夏境内流传着许多情节丰富多彩的宝物故事,从整体内容看,宁夏宝物故事情节主要包括:寻宝→识宝→得宝→抢宝→失宝→物归原主。

宁夏宝物故事中的寻宝和识宝环节突出表现了主人公具有很强的观察能力和寻宝常识,如在《炼海干》中,阿丹上山打柴看见洞里明光闪闪,他沿光找到一个铁蛋,带回家后被一个老头认出铁蛋是炼海干;《君子命穷不怨天》中,一只华丽的鸟落到秀才面前,他知道凤凰不落无宝之地的道理,就刨出一块石头,并认得那石头是炼海丹;《金鸡》中,尤素福上山砍柴抓到一只小金鸡,并告诉家人得到了宝贝;《善报(二)》中,江恩上山打柴看见凤凰落在一个嘴嘴上,他想:凤凰不落无宝之地,就挖出一块又光又圆的石头。到了晚上,那石头闪闪发光,江恩的母亲就说:"这是一颗夜明宝珠。"主人公得宝可以分为偶然得宝、行善得宝、神灵或动物赠予。偶然得宝指主人公因为机缘巧合获得宝物,在《聚宝盆》《宝石缸》《宝罐》等故事中,主人公在生产劳动过程中偶然发现宝物。行善得宝与动物报恩密切相关,讲述主人公帮助神灵或者动物后获得宝物。在《红葫芦》中,贫穷的老三给龙王唱歌,获得红葫芦。有的是动物出于同情才把宝物借给主人公,在《仙丹归原主》中,伯荣为了能让母亲吃饱而饿昏,一只狐狸变成人救了他,并给他一颗含在嘴里就不会饿的仙丹。伯荣考上状元后,狐狸拦路拿回仙丹。

　　主人公失宝可以分为作恶失宝、对头抢宝导致失宝。作恶失宝指主人公获得宝物后不行善事,用宝物作恶导致失宝。在《一顶草帽》中,主人公发现他爹留下来的草帽能够隐身,就戴草帽到处偷东西导致被抓。又如《隐身帽》中,已有家室的老二放了黑野狐获得隐身帽,用隐身帽去与员外的女儿约会,导致差点儿被杀。黑野狐救了他,拿走了隐身帽。对头抢宝导致失宝,主要讲主人公获得宝物被对头知道,对头想占为己有就进行抢夺。对头抢到宝物后,通常都会宝物失灵或者人受到惩罚,对头人财两空,宝物丢失或者宝物再次回到主人公手中。主人公得宝过上好日子,对头得宝被惩罚,充分体现了产生宝物的幻想与劳动人民的生活密切相关,惩恶扬善对生产生活具有积极的促进作用。

　　综上所述,宁夏宝物故事具有浓郁的幻想色彩,以宝物的神奇和一波三折的情节反映现实生活,表达出人们的思想情感和理想愿望。宁夏宝物故事的形成与发展建立在人们的生产生活之上,与人们的日常生活息息相关,反映了人们希望通过宝物改变现实,过上美好生活的愿望,对生产劳动具有积极的促进作用。宝物不仅拥有神奇的力量,而且还能明辨是非,帮助好人,惩治坏人,寄托了人民群众的是非观、善恶观和美丑观,展示了人民群众的道德观念、审美情趣和艺术情趣。

　　唐元祯,贵州黔南经济学院助教。

农民秦剧团

◎张廷杰

　　那是1954年初春,大庄科村的父辈们自发联合了周围海棠湖、张家塬、沈家湾几个自然村的智者,共同办了两件大事:一是办起了小学,二是办起了社火、剧团。这两件事,在那个偏僻又贫穷的山村意义非同小可。带头倡办的人是我的二伯父张天荣,自然而然,他是校董主任,又是剧团会首。

　　刚解放那几年,贫苦农民翻身做了主。民心顺,其乐融融,天心顺,五谷丰登。年年粮食大丰收,吃不完就卖钱,有了钱就置办耕畜农具扩大再生产,就扯布做新衣、新鞋、新帽,缝新被。农民们打心眼里感谢毛主席、共产党,他们的切身感受是:新旧社会两重天,共产党的恩情说不完。所以,农民们手扶犁耙,口唱秦腔,扬眉吐气,心情欢畅,尽情享受着新社会幸福美好的阳光。

　　古人云:"仓廪实而知礼节。"生活安定,衣食无忧,并非万事大吉。农民需要文化娱乐,当时政府为提高农民文化素质,正开展扫盲运动,受到热烈响应,人人拿着《农民识字课本》识字学文化,热火朝天,白天劳动,夜晚写生字,进步很快。父辈们努力学文化,思想也开了窍:新社会没有文化可吃不开,不能让孩子成了睁眼瞎。当务之急先办个学校让娃娃念书;再办个社火剧团自娱自乐。主意拿定,立刻行动。当年就把学校和社火、剧团办起来了。

白手起家办剧团绝非易事——服装道具、演员队伍、全能教师三者缺一不可。为了置办服装道具，大家集资买来锣鼓镲铙、绸布颜料和一切所需材料，但制作最难。也不知从哪里请来一位全能师傅，人称"牛画儿匠"的。这人貌不惊人，本事却十分了得：能缝制生、旦、净、丑所用的各种衣服；能给蟒袍等各种服装画上东海日出、二龙戏珠、猛虎啸天、凤凰展翅、云龙纹饰、花鸟鱼虫各种各样色彩艳丽、惟妙惟肖的图饰；还能制作各种人物的头饰头盔、羽扇纶巾、凤冠霞帔、黑白髯口、高底靴、武生靠、虎背旗、丑角帽、打马鞭，等等，凡服装道具一切戏剧应用之物，一经他那巧手，便能像模像样，栩栩如生。我当时还小，在院子里跑出跑进玩个没了，也看在眼里记在心。为了配置演员，老人们精挑细选，把方圆几十里的青年后生，来回梳理了多少遍，从中选出可胜任角色之人。所选之人虽然脚上有牛屎，脑子没文化，不过扫盲识字的水平，也从未粉墨登场过，但心气儿高，肯吃苦，善学习，嗓音也好，经过老师悉心调教，个个都能胜任。与此同时，还请来一位教师，负责排练教戏。记得这位教师名叫涂浩云，这个固原人，本事同样十分了得，他胸藏大戏上百本，生旦净丑全能成，文武场面无不会，唱念做打样样精。每到秋粮上场，便集合演员排戏，他给每个扮演角色的人先抄戏文，教唱腔，然后拉场子对台词，教动作表情，还要给武场面打击乐器教板鼓锣镲如何起板、收板、掌握节奏，给文场面胡琴乐器演奏者教如何起板、走过门，或紧拉慢唱，或顿音拖腔，凡举手投足、吹胡子瞪眼、出场下场、花音苦音、慢板二六、双锤七锤、尖板带板，所有道白唱腔、动作表情都必须入戏，要求做到演谁像谁，声情并茂，配合默契。两三年间，便排练出不少本戏和折子戏，大概有《七人贤》《烙碗计》《杀狗劝妻》《断桥》《东台挡将》《串龙珠》《藏舟》《罗成写书》《阴阳合担水》《柜中缘》《斩秦英》《放饭》《曹夫走雪》，等等。

集中排戏直到过年前才结束，然后大家各自回家过年。三天年一过罢，就把演员再集中起来，整理好行装，赶一头毛驴驮着戏箱子，随社火队走村串户，搭台唱戏。搭戏棚很简单，选一个靠墙的地方，农民主动提供木椽楼干之类,用绳子捆捆成方形固定架,再把农民从自家拿来的布单、毯子之类联结起来,往顶子上一搭,从左右两边往下一拉,一个戏棚就成了。晚间照明是用两个饭碗各盛大半碗清油,每个碗里搓两根指头粗细的棉花捻子,捻子经油一浸,一头搭在碗边,挂在戏台口两边点着,于是,整个戏场里便灯火通明。台前搭棚,台后化装,准备就绪就开场。开戏前,要叫场子:叭打——咣才锣鼓敲,邻家相呼又相告;四面八方接踵来,长短板凳排排靠;扶老携幼台下坐,小孩活蹦又乱跳;开场锣鼓尺打呛,台上演员就出场;提腿亮靴甩袍袖,撩衣捋髯目放光;四句告白明身世,长吟起板又行腔;先前一个土老帽儿,此时精神气昂昂。

俗话说,戏演人生,人生如戏。虽然都是古装戏,但扮演者都是身边的熟人,随时可以切入生活语言,颇接地气。比如《放饭》是个悲情戏,倪文让扮演朱春登,年龄虽小演得神气活现;《烙碗计》,是刘员外的老婆马氏为独霸家产百般陷害侄儿定生的故事,这个马氏心狠手辣,直把个定生折磨得死去活来,痛不欲生。一出场有四句台词:"云彩口里的太阳,嵝岘口里的风,蝎子的尾巴,后娘的心哟——哼哼!"念这几句台词时,角色的面目表情要狰狞可憎,咬牙切齿,恶狠狠的样子,观众对这个角色就会恨之入骨。当然,作恶多端,必有恶报,结局是正人扬眉吐气,恶人受到惩戒,观众皆唏嘘感叹。《东台挡将》故事和曹操败走"华荣道"有点像,陈友谅带领残兵败将路经东台,被朱元璋大将康茂才当面拦住,陈友谅以昔日友情打动对方,康茂才念及旧情,违反军令放走陈友谅。康茂才这个角色是我父亲扮演的,顶盔贯甲,手持大刀,长髯过胸,威风凛凛。父亲戏唱得好,嗓音高亢明亮,能和胡琴融合一体,非常动听,感染力很强。剧团的主力还有李得禄、沈国栋、张志刚、瞿俊礼、赵秉均、倪文让等。在我十二岁时,教师涂浩云给我教了一出《罗成写书》,我饰演少年英雄罗成,李进孝饰演罗通。这是个武生戏,我小孩子家家,上台唱戏,靠子太长,就往上几折,缠在腰上,按师傅教的打一套武把子,精神抖擞,还挺神气,其实不知道手里拿的马鞭就是"马",罗成在城下"咬破"手指给城上的罗通写血书,边写边唱:"七岁八岁把书念,九岁十岁学兵权,十一十二称好汉,十三洛阳夺状元,十四夜打登州地,十五……"唱得音准板眼都对,但眼皮抬不起来,也不会玩表情,傻样儿一个,可大人们看着怪稀罕,无不啧啧称赞。师傅看我还行,又让我学演《藏舟》里的田玉川。那时群众看戏,非常入迷,虽然面对的是个农民剧团,演技也不高,甚至还有些笨拙木讷,但都看得如醉如痴,有人还情不自禁地跟着哼两句。陆游诗云:"斜阳古柳赵家庄,负鼓盲翁正作场。身后是非谁管得,满村听说蔡中郎。"说的是南宋当时听书的情景,家乡农民看戏也是这股劲儿,心无旁骛,物我两忘。不但从中受到思想的启迪和道德的熏陶,好多文化知识、历史知识也都是通过看戏得来。今天这个村唱完,明天赶着毛驴驮着戏箱子,又转到下一个村唱,可以说,整整一个正月,群众的主要活动就是跟着看社火看戏,这就是他们的精神乐园,而且耳濡目染,自成乐趣,往往劳动当中,人人能哼几句,有的还能唱"焦赞传孟良秉太娘来到"这样的长板乱弹。这个剧团后来经县上批准注册命名,成为正式的农村业余剧团,县文化馆还给剧团赠送了一个汽灯,一个留声机,俗称"洋戏匣子"。这两件好东西很是神奇,汽灯点着煞白煞白地亮,比油碗灯亮几十倍,留声机能听唱段,可跟着学唱。农民剧团如获至宝,这是县上扶持农民剧团的举措,也是大大的褒奖,使得农民办剧团的热情更加高涨,风生水起,热闹非凡。

家乡的人几乎都是秦腔迷,一年四季,无论忙闲,空气中总能飘过一缕秦腔的味道。除了每年正月看自己剧团的戏之外,每到三四月农闲时,村上还来几次皮影戏。有个尽人皆知的朱秉其戏班子来得最多,来了就选一个大的窑洞,撑起纸亮子,点着油碗灯,连着演几个晚上。都说是"牛皮娃娃纸亮子,过来过去跑趟子",但男女老幼同样看得如醉如痴,小孩还用纸剪成牛皮娃娃,涂上颜色,糊上亮子,模仿着唱。还有李让带领的戏班子,陈有禄带领的戏班子,也经常走乡串户演出。这些农民皮影戏班在当地非常有名,一般有四五个人组成,他们大多是甘肃环县人。

值得一提的是,大概从1956年开始,预旺区公所每年八九月间都会请吴忠市或盐池县的专业剧团来演出,露天剧场,一演就是个把月。每当此时,方圆几十里的人穿着鲜亮的新衣服拖儿带女争相去城里看戏,享受这文化盛宴。记得有一出戏叫《烈火扬州》,演的是南宋将领李庭芝、姜才镇守扬州英勇抵御金兵入侵的故事,很悲壮。还有《铡美案》《五典坡》《辕门斩子》《穆桂英大破洪州》《周仁回府》等好多好戏。1958年我正在预旺上高小五年级,晚自习时偷跑去看戏,被老师发现,回去后狠狠地训了一顿。那天晚上看的是《取天水》,诸葛亮计收姜维的故事。也正是这一年,吴忠剧团在预旺演眉户剧《梁秋燕》,这是一出表现婚姻自由的现代戏。正值妙龄的七龄童扮演梁秋燕,扮相俊俏,唱腔清脆响亮,手眼身法步,处处都有戏,唱响预旺城,迷倒千万人。于是,"看了梁秋燕,三天不吃饭"成为当时人的口头禅。这个令人心动神迷的七龄童,据说名叫李莲娣,本是山东人。现在回想,梁秋燕当时之所以产生如此强烈的轰动效应,其原因大概有三。一是舞台惊艳美。角色扮演者年轻漂亮,光彩照人,舞台表演精灵俏丽,轻盈大方;唱腔道白娇嫩悦耳,婉转悠扬;眼神灵活,顾盼多姿,妩媚动人;身段苗条,亭亭玉立,落落大方,直把个青春女子演得活灵活现,虽然观众不知她的名字,但面对这样一位青春荡漾、活力四射的小女孩,无论男女老少,谁能不怜爱有加呢?特别是那些青春期的男孩,有的可能还会想入非非,这也很正常。二是"真旦"新鲜美。过去乡下人孤陋寡闻,所看戏中的女角色都是男人扮演,是"假旦",这回看的可是纯女孩演"真旦",乡里娃娃吃挂面——头一回,大开眼界,震惊,尽情享受吧,多新鲜呀!孤陋寡闻的山里人第一次感知到外面的世界真的很精彩。三是剧情主题美。这一点尤其重要。表演虽美一时鲜,情感共鸣长在心。这出戏反对包办婚姻,提倡自主婚姻,深刻反映出当时现实社会生活中的婚姻状况,贴近生活。过去很多人深受包办婚姻之苦,他们向往自由婚姻,而这一主题恰好表达了他们的心声,激起心灵的强烈共鸣,乃至影响当时及以后几代人的婚恋观念。有多少青年男女都在仿照梁秋燕为追求自由婚姻而与包办婚姻的旧观念展开斗争,赢得了幸福生活。从此,《梁秋燕》这个戏家喻户晓,其唱段耳熟能详,人人会唱,很多乡民开口就能哼起"阳春儿天,秋燕去田间,慰劳军属把菜剜,样样事我都要走在前面,啊……"一本好戏的教化功能不知要超出口号宣传多少倍!可见,文艺创作只要源于生活,揭示生活本质,其感染力是不可估量的。而戏剧正是传承民族传统文化最有效的途径。

文化传承的基础是文化底蕴。家乡的语言属于关中语系,其文化基因自然也属关中文化圈,所以民风民俗和关中文化有着千丝万缕的关,这才是家乡人喜爱秦腔的内在基因。只可惜,三年低标准,断送了农村所有的农民剧团。可是,"文化大革命"中,汪家塬、大庄科等生产大队的社员在本队文艺骨干的带领下,又排练了移植为秦腔的革命样板戏《红灯记》《沙家浜》,还有《血泪仇》《三世仇》等现代戏,也是演得神情毕肖,看得有滋有味。有时公社还组织会演,互相学习,取长补短,搞得很热闹。改革开放以后,张家塬乡又成立了秦剧团,在团长孙荣华的带领下,在宁夏、陕西、甘肃等地演了几年,反响热烈。但是,宁夏山区农村太穷,青年人要求致富之心迫不及待,他们大多数出外打工,家里只留下老弱病残看守,有的人甚至直接搬迁到外地去住,秦腔剧团失去了群众基础,也就自然而然偃旗息鼓了。但是,事实证明,家乡人热爱秦腔,把秦腔当作自己生活甚至生命的组成部分,只要条件允许,首先想到要办的事就是组织剧团唱秦腔。现在银川城里,大街小巷散落着大大小小很多的秦腔自乐班,每当夜晚,纷纷登场亮嗓,围观人群如堵,好多人都手提小马扎提前到场占个好位置,有时挤得水泄不通。他们一个接一个,依然唱得那样投入,那样入情入戏,乐此不疲,成为银川街头一道亮丽的风景线。稍一打问,便知大都是从固原或甘肃地区来银打工者,他们的秦腔情结与生俱来,融入血液,永远挥之不去。真是:"秦腔文化一脉传,几经阻断又复燃。只要留得基因在,痴心不改梦可圆。"

张廷杰,宁夏大学退休教师。

秦腔折子戏《武松杀嫂》中潘金莲形象的艺术再造

——兼论黄瑞妮小旦行当表演艺术

◎邹慧萍

　　生于1987年的宁夏演艺集团秦腔剧院青年演员黄瑞妮近年来在宁夏秦腔界崭露头角,收获颇丰,凭着精湛的表演于2018年和2022年两次获得宁夏文学艺术评奖优秀表演奖三等奖,并在2015年在第二届黄河流域戏曲红梅竞演中获二等奖。

　　黄瑞妮2022年获得宁夏第十届文学艺术评奖表演奖三等奖的作品是经典折子戏《武松杀嫂》。黄瑞妮扮演的角色是潘金莲。

　　潘金莲这个在中国妇孺皆知的艺术形象,从诞生之初就开始不断地被重塑。《水浒传》的潘金莲成为中国文学画廊中经久不衰的文学原型。该形象经由不同作家的创作实践活动,在不同的文本中置换变形,在多部作品中反复再现,在时代长河中持续被赋予新的内涵。

　　秦腔折子戏《武松杀嫂》无疑是取自小说《水浒传》原文的,但却塑造了一位更加符合现代人欣赏心理的全新的潘金莲。全新在于由小说中的让人反感、批判的、道德沦丧的淫妇变为让人同情、怜悯,甚至有点喜欢的敢爱敢恨的痴情女子形象。显然,秦腔折子戏《武松杀嫂》的目的是创新和形象再造。

一、剧作者对于"潘金莲"形象的再认识和再塑造

"潘金莲"到底是个什么样的人?《水浒传》作者施耐庵又对潘金莲持什么态度?众说纷纭。因为《水浒传》本身就是施耐庵根据民间口口相传的话本、民间故事、戏曲加工而成的小说。相比于故事中的其他妇女形象,潘金莲还是小说中最具有艺术魅力的形象,后来成书的《金瓶梅》以《水浒传》故事和人物为原型就能说明潘金莲的艺术魅力之巨大和持久性。当然,批判性是施耐庵和后世文人对于潘金莲的共同态度。

关于"武松杀嫂"我们先看小说的描写:

那妇人见势不好,却待要叫,被武松脑揪倒来,两只脚踏住他两只胳膊,扯开胸脯衣裳。说时迟,那时快,把尖刀去胸前只一剜,口里衔着刀,双手去挖开胸脯,抠出心肝五脏,供养在灵前;胳察一刀便割下那妇人头来,血流满地。四家邻舍眼都定了,只掩了脸,看他忒凶,又不敢劝,只得随顺他。

这一段描写干净利索,没有丝毫的拖泥带水,意味着武松杀嫂之时的果断和决绝,反映出武松的"报仇心切""恨之入骨"及唾弃的心理和态度,这也代表了当时社会主流态度。然而,在秦腔折子戏《武松杀嫂》中作者却描写了武松的迟疑、矛盾和思想斗争。而这些矛盾、迟疑和激烈的思想斗争都来自剧作者对于潘金莲这个艺术形象的重新塑造。我们看看戏曲中是如何塑造"潘金莲"这个形象的。

第一,塑造了一位呼唤爱情、勇敢追求爱情的痴情女子的形象。

戏曲作者把潘金莲对于武松的爱慕和倾心在一折戏中进行了集中展示,使人物形象和矛盾冲突一开始就白热化;情真意切的语言借助"板路"和"彩腔"的艺术表达,把一个敢爱敢恨的痴情女子形象展示在观众面前,令人心生同情、怜悯:

你错把真情当下贱，屈煞我一腔真爱在心间。是女儿，哪个不把意中人儿盼，初见你禁不住爱慕表露酒宴前，叔嫂结仇怨痴情化云烟。痛悔时已晚，酸楚留心间。难得你一身豪气英雄胆，我情念难断，日日夜夜苦相恋。你只顾伦理纲常和规范，我心中灯光闪烁又黯然。看今朝我栽苦果我吞咽，但愿在来世再把好梦圆。劝兄弟饮下这杯酒，偿我心愿。薄命人，虽死绝不怨苍天。

无疑，作者通过情真意切的语言艺术，以及或高亢嘹亮、或温婉抒情、或丝丝入扣的秦腔唱腔艺术塑造了一位符合现代社会、现代青年审美情趣的艺术形象。美丽对于一个女子不是罪恶，追求爱情、追求自己心中的英雄也并不是犯错，这并不难理解。而打动人心的是"欲爱却不能""美女嫁丑汉"的现实，是弱女子不能掌握自己命运的悲哀和悲惨，更是古代广大妇女对于自由情爱的呼求和选择的觉醒。鲁迅先生说：悲剧将人生的有价值的东西毁灭给人看。而这"有价值的东西毁灭"的过程就是打动人心、震撼人心的过程。这就是艺术之所以称之为"艺术"的魅力之所在。

第二，塑造了一位美丽、勤劳的劳动妇女的形象。

孝服脱去红妆换，还我女儿真容颜。兄弟，你看我这一双打过烧饼的手，我这挑过柴担的肩，还有我这满腔怨愤的心，能不能配得上你这个打虎的英雄……

第三，塑造了一位刚烈、痴情的女子形象。

你为何不杀，我潘金莲生不能做武松之人，死还不能做武松刀下之鬼吗？

同时，作者以反衬的手法，从武松的角度写出了潘金莲对于炽热爱情的反应："俺武松平日里豪气英迈,却怎么泪水自溢湿满腮。"从另一个角度丰满了潘金莲敢爱敢恨的形象。

二、曲作者对于戏剧形象的再认识再塑造

戏曲,顾名思义有"戏"有"曲",戏指矛盾冲突、人物形象、舞美设计等;曲指的是戏剧的唱腔和配乐,塑造人物形象、发展故事情节,靠语言艺术和舞美艺术,更靠曲调行腔艺术。秦腔艺术作为中华文化艺术瑰宝之一,它历史悠久,蔚为大观,堪称中国戏曲之鼻祖,其行腔唱曲早已成熟并臻于完美,但任何一门艺术都必须随着时代的发展变化而发展变化,创新是一切艺术的生命源泉之所在。《武松杀嫂》在行腔上采取板路和彩腔结合,快慢结合,道白和唱腔结合,苦音和彩音结合等手法,使人物表达时而柔情似水,时而钢骨铮铮,时而怨,时而哀,时而叹,时而苦,时而忧……把一个女子对命运的不屈,对爱情的追求,面对生死的决绝表达得淋漓尽致。从某种意义上说音乐的艺术更为打动人心。尤其是现代乐器的运用使秦腔这个古老的艺术更加"繁音激楚,热耳酸心,使人血气为之动荡"。

三、角色扮演者对于戏剧形象的再认识再塑造

对于戏剧来说,塑造人物形象主要靠角儿的念唱做打。黄瑞妮作为"80后"演员,13岁即学习戏曲,经过数十年不断历练和深造,对于旦角尤其是花旦可谓驾驭自如,入细入微。

她声音脆亮清丽,身段颀长婀娜,面容清秀,轮廓娇媚,举手投足之间自有楚楚可人之风韵。近年来,她刻苦攻练旦角,不论是青衣还是花旦,多有尝试。《打金枝》《打神告庙》《天女散花》《香山寺还愿》《武松杀嫂》《打路》《窦娥冤》《赵五娘吃糠》《恩仇记》等剧目的成功上演都是她刻苦练习的结晶。在《武松杀嫂》中,她集中展现了过硬的唱功(板路和彩腔)、念白、身段表演等技巧,细致入微地刻画了潘金莲有怨有恨有爱有情的内心世界,酣畅淋漓地表达了潘金莲这个处于社会底层的被封建夫权、被建立在男性视

角和上层社会视觉之上的伦理纲常束缚压榨的美丽少妇的反叛、追求。可以说她调动了全身唱念做打的功夫和全心全意动真情、动真心才成功地塑造了人物,打动了观众(听众)。

著名的点评大师金圣叹曾在点评《水浒传》时说:潘金莲是作者施耐庵用心塑造的人物。所谓"动心",就是作家在创作中常常会忘掉自我,化身于角色,其主观意图被大大弱化,这样创作出的艺术形象往往会忠实于生活的本来面目,显得真实可信。我们不妨套用这样的话:戏剧《武松杀嫂》中的潘金莲是黄瑞妮用心塑造的人物形象,是附着了演员灵魂的形象。

邹慧萍,宁夏文艺评论家协会会员,中国文艺评论家协会会员。

行家专于行家的活

——宁夏文联第三期艺术高研班秦腔结业演出赏析

◎李世锋

近几年,"让专业的人去办专业的事"这句话成了社会上评说处理专业性事务的流行语。这句富有尊重规律、尊重人才寓意的平实话语,能够成一时之公序良俗至为可贵。宁夏文联举办的第三期艺术高级研训班,出于传承秦腔艺术,培养戏曲新人,满足群众需求,助力秦腔艺术发展的目标定位,活动策划专业,操作措施扎实,培训成效突出,在业内产生的激励作用明显,是典型的行家专于行家的活,专业的人做成了专业的事。

因人选戏,以戏育人。宁夏文联第三期艺术高研班根据前两期举办京剧研训班的成功经验,增设了秦腔戏曲研训专业。聘请戏曲名家担任导师,选拔宁夏演艺集团秦腔剧院近年在出大戏、参大赛、拿大奖及长期惠民演出中培养起来的一批青年新秀参加研习培训,根据演员行当和技艺特长因人选戏,以戏育人,研练结合,定向培训,全面提升业务能力,百尺竿头更进一步。这批参学演员平均年龄在35岁,作为剧院创作演出的中坚力量,他们戏曲功底扎实,各持业务所长,具备接受高层次专业淬炼的能力和需求。研训班据此选择1本4折秦腔经典剧目作研训科目,其中本戏《卖妙郎》剧中主角较多,行当丰富,配角演员也戏份不少,适合于演员团队的整体培训。剧中青衣刘迎春的饰演者谭芳、老生周军汉的饰演者马西峰、小生周文选、妙郎的饰演者胡兴怀、余亮以及花旦野金凤的饰演者等多名青年演员,正值艺术领悟、技艺成熟的升华阶段,通过经典剧目对不同行当的演员进行全面培训,其措施得力,效果可鉴。武生、武丑是体现戏曲团体专业人才结构合理、可持续发展的标志行当。针对秦腔剧院青年演员李磊扮相俊美、科班出身和演员胡兴怀戏路较广、技能全面等特点,选择以武打兼夜间情景模拟表演为特色的折子戏《三岔口》进行研学训练,让武生、武丑演员在著名京剧演员谭健的指导下,经受技艺训练,打磨固守好各自行当的看家戏;移植京剧折子戏《夜奔》作为青年武生演员梁军的研训剧目,富有艺术创新、借鉴融合意义;由郭双胜先生指导的折子戏《黑虎坐台》和《司马懋断案》,以研训要求和创新理念对青年演员李昆杰、李凯两位净行演员展开剧目赏析研学、技术打磨排练、强化人物性格表演,同时辅以音乐舞蹈铺陈包装,扎扎实实付诸花脸折子戏精品锤炼。

强化戏规,练出精彩。从本届戏曲高级研训班秦腔剧目汇报演出,可以窥见研训活动主旨是在强化戏曲规范、严格表演程式前提下的创新提高和精品打磨。研训导师严格指导传授戏规,参学演员扎实训练"四功"(唱、念、做、打),规范"五法"(手、眼、身、法、步),在中规中矩完成戏曲程式化表演的基础上,根据研学剧目特色和演员自身条件付诸改良创新,锻造精彩。遵从这一专业、严谨的艺术态度,导师、演员共同努力,相关院团协作配合,辛勤研训数月,取得了规范戏曲程式、严谨表演手法、创新表演亮点等显著成效。

本戏《卖妙郎》由优秀秦腔传承人张新霞指导训练,培训重点是对剧中青衣、老生、小生、童生、花旦、老旦等主要角色饰演者进行唱功、做工的训练提高。按照表演程式规范、戏曲套路简明清晰、剧情转换自然顺畅、在继承传统基础上适度创新改进的剧目排练要求,对参学演员进行表演招式规矩,念唱字正腔圆,人物刻画准确等方面的研学培训,取得了很好的研训效果。在结业汇报演出中,剧中青衣刘惠英的扮演者谭芳扮相清秀,台风沉稳,表演规范,不显造作,人物刻画细致准确,情感真切,艺术爆发力、感染力强,尤其在"卖儿"等情节表演中频显亮点,得到观众好评;该剧下半场刘惠英的扮演者朱雪瑞,也凭借出色的唱功和熟练的做工出色完成了人物塑造。青年演员马西峰以扎实的唱、念、做工,一招一式中规中矩扮演剧中老生周君汉,在"杖媳"等情节表演中,其动作优美,套路干净,唱念转换顺畅,情绪准确饱满,表演感人耐看。青年演员胡兴怀、杜银凤在对剧中周文选、野金凤两个生性诡诈、少廉寡耻的人物刻画塑造有上乘表现。青年演员吴冰熟练掌握运用童生表演技巧,在"卖儿"一场,以一连串的跑跳、蹲坐、搓跪、扑跌等程式动作,生动表达了少年妙郎离别亲人时的悲凄之情,艺术感染力强。剧中其余老生、老旦、丫鬟、群众等演员虽表演戏份较少,但个个台风端庄、表演程式规范,家院、下书人等一些细节表演也可圈可点。

研训班选择排演的四出折子戏角色行当不同,艺术特色各异,通过研习、培训打磨,在规范戏曲程式、提高表演技艺方面收效明显。《黑虎坐台》是展示秦腔副净行演员做工、唱功的精品折子戏。青年演员李凯在导师指点下潜心研练,在戏中花脸架子表演中做到了动作干净利落、套路清晰标准、人物神态准确;在后半部分"梦会三霄"表演中,规范、流畅、苍劲有力地完成了难度很高的几大段花脸唱腔,其板式连套合规,唱腔风格纯正,欢、苦音调式转换自然,嗓音高亢激越,人物刻画生动,加上剧中姜子牙、柏鉴、三霄妹等的出色辅演,使得折子戏演出规范紧凑,火爆精彩,观赏性强。

演员李坤杰凭借兼演铜锤花脸(大净)和架子花脸(副净)的技术实力,在导师指点下刻苦研习,出色完成了折子戏《司马懋断阴》中的司马懋角色塑造。在出场的判官架子表演中,以特定的人物造型(象形脸谱、判官装束)、激越的高腔叫板、遒劲的动作程式,把刚正不阿、勇猛无畏的司马懋形象刻画得生动鲜活;在其后半部分大段白口戏表演中也做到了道白清晰,语气刚劲,轻重缓急顿挫有致。青年演员胡兴怀、李磊在折子戏《三岔口》的表演中达到了武打套路熟练、情景模拟真切的剧目特定要求,其表演能让观众清晰领略到剧中人物任堂惠、刘利华摸黑打斗、神态逼真的魅力,形象演绎出了中国传统戏曲的虚拟性、写意性基本特性。青年新秀梁军在京剧名角谭健的指导下,成功将著名京、昆流派折子戏《林冲夜奔》移植为秦腔剧目,运用秦腔戏曲语言音韵和锣鼓伴奏,融合借鉴京剧表演的动作程式和昆曲《点绛唇》《折桂令》《盛江南》等曲牌唱腔,达到了戏曲程式、风格完整统一的移植效果。通过扎实的研习排训,梁军较好掌握了该剧唱、念、做、舞并举,动作规范,程式严格,念白合辙押韵,唱牌字正腔圆等表演技术要求,取得了和京、昆戏曲流派异曲同工的演出效果,给古老秦腔增添了创新活力。《夜奔》作为首次成功移植为秦腔的折子戏,一经研训班上排演成功,便作为院团新排剧目多次参与各种演出,给秦腔观众以耳目一新的观赏感受。

功在当下,意义深广。功夫在诗外,宁夏文联第三期秦腔艺术高研班所获成绩,不啻参训团体的剧目增量和参学演员的技能提升,其功在当下,意义深远。从大处讲,研训班的举办,体现了主办、协作单位的管理行家们和参学人员认真践行习近平总书记关于保护传承中华优秀传统文化,攀登艺术高峰,服务人民群众的指示精神,增强文化软实力,助力宁夏经济社会高质量发展的文化自觉和使命担当;是对宁夏秦腔十多年坚持出作品、出人才、服务观众、交流宣传取得突出成就的热情鼓与呼;是为宁夏秦腔艺术事业人才成长、业务建设高质量发展培植后劲的务实举措,凡此种种方面理当高度点赞。

如上所提,在戏曲艺术界尤其在一些年轻演员中,较为普遍存在的诸如重视艺技培训、忽视理论学习的问题,专于技巧表演拙于人物内心刻画以及艺术观念固化、创新活力不足等问题,在秦腔研训班结业演出也可见一二。此虽瑕不掩瑜,但放在办好戏剧艺术高级研训班的特定语境中则是尤为重要的话题,应该引起业内人士的一定重视。

凡事贵在坚持,祝愿宁夏文联艺术高研班越办越好!

李世锋,宁夏文艺评论家协会会员。

盛世礼赞　赓续时代新篇

——简析《壮美70年　礼赞新宁夏》剪纸长卷作品

◎徐娟梅　张云仙

剪纸作为中华民族古老的传统艺术形式之一,是中国民俗文化不可或缺的组成部分。它作为表达人们内心朴素情感和生命寄托的重要载体,记录了社会生活的变迁,历经千年却经久不衰,也从未失其质朴、纯粹、清新的艺术特质。

在新中国成立70周年这个特殊的历史时刻,宁夏剪纸艺术家们用集体之智慧,采艺术之众长,借传统之元素,展社会之风貌,运用了群众喜闻乐见的剪纸艺术形式,集体创作了一幅《壮美70年　礼赞新宁夏》的7米剪纸长卷,用传统艺术唱响时代新篇,全面展示了宁夏各族人民在中国共产党领导下,勤劳致富,城乡面貌发生了翻天覆地的变化,各项事业取得了辉煌成就,也为伟大的祖国献上了真挚的祝福与赞礼。该幅长卷作品用多元的剪纸艺术语言,将地域元素、文化地标、人文精神紧紧结合起来,作品主题明确,内容丰富,栩栩如生,惟妙惟肖,细腻精妙,独具一格,彰显出独特的文化美学。作品通过今昔对比,首尾呼应,以小见大,以点带面,围绕"经济繁荣、民族团结、环境优美、人民富裕"的创作主线,用宁夏的进步与发展讴歌祖国的繁荣昌盛,展现了勤劳的宁夏人民开创的幸福生活,展现了城乡日新月异的变化,展现了人民健康向上的良好精神风貌。

该幅作品呈现三大亮点。

一是创作主题突出。作品一以贯之，"黄河之水天上来"的主题贯穿始终，从过去到现代，由远及近，凸显黄河两岸、塞上江南的盛景。作品主要以三个主线展开描述：记忆中的宁夏——发展中的宁夏——奋进中的宁夏，通过不同时期宁夏在政治、经济、文化等方方面面的生动巨变，再现一幅幅波澜壮阔的壮美画卷。

二是内容丰富多彩。宁夏回族自治区的首府银川有"凤城"之称，这源自一个美丽的传说：象征祥瑞的神鸟凤凰落户银川，造福了宁夏这方神奇而美丽的土地。开卷（引卷）中神采飘逸的一只凤凰挥翅腾飞，展开了宁夏的建设奋斗历程。"记忆中的宁夏"将镜头拉到改革开放初期，国家百废待兴。宁夏南部山区的人们住着破旧的土窑洞；孩子们的童年枯燥乏味，玩石子、钻柴垛；农民面朝黄土背朝天，靠天吃饭；手工农耕机械，人工种植收割，牲畜打麦场……雄浑贺兰山涧，成群的岩羊自由快乐地奔跑嬉戏，一幅幅来自远古记忆的岩画，向人们叙说着宁夏历史的演变。"发展中的宁夏"更具活力与朝气：新中国成立了，人民富起来了，各项建设步入正轨，生活条件大为改观，宁夏的支柱产业蓬勃发展：饱满殷实的枸杞红了、遍野瓜果丰收在望、盐池滩羊肉及二毛皮远销海内外……贺兰山下的拜寺口双塔巍然屹立，向人们诉说着宁夏沧海桑田的巨变；黄河中腾跃的大鲤鱼，盛放的莲花，表达黄河母亲对宁夏的特殊恩泽……作品深刻传达了创作者对新中国、新宁夏的发展与进步给予的高度赞扬和深厚的思想感情。灵武市白芨滩草方格沙障治理沙漠化工程造福了一方人民；青铜峡黄河楼赫然挺立，与黄河母亲相偎相依；中卫沙坡头羊皮筏子载着游客们快乐漂流黄河；固原彭阳的七彩梯田成为一道亮丽的风景线；宁夏以"三山一河"为主线的红色生态旅游文化势头强劲，"不到长城非好汉"的革命精神激励着宁夏各族人民奋勇前进。"奋进中的宁夏"定格在新时代。工业、农业、文化都有了长足的进步和发展，新中国强大起来了，人们富裕起来了。宁夏作为欧亚大通道，古丝绸之路的必经之地，中卫沙坡头旅游区吸引了众多游客,蜿蜒成群的驼队,人们似乎听到了远古丝路上的驼铃声……宁夏博物馆、图书馆、科技馆、展览馆、宁夏人民剧院,成为人们精神洗礼和文化享受的好去处。"闽宁协作结硕果,深化交流促发展",闽宁镇的老百姓"把干沙滩变成了金沙滩",全面迈步奔小康。宁东能源化工基地的建设,带动宁夏工业经济进入高速发展的轨道,开启宁夏跨越式发展梦想的航程;文艺轻骑兵——宁夏大篷车"送欢乐 到基层"的文艺队伍走进乡村大舞台,"宁夏坐唱"为老百姓带去党的问候和关怀;在滨河大道上的人们,健康出行,低碳生活;在幸福社区、农家大院,老百姓扭秧歌、抖空竹、舞彩带、滚绣球,一幅其乐融融、万事和谐的幸福场景;银西高铁呼啸而去,昭示着宁夏将以更快的步伐、更昂扬的姿态走向似锦前程。卷尾,为实现习近平总书记为宁夏题字"建设美丽新宁夏,共圆伟大中国梦"的盛世愿景,"狮子滚绣球,好日子在后头",老百姓们载歌载舞,欢歌笑语,一派繁荣昌盛、欣欣向荣的景象,预示宁夏的未来越来越好,祖国的明天越来越辉煌。

三是艺术特色鲜明。该幅长卷作品视角独特,既展示了"天下黄河富宁夏"的壮观美景,也表达了"美丽新宁夏"的盛世愿景,更是乡愁记忆的最好诠释。创作团队采取了传统的构图方式,鳞次栉比,层次分明,疏密节奏有致,雕刻手法利索。此卷构图饱满,事物形象生动传神,以及后期套色的加工运用,诠释出对剪纸艺术规律的自觉把握和巧妙的用心构思。可以看出,创作者在驾驭这方面的题材与表现技艺方面都达到了较高的水平。创作者们充分认识剪纸独特的文化品性,熟练掌握剪纸独特的艺术语言。剪纸长卷"以意构象,以象寓意",打破了客观时间、空间、比例、透视、体积的限制,任意发挥主观想象,运用平面、夸张、添加、拼连、套叠、装饰、复合等造型方法和象征、谐音、拟人等表现手法,高度简约概括,充分夸张,多方位、交互性布局的显著特性,寓意着深厚的文化内蕴,彰显出浓郁的艺术特色。凤头狮尾,首尾呼应,活力四射,昭示美好,展望未来。

当然,全面整体地再度审视和鉴赏,该幅剪纸长卷在处理画面的布局结构,疏与密、虚与实、黑与白、弧与直、大与小、动与静的对比上,在画面的韵律感的表达方面尚有不足与欠缺,这也给宁夏的剪纸工作者提出了更高的要求。在认识、理解、挖掘宁夏地方文化的同时,也需要更多地去学习传统,借鉴学习全国各地的优秀剪纸作品,在剪纸的艺术语言运用与造型体系方面再下功夫。剪纸工作者更要胸怀对劳动人民的尊重,对祖国和人民的历史责任感,不断更新理念、提升技艺,进行形式和内容创新,创作出更具生命力,更赋予民族精神的精品力作。

徐娟梅,宁夏民间文艺家协会副主席兼秘书长。

张云仙,宁夏民间文艺家协会副秘书长,理事。

影视·评论

从《毛驴上树》看现实题材的网络改编

◎王嘉俐

作为中国首部聚焦扶贫题材的网络电影,《毛驴上树》改编自脱贫攻坚战中驻村第一书记的真实事迹,通过讲述第一书记驻村扶贫故事,展现了中国经济社会健康发展和社会主义新农村建设的突破。该片在爱奇艺独家上线,评分8.3分,上线4天即收回成本,10天票房分账高达840万元,在第三届中国银川互联网电影节中获网络电影单元最佳网络电影奖。

作为一部由现实题材改编的网络电影,获得如此口碑和票房,笔者认为它的成功主要有以下几点。

一、"网大"的形式,不"网大"的内容

作为一部网络电影,《毛驴上树》从片名上看就很"网大",乍看令人忍俊不禁,还有些不解其意,也很难让人与主旋律影片联想到一起。与我们熟知的一些主旋律影片片名比,《毛驴上树》很接地气,少了一份沉重,多了一份诙谐,"'网大'与主旋律"的冲突感也增强了戏剧效果和让观众一探究竟的好奇心理。

虽然是一部小成本网络电影,但影片扎扎实实讲扶贫,不弄虚作假,不矫揉造作。与其他主旋律影片比,《毛驴上树》在台词设计、表达方式、演员

表演等各方面都趋向年轻化,符合网络受众的观影特性。此外,影片虽充满乡土气息,但不浅薄寡趣,主旋律的故事用轻喜剧的表现手法,真实不矫情,正能量又不吹捧,朴实无华讲述老百姓的生活。最重要的是,《毛驴上树》不仅有着行业意义,还有一定的社会意义,从制作到播出平台的选择,都有意识地向年轻群体靠拢,吸引年轻人关注脱贫攻坚,投身乡村振兴一线,弘扬和传递了正能量。"网大"的形式,一点也不"网大"内容,应该就是该片最成功的地方。

二、深耕现实,网络电影也能有质感

我们印象中,一般的网络电影都因故事情节俗套、演员演技拙劣、场景特效虚假而被大家诟病,《毛驴上树》既没有小鲜肉、大场面,也没有华丽的镜头、炫酷的特效,甚至没有"网感",凭着一腔朴素真情,成了网络电影里的一股清流。

影片故事取材于山东临沂某第一书记的真实经历,主创团队历时数月深入临沂多个县、区、乡以及数十个村庄实地采风走访,与数十位第一书记以及村支两委班子、党员、村民深度沟通。以负责脱贫攻坚的驻村"第一书记"为视角,将镜头对准精准扶贫工作、绿水青山的乡村风光、大喇叭广播、修路种葡萄……这些我们知道的农村,但不知道的扶贫故事,被一一用镜头刻画。基于现实主义创作的态度,实地取材,实景拍摄,用写实真切的笔触再现了脱贫攻坚、乡村振兴,也赋予了影片独特的质感。

影片上映时正值脱贫攻坚关键之年,此类主题的网络电影还未曾有人触及,《毛驴上树》是现实题材在网络电影的第一次试水,以小见大,用基层平凡人物反映时代的发展与变迁,撕下了网络电影烂俗的刻板外套,深耕现实,用品质说话,做到了如何讲好中国故事。

三、打磨精品,树现实题材网络电影标杆

《毛驴上树》的成功是否就验证了现实题材网络电影的广袤市场空间?是个例,还是网络电影创新变革的开端?

该片在决胜全面建成小康社会的重要节点应时而生,从筹备到创作播出,得到北京市广播电视局"讲好中国扶贫故事——北京网络视听节目创作计划"扶持,以及中共临沂市委组织部、市委宣传部等各部门的大力支持。其成功离不开好的故事、好的创作团队、关键的时间节点和各方合力支持,天时地利人和的因素对此类现实题材影片的拍摄也是尤为重要。

此外,影片打破了我们对主旋律现实题材作品与网络市场空间能否相融的质疑。主旋律现实题材作品与网络市场空间本身并不矛盾,同样以脱贫攻坚为题材的院线电影《我和我的家乡》也取得了不俗的票房成绩,说明题材是好的,而这种题材如何更好地运用到网络市场中,需要我们去思考。观众喜欢的不是一个题材,而是一部好作品,当一部现实题材作品足够真实、引发观众共情,就一定有市场空间。从某种程度上说,《毛驴上树》《大地震》等作品赢得票房与口碑,与其说是一次现实主义题材的胜利,倒不如说是网络电影创新的一次胜利。精品意识的凸显,是网络电影破圈的关键。

网络电影需要创新、需要多元化作品出现,现实题材是可关注的方向。从对"大IP"的追逐,到对现实题材的挖掘,网络电影迎来了它的变革。《毛驴上树》瞄准的是脱贫攻坚、乡村振兴,我们还可以聚焦改革历程、社会热点、生活变迁、文化传承、职业生涯、个人奋斗等,有太多现实题材值得去挖掘。但也要提防有太多的《毛驴上树》。不能只在题材、审美上不断提高要求,放弃所谓的网感或者互联网基因,放弃对IP的盲目跟风,好好挖掘故事,打磨既有社会价值又有市场价值的精品力作,网络电影才能有更广阔的市场。

《毛驴上树》超出预期的票房和影响力,就像一束光,让行业看到了现实题材在网络市场释放出的巨大影响力和票房号召力,赋予了行业更多的希望和增长空间,作为现实题材网络电影的一支标杆,《毛驴上树》也许能点燃主旋律网络电影的一片光明。

王嘉俐,现供职于宁夏文联文学艺术院。

电影《奇迹·笨小孩》的反理性美学显现

◎王　琬

　　《奇迹·笨小孩》讲述了景浩克服生活的种种挑战成功救治妹妹的故事,我们在这部影片里看到了景浩与命运抗争的坚忍与顽强,也看到了他内心的强大驱动力,与其说这是一部书写景浩勇敢抗击黑暗的故事,不如说这是一部关于被社会遗弃的边缘式空间里艰难生存着的平凡人物的成长蜕变史。本文主要从安东尼奥尼式的韵味、异质空间的边缘描摹以及自我拯救的生存美学三个层面深入探究《奇迹·笨小孩》这部影片的内在价值生成机制。

一、安东尼奥尼式的韵味

　　城市的荒寂和社会关系的冷漠所产生的精神困顿成了安东尼奥尼的影片里的主要叙事母题,而影片《奇迹·笨小孩》在叙事层面上也表现出相同的主题倾向,"像你这样的打工仔我见多了",这是影片里李平对景浩说的一句话。在景浩走投无路之时,他拦住了李平的车,这是他最后的希望,然而李平的一句"快走吧,一会台风来了就走不了了"表现出人与人之间社会关系的疏离与冷漠,黑云压城,暴雨之下的这座城市让人倍感压抑,这城市对于景浩来说是另一个世界。在这座令人窒息的城市里,他屡次搬迁,无家可归,无法找到自己的安身之所,影片里我们经常能够看到通过俯视镜头看向这座城市的画面,每一间房子都被高墙隔离开,这样硬朗的几何构图,隐喻着现代社会人与人之间无法逾越的鸿沟。这是每一个对于未来感到迷茫与困惑的人的共同倾向,他们似乎已经习惯了这样的生存法则,而此时电子厂的这群人和现代社会隔离开,更像是另一个充满温情的桃花源般的世界。

电影整体上叙事呈现层层嵌套式风格,景浩为妹妹治病是其基本的叙事结构,构成五大组合段。首先电影先交代故事背景,景浩扛起家庭重担照顾年幼的妹妹;景浩为凑齐医药费,听从朋友劝说回收"值千金"的手机零件做成翻新机出售;国家严查翻新机导致零件转眼间变成了废品;景浩找到手机厂商并抓住了机会;最后重组后的手机达到合格标准。在五大组合段中,每一个层次都有不同的主题,电影主要围绕景浩展开叙事,在每一层叙事结构中,表现出景浩或喜或忧的心理状态和真实情感。他不断地在寻找机会逃离这一排排高耸入云的密集楼群,逃离这个异化的城市,一次又一次被命运捉弄,他有过穿着单薄的雨衣在风雨里奔跑的消沉与孤独,也有过妹妹熟睡后,在窗边独自思念母亲的颓废与忧伤,亦有过无家可归时的无助与绝望,种种无力的生存状态使影片《奇迹·笨小孩》蕴含了一层安东尼奥尼式的韵味。

二、异质空间的边缘描摹

后现代主义高度关注空间尺度,文牧野通过地点的选择来体现影像的空间异质性,《奇迹·笨小孩》为我们展现了多样的异质空间。异质空间成为荧幕前的观众感知边缘人群体生存环境的途径之一,影片开头就展现出了一个与美好生活不相符的边缘化世界,一个小姑娘在睡梦中流口水,或许是梦到了美味又可口的食物,或许是在睡梦中沉醉在母亲的怀抱里,这个时候,哥哥将她从美梦拉回到现实中。吃完早饭以后,送她上学,这个年幼的女孩,本应有父母的陪伴和家庭的温情,但是现在只有一个哥哥在照顾她,而哥哥景浩也只是一个没有长大的孩子。

另一位值得关注的角色是女工汪春梅,她在工作时损伤了耳朵,而工厂的老板不仅不予赔偿,还强行让女工撤销法院诉讼,并对其实施暴力侵害,电子厂所有人成功帮助汪春梅赶走工厂老板,当汪春梅拿起消防器具砸去时,我们能看到的是这群被社会边缘化了的平凡人物在异质空间里的反抗与挣扎,也看到了女性身上独有的韧性。

另外,导演会适时地用不同的色调去诠释人物的情绪状态,当景浩一开始拿到手机零件兴奋地跑去华强北时,色调是明媚的,当风雨袭来之时,色调又呈现出灰暗和阴郁感,我们忘不了景浩在台风即将来临之时,风雨里拦下李平的车,然而最后一丝挣扎的希望也被抹杀了,只留下景浩一人孤独地站在风雨中。导演所勾画出来了一片独属于这一群体的异质空间,在昏暗的空间里展现出被社会边缘化了的群体的迷茫与无助,也通过色彩描画出了在黑暗里艰难前进的孤勇者。值得关注的是影片的整体色调所具有的隐喻意义,一层又一层的高楼大厦,整体的基调是深沉的,是灰色的,隐含作者想要表达的是现代社会里被金钱异化了的人性。

三、自我拯救的生存美学

人类进行理论创造的原初动力是实现自身的救赎与圆满。景浩屡次找到李平,希望能够说服他采纳回收方案,而李平只有冷漠的一句回复"这不是你这个年龄该做的事",此时景浩喊出"这和年龄有什么关系",就已经开始了他的自我拯救之旅,赵总因着急赶三点的高铁,无法给景浩时间讲方案,景浩不相信命运安排,倔强地和时间赛跑,当他赶到火车站购买车票时,售票员告诉他赶不上三点的车,"你管我赶不赶得上"是景浩又一次对以理性为代表的社会意识形态的反抗与呐喊。

景浩为了能盘活电子厂,做了一项很危险的工作,高空清洁,导演并没有把景浩在高空作业的画面渲染得多么悲苦,先近景拍摄景浩作业的画面,镜头逐渐拉远,我们看到了夕阳的余晖以及景浩所在的最高的这座大厦所赋予的悲壮感,导演通过对周围壮丽的画面氛围感的营造,更加突出了景浩敢于挑战不可能的这份难能可贵的勇气和决心。影片最后,电梯里狂欢是独属于这群平凡人物的狂欢,他们是社会上不同领域里被社会忽视的群体,但最终他们和景浩一起实现了目标,导演将镜头聚焦于这个特殊的具有差异性的空间,表现这个空间里每一个平凡人物的内心世界,意在回归人的本质,关注到自身的精神空间,寻求精神自由与解放,彰显出人文主义的情怀,这也使得影片《奇迹·笨小孩》具有一定程度的后现代意义指向。在影片里,我们能够看到导演以景浩的思想和命运为线索,更加注重于展现景浩这一主人公的性格及其内在思想上的追寻,故事是靠着其本身所具有的偶然性向前发展的,由人物带动故事情节的走向。

性格即命运,影片结局虽然以大团圆式喜剧结尾,但景浩这一人物的命运是带有一定程度的悲剧意义的,正是在这个层面上,影片所塑造出的主人公景浩这一人物形象内里蕴含有安提戈涅式的性格色彩。景浩本可以顺应当下的社会秩序体系,但是他拒绝妥协,这一人物形象的悲剧性本质在于他完全明白他可能追赶不上那趟三点的列车,但是他依然近乎偏执地生活在自己内心创造出来的世界之中,固执而又顽强地与现实对抗,这同时也是景浩这一人物形象最本质的"反理性"思维的显现。

本文通过安东尼奥尼式的韵味、异质空间的边缘描摹以及自我拯救的生存美学三个层面深入探析《奇迹·笨小孩》的内在反理性美学意蕴。影片展现出每一个拼搏奋斗的平凡人物,对于人生价值的追寻,对于自我生存困境的突围及对于内在情感自由的彰显,让我们看到了新时代的拼搏精神以及打破一切不可能的反理性色彩,影片宽阔的内在美学阐释空间得以呈现。

王琬,北方民族大学文学与新闻传播学院在读研究生。

人生如戏，凄惶演绎

——论叶广芩《状元媒》戏曲故事的悲剧性

◎苗润章

在叶广芩"京剧系列"小说集《状元媒》中，11部家族故事与中国戏曲相融合，既突出了故事叙述的传奇色彩，又增加了全文古朴苍凉的历史厚重感，可谓新世纪戏曲题材小说的杰作。《状元媒》可视作《采桑子》的姊妹篇，前者讲述了主人公"耗子丫丫"父母等老一辈亲友的悲欢经历，后者勾勒出金家17位子女的人生浮沉。《状元媒》中的大多数角色，都遭遇了诸多苦难和危机，在篇末相继故去，因而全文呈现出特殊的哀伤基调。在《状元媒》很多篇章中，作者利用互文手法，戏曲篇目的角色唱词与人物经历形成鲜明吻合，营造出"人生如戏，戏如人生"凄婉迷离的氛围，一时竟使读者分不出是在观戏还是读人。本文拣选其中几个具有代表性的篇章，分析其形成背景、戏剧化的表现和悲剧美学效果。

一、写作的"戏缘"

叶广芩的前半生，坎坷而流离，因为自己满族的身份，她承受了那个时代太多的不公和诽谤，而因为在20世纪40年代出生，她也充分目睹了波谲云诡的政治风雨和人情冷暖。饱经人世炎凉的叶广芩，凭兴趣写作却意外被提携进文坛，46岁那年，她发表了《本是同根生》，由此开启她"家族小说"

的旅程。相较于她以往书写日本历史、生活题材的文学作品，家族回忆算是她创作中期的成果，却也为读者所熟知，集文学功底大成之作。

叶广芩自幼受父亲的影响，对艺术产生了与生俱来的好奇与热爱，她曾在散文中，多次回忆幼年看戏、学戏、赏书画、玩瓷器等趣事，强烈的兴趣与天赋，使她直到上学乃至步入中年，仍会在家中广泛涉猎新领域。新中国成立后，父亲逝世，母亲教导子女要发奋读书，叶广芩由此养成勤读书的终身习惯。她在农场下放时，借助四哥寄来的笔记学习日文，且自学中医理论知识，这促使她日后进入医院工作以及远赴日本留学。叶广芩因兴趣而对诸多门类都有所积累，这些丰富的素材，便潜移默化地熔铸进作品中。

她本人对戏曲爱得如痴如醉，幼时好奇于演员装束的华丽、唱念做打的热闹、唱词唱腔的精彩，甚至想报考戏曲学院，可惜囿于家境，满腔热血无处施展。步入中年后，生活环境大为改善，曾专门拜访戏曲专业人士全巧民学艺，结果却不尽如人意。在散文集《颐和园的寂寞》中，她自我嘲解："'人有所优，面有所劣，人有所工，固有所拙。'用作我此项行径的总结恰当至极。"创作戏曲题材的作品，也是对兴致的总结。值得注意的是，家族一直是她早年创作躲避的题材。20世纪的政治运动早已经给她留下了阴影，因为"家庭成分"，她和家人饱受欺侮，这使她对自己特殊的民族身份和家庭背景有强烈的抗拒感，她反对"格格作家"的称号。可她无法否认叶赫那拉家族的家族血液，无法忘却儿时无忧的生命亮色，于是在付出相当大的决心和准备后，才将不堪回首的家族往事移至案头笔尖，以沉重的心情回忆和叙述往事，形成"积淤已久的情感的自然流露"。由此可观，她以昔日经历创作时，常含感伤复杂的情绪，即使最大限度地美化角色的经历，故事剧情和总基调也不免流露出悲哀凄婉的总基调，读来令人动容。

二、"人生如戏"的诠释

《状元媒》收录了叶广芩在20世纪初期陆续写的中篇小说，相较于《采桑子》，作家最大限度地促成戏曲与故事的化学反应，将每一则故事的篇名、人物经历以及大量的插叙都以戏曲唱词相交织。虽然中国传统戏曲的"大团圆结局"使曲目唱词无法明显烘托悲喜剧气氛,但在叶广芩巧妙构思下,一些篇章的曲目推动了故事达到悲剧效果的高潮,诠释了"人生如戏"的荒谬无常。

(一)"戏仿人生"的碟儿

碟儿的故事穿插于《状元媒》,是"耗子丫丫"回忆母亲南营房生活的组成片段。王彩蝶是母亲的邻居,穷苦,懦弱,被周围人戏称为"菜碟",简称"碟儿"。碟儿的素材来源于作者母亲的真实回忆,即老北京城的一桩悲惨的底层人命案,案件被当时人改为评剧《锯碗丁》。根据作者的其他散文可知,作者对当时的真实案件了解有限,便依据有限的资料大胆改编,使戏曲直接为人物而做总结服务。

作者以极为简洁的叙述手法,向读者展现了旧北京封建礼法的残暴,以及麻木冷漠的底层百姓。母亲与碟儿交情并不深,二人在水窝子经常碰面,母亲不忍碟儿受尽虐待,常尽微薄之力帮衬她;但在那个没有律法公道的时代,碟儿势必命运凄凉。而母亲,在目睹碟儿死亡后,巨大的恐惧心理也让她对婚姻产生了清醒的认识:绝对不能嫁有婆婆的人家。

碟儿,只是穿插在母亲身边的一个角色,在老纪、舅舅、李震江等人物故事对比下显得微不足道。但是叶广芩的笔下为数不多对底层人民苦难的直接描写。这在一定程度上也突出母亲早年生活的不易。民间广为流传的小戏《锯碗丁》,既是作家回忆童年的感怀,也是对底层民众乃至自己幼年清苦岁月的映衬。

(二)"人生类戏"的七舅爷和钮青雨

描写七舅爷和钮青雨的《逍遥津》,颇有模仿老舍《正红旗下》的尝试,展示落魄旗人"玩物丧志"的窘态,但叶广芩并不重写八旗子弟,则是将抗日战争历史融入其中。而两位主要角色的结局,最后竟然与痛失妻儿、受奸贼欺压的汉献帝如出一辙。

七舅爷的二黄功力深厚,尤其是《逍遥津》汉献帝的唱段令父亲心醉神迷,但这一段悲切的唱词,却隐喻了七舅爷和其子钮青雨的人生归途。在作者笔下,七舅爷的形象并不等同于一般的纨绔子弟,他虽不务正业但也重情重义,为人迂腐懒惰但和善不争,却对老来子青雨格外宠溺,这直接导致了青雨游手好闲的性格。作者对青雨的描绘充满了传奇色彩:长相秀丽、天资聪颖、多才多艺的俊俏公子,热爱戏曲,却也使得他走向了一条不归路。

叶广芩笔下的七舅爷和钮青雨,他们的一生,似乎穿插在《逍遥津》的悲剧圆环里,他们原本是无欲无求的八旗后人,心思单纯,与人为善,却不想落入了恶势力的罗网,死于非命。作者想要表达的意图,不仅是怀念日本铁骑下北京城旗人的沉重生活,还有对历史的纪念与哀悼。她本人曾说:"《逍遥津》的写作,其实是对于历史的一种寻找与印证,这种印证使我们内心的震撼和愤怒化为思考,站在今天的角度思索几十年前的事情,有一种历史的空间感,正是这种空间感,为这篇小说的写作增添了几分严峻与沉重。"

(三)"戏如人生"的王家父子、张安达

《三击掌》是《红鬃烈马》的一折,抨击了断绝亲情的王允,歌咏正义刚强的王宝钏,而叶广芩描绘了企业家王国甫和早期革命家王利民父子的恩怨纠葛。据主人公丫丫回忆,父亲虽然不理家事,但对儿子们犯错倒有独特的惩罚方式:让他们脱光衣服罚站,母亲补充说,这就是从《三击掌》里学到的经验,却不想,日后王家父子竟然也用这种方式诀别。王国甫是和父亲共同东渡的洋学生,他归国后,办起纺织厂和火柴厂以实业救国。为了振兴家业,送儿子王利民赴法留学将来继承家业,却不想王利民心系普罗大众,一心想走上社会主义革命的道路。王利民回国后成了北京工会的教员,不仅阻止了工厂裁员还与资本家的父亲签订了保护工人的协议。王利民赢得了群众的心,却伤了父亲的情。火柴厂红火的生意引起军阀和帝国主义的嫉妒,他们联合炸掉了厂房,失落的王国甫认为这都是儿子的错,一纸书信与王利民断绝了父子关系,为了显示自己的威严,决绝地现场模仿《三击掌》,让王利民脱光衣服走出家门。最后,王利民为革命牺牲,王国甫破产失子凄苦地走向生命尽头。

与此相对比的,还有不学无术的老五与父亲的亲情断绝,老五是咎由自取引起父亲的反感,王利民则是与父亲奋斗道路的悬殊差异。作者将近代中国实业救国、留洋青年以及社会革命巧妙地交织在一起,可谓是描绘了一幅资本主义和社会主义水火不容的社会画卷,却又以王家父子和金家父子的恩怨为主线,将《三击掌》的唱词融入其中,将故事推向高潮。

三、结语

叶广芩创作"京剧系列"小说,不只是延续家族小说的思路,对自己的苦难经历加以释怀和梳理,还有对历史的反思,对当下生活的审视。纵观其中11出戏曲的故事,所有人物都逃脱不过时代的牵引,他们或发财,或破产,或浪荡过活,或勤勉持家,或死于非命,或老有所养,各种命运,都被各种运动、各种浪潮、各种复杂的关系网所限制,福兮祸所伏、祸兮福所倚,构成了芸芸众生的历史画像。

苗润章,北方民族大学文学与新闻传播学院在读研究生。

无名之辈的命运抗争

——观电影《无名之辈》

◎台一凡

何谓"无名之辈"？从出生到死亡，平凡到没有值得一提的亮点。一辈子处于社会的底层，籍籍无名。

想成为无名之辈很简单，但是想要摆脱无名之辈很难，这是这个时代的特色，也是底层人的悲哀。

两个喘着粗气的灵魂

《卡萨布兰卡》中有一句经典台词："世界上有那么多小区，小区有那么多居民楼，你却偏偏梭进了我这一间。"两个劫匪和瘫痪女子的相遇也是如此带着戏剧和浪漫的色彩。当"眼镜"和"大头"闯进嘉旗的房屋时，嘉旗并没有过多的惊慌。她的眼睛里带着不屑，嘴角带着无所谓的嗤笑。当"眼镜"终于被她的谩骂和羞辱激怒，用枪抵着她的脑门时，她却放肆地笑着、骂着，极力想让他开枪。

但"眼镜"始终不敢开枪，他的手一直颤抖着，牙关一直紧咬着，却迟迟扣不下扳机。嘉旗开始骂他是"憨皮""懦夫"，他沉默了。是啊，他不过是从穷苦的农村出来的一个普通人，他一心想通过"干大事"来证明自己，他一直试图让自己表现得强势且狠厉，但是那一份良知让他失去了抢劫银行和杀人的勇气。于是他选择了抢劫银行旁边的手机店,他选择缓缓放下手中的枪。

谁又能想到,一个想死的毒舌残废女,和一个想活的搞笑劫匪男,八成的对白都在互相辱骂,最后却会擦出爱情的火花呢!

也许是因为他们同时丧失了尊严,暴露出了自己最脆弱的一面。另外,"眼镜"发现自己抢到的手机竟然全部是模型机。不仅如此,本地新闻还大肆报道了这宗乌龙劫案,称其为"年度最笨劫匪",手机店拍下的监控视频被网友恶搞成鬼畜视频。面对这样巨大的羞辱,"眼镜"崩溃了,他狂叫着:"你可以打老子骂老子抓老子,但不能这样耍老子啊!"就在此时,嘉旗突然大小便失禁。"眼镜"有些惊讶,他突然明白了这个女人千方百计想死的原因。这样丧失尊严的同病相怜,让他暂时忘了网上的鬼畜视频,也不顾她更加凶恶难听的谩骂,叹息着帮她盖上了毯子,为她找纸尿裤。很多时候面对难堪的现状,我们也只能无奈地蒙上眼睛努力忽视而已。

有人说:"任何一种触及灵魂的深刻感情,都是从理解对方的痛苦开始的。"因为这个彼此理解的契机,他们故事的主角,从"毒舌残废女和搞笑劫匪男",变成了"马嘉旗和胡广生",两个喘着粗气的灵魂,一点一点地靠近。

最终,胡广生还是没有狠得下心将马嘉旗推下天台。在胡广生临走时,他骗马嘉旗自己打开了煤气,并为她戴上了耳机。而最后,马嘉旗被烟花声吵醒,发现自己并没有死,面前却挂着一副拙劣的简笔画,上面歪歪扭扭的几个大字"我想陪你走过剩下的桥"。马嘉旗笑了,带着泪光笑了,烟花将她的面庞映得忽明忽暗,色彩斑斓。

之后两人的命运将去向何方?影片并没有交代。人间很苦,为了尊严,无名之辈们还会喘着粗气,继续挣扎。

一个执着奔走的人

与此同时,老马和一众警察也在全力地搜索着和持枪抢劫案有关的线索。

老马,从前的协警,因为一次车祸失去了妻子,妹妹也失去了行动自如的权利。他投资的房子成了烂尾楼,他交不起女儿高中的学费,买不起一斤枣,吃不起一顿好饭。他需要向他人赔笑,他需要抢别人吃剩的盒饭,他是如此"倒霉",如此卑微。

但这样的无名之辈,却有着惩恶扬善,匡扶正义,重回协警的梦想。从发现工地挖出的枪不见了开始,他就一直在暗中调查。但是没有官方的支持,这条调查之路会有多么艰辛,可想而知。到手机店查探保安却不肯告知信息;到按摩店查案却被当作嫖客抓住。面对着他人的不认可,他固执地挺了下来,并且找到了真正的抢劫犯。

老马是一个真正的无名之辈,他有着小市民的狡黠、粗鲁和低俗,也有着属于自己的智慧、坚持和乐观。他活在阴沟之中,却仍然固执地仰望着头顶的璀璨星辰;他处于大山脚下,却仍然不停地向巍巍山巅奔去。

黑色幽默

片如其名,《无名之辈》所讲的就是一群平凡人物们因为命运阴差阳错所发生的黑色幽默。而黑色的源泉则是无数普通人辛酸的生活常态,在电影中老马,残女,以及两个悍匪,他们都位处社会底层。电影也正是用一场颇具戏剧冲突的涉枪抢劫案将他们衔接在了一起,透过他们背后的经历,在不经意间诱人共情。

在这部电影中不存在什么英雄,也不存在什么圣贤,每个人物都有自己灰暗的一面,也同时拥有自己的高光时刻。他们不代表正义,但也不是坏人,他们不过是满腔热血的无名之辈。无名之辈们没有我们想象的那么励志,也并不理智。现实中,处于社会边缘的人大多早就被现实折磨得遍体鳞伤,他们一心只想活下去,简单的不被生活所欺骗。

这些原本边缘化的个体,其生命本源有着和我们相似的跃动,是以他们的故事,也是我们人生的观照。

影片的最后,"眼镜"因为用枪误伤了老马而被警察抓住。他明明已经放弃了伤人，明明想要好好儿地过日子，最后却因为一场意外的发生，没有逃过被抓的命运。他被死死地摁在地上时，眼里充满了不甘与不可置信。这种看似突兀且悲剧的结局，其实正是人生的戏剧性的充分体现。

人生就像一场充满着黑色幽默的戏剧，有哭也有笑，有阴暗也有阳光，还有许多猝不及防的突发事件。

我们都在里面挣扎，我们终会面对世态炎凉，我们终会成长。我们也许会平凡地生，平凡地死，但我们是如此用力地活着，用一颗怀揣着尊严与梦想的，躁动不已的心。

台一凡，浙江大学中文系在读学生。

年度·杨开飞

尹旭的书法美学研究

◎杨开飞

书法美学是个极具时代和具有历史使命感的书学研究课题。很显然，这是将传统书学的研究提升到美学的层次，抑或是用美学的立场、观点和方法来重新审视中国书法，试图为中国书法确立举世公认的现代学术与艺术地位。从建立一种具有当代意义的书学角度讲，书法美学研究要站在哲学的高度，提示和概括中国书法在生生不息、源远流长的发展历程中所具有的美学特征和内在规律，集中展现当代书学的思维成果。和传统书学那种司空见惯的即兴发言、三言两语、散漫不拘迥然有别，它是一种较为全面的、系统的、深入的、科学的书学理论研究。当代一些书法理论工作者满腔热情，向着这样一个崇高的目标，矢志不渝地努力，向世人展示了他们辛勤的劳动成果，令人作千秋之想。

尹旭先生已出版了《书法美》《中国书法与传统文化》《中国书法美学简史》《书学五论》等代表性书法美学著作，在许多重要报刊发表了的书法美学论文逾百万字，这在当今书法学界是罕见的。他在书法美学研究领域，作出了卓有成效的工作，已引起了国内书法学界的足够重视和广泛认同。尹旭先生的书学论文入选中国书法家协会举办的第一至第五届全国书学讨论会并获全国论文奖，在第六届全国书学讨论会上，他已成了中国书法家协会学术委员会的评委。倘若他继续作为参赛者的话,他的获奖一定毫无悬念,这绝不是姑妄言之。他的书学研究成果无论在数量上还是质量上都是名列前茅的。尹旭先生说:

> "自20世纪80年代初研究书法美学问题以来,我首先思考的是书法艺术的美学原理问题,于是有《书法美》一书;然后思考的是中国书法美学的发展历史问题,于是有了《中国书法美学简史》一书。这些思考,使我对中国书法获得了一个较为全面而深刻的美学认识。而这种美学认识,又促使我不得不进一步思考这样一个问题:那使中国书法的一系列美学性质得以形成的,更为深层的美学原因又是什么呢?"(尹旭《中国书法与传统文化》,中国社会出版社2002年版)

从这里我们似乎可以揣摩到他的研究脉络和思维神经。他的研究链条环环相扣,钩挂十分紧密,显示了内在的逻辑联系。孔子云:"知之者不如好之者,好之者不如乐之者"。尹旭先生是一个不知疲倦的"思想者",他的书法美学研究正是在不断向前延伸的过程中,实现了自己的价值与意义。他在超越自己的时候,实现了对书法美学研究的"拓展与深化"。

一

一个杰出的登山运动员,对他最具吸引力的是高耸云天的世界巅峰。对于尹旭来讲,攀越理论高峰同样充满困难。然而,唯其艰难,才显贵重。苏老夫子有言:"世之所贵者,必贵其难也!"尹旭先生的书法美学研究的最高境界是什么呢?这是我们必须应该探明的一个问题。

中国书法因何而生?为什么书法成为中华民族特有的一种艺术样式?这是几千年困扰着人们的一个重大的理论问题,并不是人们没有作出过回答,而是这些回答实在不能令人满意。翻检古代的书学典籍,归纳其答案不外乎有两种比较典型：一种是"仓颉造字说"，一种是"八卦造字说"。这些回答隔靴搔痒，不着痛处。他们并没有论及书法的形成，而只是对文字的产生作出似是而非的解释。面对这种千古难题，当代的书学理论工作者不遗余力把思维触角伸向中国书法得以形成的民族文化中去寻根问祖，穷微测奥。可以肯定地说，这种研究的深度是空前的，它是每个书法美学研究者不得不逾越的一座险峰。称其险是指传统文化是以儒为主的儒、释、道思想的集合，既要从宏观上真正地理解和把握它们之间的共性，又要从微观和局部探讨其各自的玄机妙理，谈何容易！况且儒、释、道文化在中国繁衍流传的几千年又流派纷争，各持己见，形成了悠久的传统文化学术史。儒、释、道文化并非一种静止的、孤立的、单纯的文化，他们自成体系，并从诞生以来，就一刻也没有停止过相互的交融与影响。所以要想跨入传统文化的疆域寻找对中国书法产生作用的那些文化因子，就必须熟练地驾驭传统文化，才能恰当准确地对中国书法的文化背景作出令人心悦诚服的解释。对于书法美学研究者来说，深入传统文化是困难的也是必要的。在尹旭先生看来，"只有当我们从传统文化的美学层次来看问题，才能把各种各样的书法美学问题，最终说出个'所以然'来。"而且"书法美学研究的深化与拓展，必将导致对中国书法传统文化的研究"。（尹旭《中国书法与传统文化》，中国社会出版社2002年版）他认为中国传统文化对中国书法的制约是决定性的，所以对中国文化的研究是他书法美学研究最迫切的愿望和最高的目标。

其实从20世纪90年代以来，不少学者开始关注中国书法与传统文化的关系并发表一系列文章。给我印象较深的是中国人民大学书法博士研究生导师郑晓华教授曾在《书法研究》发表过的一些关于中国书法与儒家文化和道家文化的文章。近些年，随着本土文化的升温，许多学术界的有识之士积极呼吁并投身于传统文化的研究之中。北京大学的金开诚教授、王岳川教授在《中国书法》上谈论过中国书法研究应深入到中国传统文化中去；中国第一位书法博士研究生导师欧阳中石教授把他创办的首都师范大学"中国书法研究所"重新命名为"中国书法文化研究院"，意在倡导和加强书法理论研究者主动深入传统文化的研究意识。完全可以这么说，只要是研究书法稍微深入一点的人，都不可避免地要触摸到传统文化，都不由自主地热爱传统文化；一个对传统文化只是道听途说、浅尝辄止的人，他对书法的认识和研究迟早是要搁浅的。对于那些传统文化的倡导者和研究者来说，他要想真正地打入传统，感受传统文化之魅力，就得去对中国书法作必要的观赏和体察。就目前研究的实际状况来看，我以为尹旭先生的《中国书法与传统文化》一书堪称这类文章中的压卷之作。这倒不是因为他在数量上是他人无可比拟的，关键在于他的言论表现了很强的"专业"色彩，对中国书法与传统文化的关系作了深入具体科学的解释和分析。

从宏观上看，尹旭先生首先对中国书法的各种美学特征作了认真的研究，发现了中国书法与传统文化最为紧密的关系。其一，中国书法主导的本体观"书为心画"论。尹旭先生认为，"书为心画"论是中国书法最重要的美学性质，探索、寻觅中国书法的文化渊源，必须从本体论开始。他说："任何一种艺术门类的美学本质和特征都不是偶然就如此这般的，而是这种艺术门类所赖以生存的那一整个的文化机制，将其定向化和规范化的结果。"他从传统文化的分析中发现儒、释、道思想都以"修身"为本。正是这种社会氛围和文化心态，才使中国书法成为人们品格锻造和心灵净化的工具和手段。一言以蔽之，传统文化的目的是要中国书法这种"心画"艺术最终为人格的健全、精神的完善而服务。传统文化赋予了中国书法必须以"心画"作为自己的本质属性。其二，中国书法崇尚"神采气韵"。这是中国书法仅次于"书为心画"的第二个美学特征，它同样是在传统文化的哺育下形成的。中国人在观照客观事物时表现出重"神采气韵"的心理定式由来已久，或许可以将此视为中国人的审美习惯。这种习惯还不是最重要的根源，寻找"神采气韵"最根本的文化根源，主要是中华民族的"天人合一"观念和传统哲学的"道器"论。传统文化重道轻器，重神轻形的思想规定了中国书法必须以"神采"为上。此外，中国书法的学习、创作、欣赏以及书家风格、法度等诸多美学问题都要无一例外地统辖于"书为心画"这一美学本质,它们受传统文化的影响和制约不言而喻。尹旭先生均给予仔细分析。

按照一般的论述,中国书法受中国传统文化的规范和影响到此已算完成。然而,尹旭先生的论述更进一层,他接着以中国传统文化为关注点,分述了儒、释、道三家各自在哪些方面对中国书法施加了影响。这种论述角度的变换,使得传统文化对中国书法影响这一思想核心分外明朗。这不仅使得整个论述更加充分完善,而且也让人们更清楚地知道儒、释、道对中国书法影响的具体进程。就儒、释、道三家对中国书法的影响程度来看,儒家是最大的。他说:"中国书法的首要性质是儒家性质,决定中国书法的基本历史风貌的,首先是儒家思想。"(尹旭《中国书法与传统文化》,中国社会出版社2002年版)

从局部看,书法的时代风格亦受它所处的特定社会文化思潮的影响。尹旭先生说:"从整个书法史的角度看,中国书法的风格走向,是中国传统文化发展历程的'感性显现';具体到某一个朝代或时期,其间的书法风格走向,亦同样是一定文化背景或社会思潮的'感性显现'。"书法在漫长的历史发展过程中,每一个时代的书法风格都别具一格,晋尚韵,唐尚法,宋尚意,元尚姿,明尚趣,清尚朴。传统书家对书法的时代风格作了直观简要的概括,这种考察是有价值的;但是他们并未对发生在这一现象背后的社会文化思潮进行应有的发掘,探明时代书风与社会文化思潮之间的内在关系。这是传统书学的缺憾。尹旭先生选取了晋、宋、明三个朝代的书法风格和相应的社会文化思潮作了"抽样"化验,确证了晋代的玄学、宋代的程朱理学、明代的王阳明心学分别对当时的书法风格产生了直接的作用,从而在这汹涌狂啸的思想洪流的冲击下,迸溅起一朵朵富有时代特征的"尚韵""尚意""尚趣"的书法浪花。

尹旭先生对中国书法与传统文化关系的研究,使我们得以窥见中国书法形成其独特艺术面貌的深层原因。中国书法理应回归到传统文化的怀抱,汲取其醇香乳汁才能使自己不断地焕发生机与活力;传统文化同样应把书法作为自己的一面镜子,让更多的人从中国书法身上体味传统文化的无限神韵。虽然尹旭先生的研究在系统性、丰富性、具体性、真实性方面已把二者的内在联系论述得鞭辟入里,但他并未满足,而继续对此进行"深化"。因为他深知传统文化是取之不尽、用之不竭的宝库,不管何时何地人们都可以在这里不断地获得思想的动力和源泉。

二

尹旭先生以书法美为研究对象,广泛吸取西方现代哲学和艺术理论成果,其书法美学研究,博采众长,中西合璧,别具特色。尹旭先生的书法美学显示了宽广深厚的理论素养。这里主要是指他在论述书法美学问题时,不管对书法所涉及的无论哪一个层面的问题,都能信手拈来一段外国美学家的经典论述,使这本来中国化的书法美学问题"世界化",这正好适应了当今兴起的学术"全球化"趋势。我以为,它所援引的外国美学家的论述,既不是哗众取宠,标新立异,更不是简单地生搬硬套,削足适履,它所做的一切目的只有一个,那就是要让中国的书法美学真正具有"世界"学术品格,让中国书法及书法美学像其他任何学科一样,不允许人们对他有任何偏见和排挤,从而在当代获得受人普遍尊重的学术、艺术地位。因为我从尹旭先生的文字中看到了他对传统文化的眷恋,对书法美学的执着情怀,还有他提升中国书法美学研究层次的决心。邱振中先生说:"20世纪前叶,中国学术各领域或多或少都受到现代思潮的冲击,只有书法研究,仿佛置身事外,除了个别理论家的少数文字,基本上见不到现代意义上的研究。——由于现代学科中没有'书法'的名目,传统的'书学'便成了无依的端绪,在现代学术之外飘零。"(邱振中《中国当代书法理论家著作丛书》总序)尹旭先生的书法美学研究,捷足先登,将传统书学主动融入现代美学思潮,使书法美学研究具有"现代意义"而获得很高的学术品位。他无疑就在"个别理论家"的行列。

当今技术化时代,人的精神劳动越来越失去内心的动力,而成了机械的模仿。然而尹旭先生的书法美学研究始终有感而发。他运用西方美学家的观点是因为当代书法美学理论的建立确实需要它，也适合它。于是他应时而动，就地取材，多方化用。根据其研究的具体情况，大体上可以分为三类。

其一，把传统书学的问题提升到美学的高度来认识，从而使书法这种中国独有的艺术，具有世界上任何艺术普遍必备的审美属性。传统书法理论在美学之光的照耀下，容貌焕然一新，堂堂正正地走向世界艺术的舞台。

（1）意在笔先。从魏晋开始，一些书法家在传统书论中明确提出书法创作应遵循一条规律，这就是"意在笔先"。卫夫人和他的高足——书圣王羲之将此视为书法创作成功的不二法门，这条"意在笔先"的书法准则一直被后世书法家奉为圭臬。那么它具不具备美学的属性呢？或者说我们能不能从马克思列宁主义美学当中找到现代化的解释呢？尹旭先生用马克思的观点作了解释："最蹩脚的建筑师从一开始就比最灵巧的蜜蜂高明的地方，是他在用蜂蜡建筑蜂房以前，已经在自己的头脑中把它建成了。劳动过程结束时得到结果，在这个过程开始时就已经在劳动者表象中存在着，即已经观念地存在着。"看来，我们的中国书法创作原本就是人类所进行的"劳动"。这也不得不让我们由衷赞叹古人的远见卓识，传统书学的博大精深，言简义丰。

（2）天分。有人把书法当成一种技艺，认为人人都可以学，这种观念是十分偏颇的。中国书法和任何艺术一样，最重视天赋，这就是传统书论中所言的"天分"。这种艺术天分不是靠学习获得的，尹旭先生援引了英国美学家克莱夫·贝尔的话："艺术是不能学习的，无论如何也不是教学所能奏效的。"这让我不由得想起时常萦绕我耳畔的一句话："教会的是技术，教不会的是艺术。"古今中外的艺术大师无一缺少"天分"。书法尤其如此。尹旭先生把中国书法的特殊"天分"用西方美学家的理论作了印证。

（3）书法欣赏能力的训练。我国古代有一句格言："观千剑而后识器，操千曲而后晓声。"即便是大家，要真正领悟一幅书法作品的内在神韵，也是需要细细咀嚼。书法欣赏是极其困难的,那么有没有什么办法来提高呢?只有大量地长时间地进行书法欣赏训练,书法欣赏能力才有望提高。

(4)艺术个性。书法学习要先"入"后"出",入帖难,出帖更难,入帖是继承,出帖是创造。书法家最终的目的就是要形成自己的风格。宋人特别强调艺术的个性创造,所谓"随人作计终后人,自成一家始逼真"。中国书法所追求的这种个性之美,也是美学的一条普遍规律。尹旭先生找到普列汉诺夫的话,对中国书法的这种审美属性给予肯定。普列汉诺夫指出,在没有个性的地方,也就没有艺术。

(5)书法艺术与传统文化。前文已论述中国书法与传统文化有着天然的联系已被许多论者首肯。那么这种关系能否在美学上得到确证呢?或者说这种艺术与文化的关系是不是具有普遍性呢?尹旭先生不仅从本土文化中深入发掘这种关系,而且从更高的美学层面找到理论依据。普列汉诺夫说,任何一定社会的文学和艺术,都只能由这一社会所拥有的那种社会心理来说明。(尹旭《中国书法与传统文化》,中国社会出版社2002年版)

其二,从美学原理出发,发掘中国书法本来就有的美学属性。如果说尹旭先生把中国书法提升到美学的高度来认识,是从个别到一般的话,那么在美学原理指导下,对中国书法美学属性的发现和体察就是从一般再到个别了。这种美学原理具有世界观和方法论的意义,它使我们更便于认识和把握传统书学的精华。尹旭先生的美学原理大致有这样一些内容:

(1)评价书法理论家的历史标准。中国书法史上出现了许许多多的书法理论著作,最早从汉代开始,一直延续至清代。如何评价这些书论,给它们一个比较客观公正的历史定位呢?这需要有一个评价标准。尹旭先生站在马克思列宁主义的美学立场上,重新对传统书学做了一次认真的评判和扫描。列宁说:"判断历史的功绩,不是根据历史活动家没有提供现代所要求的东西,而是根据他们比他们的前辈提供了新的东西。"尹旭先生认为评论理论家、艺术家,就应依据这个标准。正是有了这样的标准,他的《中国书法美学简史》一书对古代书论家评判自如,褒贬适中。

（2）天才艺术家与普通艺术家的区别标准。中国书法史上的书法家如众星踊跃，不可胜数。传统书学论著中把这些书法家做了神、妙、能、逸之等级划分，并且在每一个级别上又作了更细的划分。这种划分固然有其内在的标准，但有时多少显得界限不明，难于操作，并且显得相当烦琐。而现代美学的标准则简明扼要。黑格尔说："真正的艺术家都有一种天生自然的推动力，一种直接的需要，非把自己的情感思想马上表现为艺术形象不可。这种形象表现的方式正是他的感受和知觉的方式，他毫不费力地在自己身上找到这种方式，好像它就是特别适合他的一种器官一样。"（尹旭《中国书法美学简史》，文化艺术出版社2001年版）这样的美学原则正是尹旭先生所心仪的。尹旭先生依此对古代书法家，特别是那些一流的艺术家作了衷心礼赞。

（3）探索书法美的规律。任何文字都只是传承思想、相互交流的工具和载体，它开始只是记录语言的符号，而不是艺术作品。时至今日，世界上绝大多数国家的文字仍没有走向艺术，只满足于日常应用，并没有艺术性质，中国的汉字则不然。马克思说："动物只是按照它所属的那个种的尺度和需要来建造，而人却懂得按任何一个种的尺度来进行生产，并且懂得怎样处处都把内在的尺度运用到对象上去；因此，人也按美的规律来建造。"（尹旭《中国书法美学简史》，文化艺术出版社2001年版）尹旭先生依此认为，汉字之所以变为书法就是因为人们使汉字书写"按照美的规律"走上了艺术化的道路。

（4）艺术才能的识别。学习书法的人无以数计，但并不是每个学习的人都能取得成功。能否在书法艺术上有所建树，从事书法学习的人到底有没有发展的前景，关键看他有没有艺术才能。黑格尔说过，每个人都可以在艺术活动中达到一定的高度，但真正的艺术则是从超越这一高度开始的。尹旭先生认为黑格尔所揭示的这一美学原理，对于我们识别书法的才能同样是起作用的。他由此觉得真正的书法是从大多数人所具备的书写能力开始超越的，书法才能只属于极少数人。这是很有道理的。李白就是折服怀素的艺术才能,才欣然赋诗:"吾师醉后倚石床,须臾扫尽数千张,飘风骤雨惊飒飒,落花飞雪何茫茫。"试问,这样的书法才能世界上能数得出几人?

(5)审美能力的认识。人们创造了书法这种独特而又古老的艺术,同时也就具备了与之相适应的书法审美能力。那么人的审美能力是从何得来的呢?马克思说过:"人的感觉,感觉的人性,都不是由于它的对象的存在,由于人化的自然界,才产生出来的。五官感觉的形成是以往全部世界的产物。"尹旭先生以此类推说:"人的书法审美能力,就是整个中国书法史的产物。"(尹旭《书学五论》,宁夏人民出版社2004年版)

其三,用美学或文学、音乐等其他理论来解释说明书法中的相应问题,其目的是让书法艺术的美学属性更加突出明确,便于人们理解。这也进一步说明书法与文学、音乐等艺术在本质上的共同点。

(1)技巧。书法艺术的技巧其实就是法度规矩,每一种艺术都必须以法度为前提和基础,没有法度,艺术就只能是空中楼阁。技巧对书法艺术具有决定性的作用。技巧的高度和难度对于书法艺术多多益善。然而这又是常人所无法企及的。尹旭先生用歌德的话作了更深入的解释,"在限制中才能显出身手,只有法则能给我们自由。"(尹旭《书学五论》,宁夏人民出版社2004年版,第161页)这使我们更加意识到一个真正的艺术家就是对法度的征服和超越。真正的书法家不是惧怕法度,而是捍卫法度的尊严。

(2)气格之美。尹旭先生认为,中国书法特别崇尚气格之美。为了进一步阐释气格之美的具体特征,他引用了英国古代美学家博克在《论崇高与美》中的论述:"崇高的对象在它们的体积方面是巨大的,而美的对象则比较小;美必须是平滑光亮的,而伟大的东西则是凹凸不平和奔放不羁的;美必须避开直线条,然而又必须缓慢地偏离直线,而伟大的东西则在许多情况下喜欢直线条,而当它偏离直线时也往往做强烈的偏离;美必须不是蒙眬模糊的,而伟大的东西则必须是阴暗蒙眬模糊的;美必须是轻巧而娇柔的,而伟大的东西是坚实的,甚至是笨重的。它们确实是性质十分不同的观念,后者以痛感为基础,而前者以快感为基础。"尹旭先生直截了当指出气格之美就类似于西方美学所说的崇高美,这既表明传统书学与西方美学的通融性,又对我们把握气格之美的内涵作了很好的补充说明。

(3)书法美的欣赏方法。尹旭先生为了明确论述书法美的欣赏规律,并非一味地大量采用西方美学原理加以解释,而是吸收古典文学理论杰作《文心雕龙》对文学欣赏的论述来作说明。比照文学欣赏的原理来对书法的欣赏作解释,可以取得事半功倍的效果。因为文学和书法尽管是两门艺术,虽说其表现手段不同,但它们的艺术本质是相同的,而且文学比书法更容易被人理解接受。刘勰说:"缀文者情动而辞发,观文者按文以入情。"尹旭先生以此来说明书法创作与欣赏亦是同理。他说:"我们欣赏书法作品,则是由这笔画、结构、章法以及意境去体会作品所表现出来的客观事物的美、思想感情和审美意识,从而得到美感享受,受到审美教育。"

(4)书法修养。书法首重神采,这是传统书论很早就提出的一个非常重要的命题,千百年来人们对此深信不疑。但问题是这样的,常常有人对一些书法史上卓有成就的大家品头论足,觉得他们的书法并没有好在哪里,甚至对他们出言不逊。显然书法史上的大家的代表作是经过无数双的眼睛审视过的,经过时间冲刷,大浪淘沙,淘出来的"金子";但"佳书"亦需"慧眼"。而有些欣赏者,并不具备足够的欣赏力,看不出蕴含在书法当中的神采、气韵,只是从表面看问题。尹旭先生引用马克思论音乐欣赏的话,很能说明书法中的类似情况。马克思说:"对于没有音乐感的耳朵说来,最美的音乐也毫无意义,不是对象,因为我的对象只能是我的本质力量的确证","忧心忡忡的穷人甚至对最美丽的景色都没有什么感觉;贩卖矿物的商人只看到矿物的商业价值,而看不到矿物的美和特性;他没有矿物学的感觉。"尹旭先生借用这段生动形象的语言,让我们对书法欣赏应该必备的修养问题洞若观火,如饮醍醐。

当然我们以上的论述还仅是对尹旭先生书法美学研究在理论上的拓展勾勒出了一个粗略轮廓。他广阔的理论视野,丰厚的美学储备,强烈的现代意识,使其轻而易举地将古老的传统书学演绎成当代条件下的年轻的书法美学。尹旭先生说:"我所理解的美学理论,是较多地倾向于艺术哲学性质的。"(尹旭《中国书法美学简史》)这就是说,他在美学上的基本主张是黑格尔学派的,他的书法美学研究虽然有艺术哲学的性质,但又区别于西方美学纯粹的哲学思辨。尹旭先生的书法美学是建立在感性经验的基础上的。

这里我不妨对尹旭先生的书法创作情况赘述几句,它理应值得关注尹旭先生书法美学研究的人们去思考。作为理论家,他的理论本身的价值在于指导实践,不能指导实践的理论是空洞的、毫无意义的。这就要求理论家自己应该深入实践,对于书法理论研究者尤其如此。作为书法美学家的尹旭先生躬行实践,他力求让自己的理论"有动于中而形于言"。我注意到尹旭先生的两篇短文,一篇是《书帖杂论》,这里谈了尹旭先生对历代名家书作的阅读体会,很有传统文人气息,与古典书论中的题跋相仿佛。另一篇是《自论书》,主要谈自己的书法创作经历与感受,所采体例与前文一样,皆文言短札,这里试拈两则:

> 余学书至今逾三十五年,始觉略知其法,略知其理,略知其趣。噫!孰曰"无百日之功"耶?
> 吾所作书,大多自觉"尚可"耳,很少有"满意"者,从无"很满意"者。以此而论,余当属"眼高手低"者;此亦天分所限。故余以论为"业",以书为"余"。(尹旭《天一堂随笔》,北京燕山出版社2000年版)

虽"论"为业,"书"为余,尹旭先生却从没放弃书法的临摹与创作,他并没有像一般的人因为是业余,所以就三天打鱼,两天撒网;也没有像一些利迷心窍的人,朝学执笔,暮显其能,而是潜心研读,寒暑不辍,持之以恒数十载如一日。美学家杨辛、甘霖在《美学原理》中说："学习美学要注意结合艺术实践。"两则短札折射出尹旭先生的谦逊品格和进取精神，均可为后来者作鉴。

三

某一个事物，当我们换一个角度再去观察它的时候，其结果很可能有足以让人惊讶的发现。用"美学意识"武装起来的尹旭先生面对传统书学，有哪些独特的发现呢？当我们离尹旭先生的书法美学研究愈近的时候，这一问题就愈加强烈地梗塞喉头，那就让我们一吐为快吧！

尹旭先生的书法美学研究自出机杼，新意妙理颇不许人。用书法的眼光看，他的书法美学理论已经远远地越出传统书学的轨程，算是能"入"能"出"了。他的书法美学入传统不可谓不深，出传统不可谓不远。"入"是指他一方面认真研读传统书学理论著作，搜罗古今，包罗万象，对传统书学史如数家珍，记忆犹新；另一方面，他博览群书，对传统书法名作仔细体味，明察善辨，对书法临摹创作常抓不懈，永不满足。"出"是指他不受传统书学的束缚，大胆地运用现代西方美学，将传统书学断案一新，形成了他的书法美学观。以下就对他重要的书法美学观点作一点概述。

（一）书法只能是书法家的作品。尹旭先生在各类文章中反复申明自己的这一美学观点，他说："实质上，按照书法美的本质来衡量，只有书法家的字迹，才能称之为书法艺术，除此之外的其他任何字迹，都是只能称之为文字书写的。依此而论，不但那些民间遗留的契约文书不是什么书法艺术，石工匠人所制的碑版志铭不是什么书法艺术，即使汉末之前的那些令后人倾倒的铭刻、巨迹，也算不得什么书法艺术的。然而，谁要真的如此持论，那就将难以幸免地被整个书坛视为异端而大张挞伐了。"（尹旭《书学五论》，宁夏人民出版社2004年版，第7页）尹旭先生认为书法艺术本体是文字性和艺术性的统一，真正的书法作品是从魏晋开始出现的，两汉先秦的碑版铭文基本上属于文字书写的范畴，并未迈入书法艺术的畛域。他也深知这样的书法美学观和传统书学相左，但他坚持自己的美学见解。尹旭先生的主张对于净化书法历史,维护书法的崇高地位不无积极意义,特别是在今天,书法领域应该打假,谨防一部分假冒伪劣产品蛊惑人心。当然对于先秦两汉的石碑巨迹,铜器铭文完全抹杀它所具有的潜在艺术因素,这是不符合事实的。尹旭先生也是这么认为的。

(二)对晋人书法的整体评价不是很高,这与传统书学观念相距甚远。传统书学理论对晋人书法顶礼膜拜。唐代的李世民赞王羲之的书法"尽善尽美",随着右军书圣地位的确立,晋书也就成了唐宋元明清各代心摹手追的样板。在艺术史上,晋人书法可以和唐人诗歌、两汉文章一样,是绝世无双的艺术。然而,尹旭先生的书法美学对晋人书法的不足作了比较具体的论述,这实在让我们有些瞠目结舌。

> 真正从书法艺术的美学本质的高度来评断,很难说,晋书高于唐宋,也很难说王书胜过张旭、颜真卿,或苏轼、黄庭坚。(尹旭《书学五论》,宁夏人民出版社2004年版,第37页)

> 从美学性质上来考察,晋代书法主要还是一种文字书写,在它身上那以笔墨情趣为显现形态的艺术性成分,还居于相对次要的地位。(尹旭《书学五论》,宁夏人民出版社2004年版,第41页)

> 和以法为尚的唐书的神采气韵相比,晋书之神采气韵就不但显得缺乏大气磅礴的威武雄浑,而且显得缺乏激情喷涌的恣肆癫狂。"尚意"的宋书……把那尚处于风格化萌芽的晋书,远远抛在后头了。(尹旭《书学五论》,宁夏人民出版社2004年版,第40页)

这些对晋书的评价确实是对一个美学家胆识的巨大考验,当我们在惊讶之后,回过头来细细思索的时候,我们不得不佩服这似乎有些让人惊恐的话语当中,确实蕴含不少真知灼见。仅此一点出发,尹旭先生的书法美学堪称创新理论。

（三）唐代书法是中国书法真正成熟的标志。在尹旭先生的美学阈限中，唐代书法才是书法艺术大厦中最为美轮美奂的。他说："唐代书法对于整个中国书法艺术史，乃至整个中华文明史的煌煌伟业与彪炳光焰，即在于将中国书法所蕴含的意、法两极的内在潜力，发挥并完善到了淋漓尽致，无以复加的程度，从而形成了中国书法史上唯一的一处双峰并峙，两极辉映的艺术奇观。"（尹旭《书学五论》，宁夏人民出版社2004年版，第50页）尹旭先生对唐代楷书和狂草成就叹为观止。他平日温和的论说语调陡然间变得高亢热烈。他觉得唐人的书法艺术是那么不可思议。狂而有法，法而多意。这正是一个美学家所最渴望欣赏的书法极致。尹旭先生的书法美学在这里所发现的书法美的内涵比传统书学丰富得多。他对唐代书法艺术虽赞赏有加，却让人百闻不厌，因为这样的书法美学观念与唐代书法的实际情况相较并没有夸大其词。

（四）宋人对书法的最大贡献是强化了人品学养。尹旭先生的书法美学认为米芾是宋代书风典型人物。米芾的那种纵横敧侧、沉着痛快的行草书，既不像唐书的"端"，也不像唐书的"狂"。宋人以为书法艺术的好坏，关键取决于书者的人品学养，以及将之相应表现于书法之中所形成的书品的神采气韵，书法的技巧法度退居其次。法度技巧是为人品和书品服务的。尹旭先生说："相对强化书法美中作者其人的人品素养和与之相应的神采气韵的重要性，而相对弱化法度、技巧的重要性，……这无疑是宋人对中国书法美学史和中国书法艺术史所做出的一个值得大书一笔的重大贡献。"（尹旭《书学五论》，宁夏人民出版社2004年版，第65页）在尹旭先生看来，宋书虽不敢与唐书争高下，但完全可以和晋书较短长，甚至已经把晋书甩到后头了。因为尹旭先生眼里，宋书已超越了技巧，而晋书还在努力追求技巧。

（五）元明书法呈现颓势。总体上看，尹旭先生对元明书法家的创作实绩难以称庆。元代赵孟頫虽冠绝一时，但温润有余而气格较弱，艺术个性不够突出。杨维桢虽个性强烈，但在回归魏晋的铺天盖地声中，显得势单力薄,顾影自怜。明人书法同样是姿媚多而刚健少。最值得一提的是明末的那股叛逆书风,其中以王铎的书艺成就最高,但毕竟难与浩瀚汪洋的"回归"巨澜相抗衡。因此,他说:"元明之书在艺术性因素及风格化程度方面的相对减弱。这无疑是历史、艺术、美学的退步。"(尹旭《书学五论》,宁夏人民出版社2004年版,第72页)然而他把这种艺术倒退的根源归罪于回归魏晋。这是值得商榷的,古人云:"学书在法,化用在人。"实际上书艺的进步只有一个原因,退步可以有无数个理由。

(六)清代书法可以与晋、唐、宋比肩。有清一代,篆、隶勃兴,书家们在篆隶上一开始就表现出浓厚的兴趣,这是明代书法家未尝多见的。篆隶书法的兴起与当时的学术风气有千丝万缕的联系。清代大批学者热衷于金石学和小学研究(金石学属于历史学范畴,小学属于经学范畴),学术文化的风气带动了书法风格的蓬转。金石学的不断伸展,碑学观念终于冲破理论的藩篱,在道光之后,侵袭了整个书坛。虽然康有为所谓"帖学大坏"危言耸听,但"碑学大兴"却是无法遮掩的事实。从阮元的书分南北两派到康有为尊碑贬帖,中国书法短短不到百年的碑学理论与实践均令人刮目相看。有学者把嘉、道之后北碑书法称为"碑派",把此前的篆隶书法称为"前碑派"。不管怎么说,清代书法的格局彻底瓦解了魏晋以来帖学的一统天下。这确实是一个书风巨变的时代。所以,尹旭先生认为"在我国书法艺术史上,有清一代的收获与实绩","能超过元明两代,而且似乎可以与晋、唐、宋比高低"。(尹旭《书学五论》,宁夏人民出版社2004年版,第82页)。若站在碑学的立场上,那么这种看法是无论如何也不过分;倘若以帖学的眼光看,恐怕就大打折扣了。可是这还不是尹旭先生太让我们惊讶的发现,更有甚者是他说:"清代帖学的真正历史地位与美学价值,主要是由郑燮、刘墉、何绍基这样一些颇有叛逆意味的帖学人物奠定与创造的;真正传统意义上的帖学书家并没有作出多少具有实质意义的历史贡献。"把郑燮、刘墉、何绍基统称为具有叛逆意味的帖学人物,确实是书法美学的新发现。至少笔者所见,传统书学中不曾有这样的提法。

(七)关于"书为心画"的阐释。尹旭先生对"书为心画"的认识有着自己的见解。首先,"书为心画"一语最早来自汉代扬雄,但作为书法艺术本体论则是从宋代才开始的。其次,"书为心画"的美学内涵,主要是指人的道义节操、人品学养、胸次怀抱,并非全方位地展露人的内心世界。再次,针对"书为心画"这一问题,他认为晋人书法"作为自己的物化对象所要显现与负荷的,还不是'其人'或'其心',而仅仅是那属于大千世界中客观事物的各种风神韵趣而已"(尹旭《中国书法与传统文化》,中国社会出版社2002年版,第18页)。

尹旭先生书法美学研究有诸多创见,凡此种种,不一而足。这些内容集中展现了现代书学的思维成果,也表征了尹旭先生的创造性劳动。他的书法美学研究成绩卓著,闪现着非凡的哲思睿识,唤起我们对书法艺术史的一系列问题的重新思考。他了解传统,热爱传统,所以他对传统书学的缺憾总能目既往还、心有吐纳。出言发论,切中要害,尤能发人深省。当然其中的某些观点似乎仍需进一步推敲,因为任何理论从创立到完善都需要一个漫长的过程。畏惧错误就是毁灭进步,尹旭先生不仅有洞察传统书论的慧眼,更有检讨缺失的自知之明。这从他对当今书法美学研究的总体分析可以看得出来。他认为,书法美学研究尚处于"起步"阶段,具有"试验"性质;"即使是失败,那对整个学术事业的发展,不也是一种贡献吗?"一个能够如此看待失败的人,那就意味着成功。我们有理由相信尹旭先生必将在书法美学的园圃中捧得更加丰硕的成果。

四

古人云:"学乃少而可勉,思则老而愈妙。"尹旭先生已逾古稀之年,他一生笔耕不辍,用智慧和汗水在书法美学理论研究上取得了令人瞩目的成绩。尹旭先生是一位有远见和抱负的理论家,他对当代书法美学研究情有独钟,笔老思奇,老而愈健,我们不能不向他表示由衷的敬意。

尹旭先生生长于齐鲁大地,求学于北京大学,最后把根扎在西北这片干旱的土地上，长期默默耕耘在这令不少人望而却步的西域边陲。他是宁夏书法理论研究的拓荒者，他的书法美学研究对推动宁夏乃至全国的书法理论和创作的繁荣有着举足轻重的意义。他的书法美学研究感动了国内学术界的专家，中央美术学院书法博士研究生导师邱振中教授在《中国当代书法理论家著作丛书》（尹旭著作是其中之一）总序中写道："《中国当代书法理论家著作丛书》的作者和编者共同努力，为学界提供了一批新的研究成果；丛书中不少文字，是在并不具备多少学术研究条件下作出的，这使我们感念不已。"尹旭先生正是这样一位最让人感念的学者。

杨开飞，书法博士，宁夏大学美术学院教授，宁夏文艺评论家协会副主席，宁夏书法家协会主席团委员。

铁手腕下书尤壮

——郑歌平先生的书法艺术

◎杨开飞

郑歌平先生在书法的田园笔耕不辍,用心体悟传统文化的真谛。

中国传统文化借"书法"而显形迹。书法是传统文人士大夫"达其性情,形其哀乐"的独特方式,是中华优秀传统文化的有机组成部分。读书是文化养成的重要手段,郑歌平先生把读书作为生活习惯。他喜欢阅读古代文论和书论。郭绍虞主编的《中国历代文论选》(四卷本)他有多套,并将其分置各处,便于随时阅读。无论身居何所,他总离不开书籍,文学书法之类,触手可及。他重古人,尊传统,尚经典,广识旁观,不执一端。孔孟之言,辄起矜庄,唐诗宋词,熟读成诵。口之所言,佳句迭出,笔之所书,名篇如约,心之所仪,忠臣贤士。他的书法以颜体立家,入清臣之奥堂。始于柳而成于颜,格调从才子佳人皈依王侯将相,人生从"晤言一室"走向"放浪形骸",理想从"立言"进入"立行""立德"的人生境界。孔子云:"志于道,据于德,依于仁,游于艺。"(《论语·述而》,北京燕山出版社2004年版,第91页)郑歌平先生从事书法艺术,不挟技艺以矜其能,唯道德为本。无论居庙堂之高,还是退休闲处,均以先贤为范。他说:"书法是终生的事业,是磨炼意志,提升境界,完善人生的有效途径。"

郑歌平先生擅长颜体书法,更是颜真卿书法的研究专家。首先,他收藏了很多颜真卿的书法作品，版本精良，种类繁复；其次，他对颜真卿各个时期的书法特点进行了仔细的比较分析，对其书风的演变了如指掌；再次，他对颜真卿书法认真临习，并且对历代学习颜体的书法大家进行了系统研究，取其所长，融会贯通。更为重要的是，他用历史的眼光来审视颜真卿，入乎其内，出乎其外。做到学其书，知其人，效其行，立其品相统一，这就是他的书法观，也是他的人生观和价值观。他认为一个人学习书法，倘若只停留于临摹字帖，他的创作将很难表现深厚的文化内涵。郑歌平先生的书学观念决定了他的书法艺术在当代书坛所能达到的高度和深度。他的书法观，倘若放在清代以前不足为奇。因为在儒家思想占统治地位的时代，这种观念绝不会随个人的意志而转移，它是制度的产物，是人们唯一可以信守的价值观念。步入现代社会转型期，很多艺术家们不以自身文化素质的下降为耻，反而瞒天过海，大搞创新。仅以比拼技艺为荣耀的艺术家，早已把学问、修养、人生境界的提升抛到九霄云外。当读书与立品已经成为许多艺术家们极不情愿甚至浑然不知的事情的时候，郑歌平先生的书法观念及其价值取向显示了他特立独行的思想和极其可贵的文化品格。

郑歌平先生极其重视书法艺术的实用性，这是他书法观念独特性的又一体现。郑歌平先生有一个习惯，他喜欢在宣纸裁下来的"边角料"上练字。他从前的办公桌上，书柜里摆着很多或长或短、或宽或窄、颜色不同的纸条，整齐地摞在一起。上面全是毛笔字，或楷或行，一笔一画，有板有眼，大小有如蝇头者，有如杏核者，亦有似山桃者，字的体量随纸而定。还有的写在信笺上，有的写在过往的文件上，选择这些废纸，重在发挥"无用之用"，同时透露出作者的闲适、随意和自律，也更能凸显"俭以养德"的传统观念，书者之品德由此可见一斑。相对那些价格不菲、洒金戴银的"名贵"宣纸，很多艺术家看到"寒碜"的败纸颓笔会不屑一顾，而郑歌平先生却敝帚自珍，乐此不疲。他的书写态度十分严谨，一笔不懈。《论语·述而》云："子之燕居，申申如也，夭夭如也。"郑歌平先生的书法重在修身立德。郑歌平先生书法实用性的重要体现是他能用毛笔书写工作日志。他说："一个人连实用关都过不了,还搞什么书法艺术!"这种主张与主流观念大异其趣。许多人认为今天书法只有表现性(或曰艺术性),无实用性可言。关于这一点,人们总能拿出十分强硬的理由。这就是电脑主宰的无纸化工作环境,在很大程度上已经取消了汉字书写,更遑论毛笔的使用。但作为书法家,如果借此甩开实用性的约束,而只突出艺术性,终将滑向形式主义的泥淖。实用性可以充分表现作者扎实的书法基本功和深厚的历史文化传统。书法的艺术性只有建立在实用性的基础之上,才能源远流长,万古不衰。不少以艺术性自诩的书法家,其作品只可取悦市井,满足于视觉刺激,而无法让读者产生心灵的震撼和精神的共鸣。郑歌平先生过去在文件的天头地脚写下许多工作日志,他重视书法的实用功能,与前边残纸旧笺上的文字如出一辙,严肃认真的作风贯穿始终。郑歌平先生实用性观念引导下的书写实践,卓尔不群。他坚决捍卫书法传统,让传统的书法焕发出恒久的艺术魅力。事实上,实用性与艺术性合则两美,离则两伤,实用性离开艺术性,难入法眼;艺术性脱离实用性,误入歧途,很容易走向异化。郑歌平先生将临摹与创作齐观,将实用性与艺术性打通。当今书界以实用性为先导,而兼艺术性者鲜矣。

郑歌平先生的书法以楷书当家,兼工行草篆隶。以楷书定格调,以行草写性情,以篆隶强学养。他的书法实践也是他书法观的真实写照。首先他认为一个书法家要一专多能,主次分明。前贤云:"古之善书者,必先楷法,渐而至于行草,亦不离乎楷正。"他深知此理,在楷书上从始至终强攻力守,勤学苦练,寒暑无间,他的楷书深得书界推崇,楷书作品在第三届全国正书展上捧得大奖。他的行草书有楷法,一点一画均见功力,信手拈来,提按顿挫之间显示出精湛的技艺和精深的学问。其次他主张要将各种书体融会贯通。他认为学习颜体书法,只学楷书,难窥全豹,专攻行草,挂一漏万。只有篆隶相参,楷行互助,草书添彩,方可领悟颜书渊博广大的圆融气象。这一点,亦可从宋人米芾和明人王世贞、董其昌等人的书论中得到印证。郑歌平先生隶书喜《曹全》《泰山经石峪》,篆书好《石鼓》,他的楷书中隶意篆气,满纸溢出,他的行草书翩翩自得,意态自足,心与笔会,手起意接。因其笔画从篆隶中陶冶，不期古而自古，不计雅而能雅。郑歌平先生能将真、行、篆、隶分步而治，合并调和，非精研书艺者难知其旨，非专注学养者难造其极。其于书学熟读深思，于书艺勇猛精进，思接千载之上，视通万里之外，俯仰古今之间，不言大而自大，不称高而能高。

郑歌平先生的书法风格极其鲜明。翻阅他最新出版的《当代中国楷书名家作品集》(河北教育出版社)收录的二十余件作品。除了行草书外，其余都是楷书。其楷书作品全是临摹之作，尽管临摹对象不尽相同，临写钱沣的楷书作品有十多幅，占半数以上，褚遂良、虞世南、张即之的作品亦有涉猎。这里需要重点指出他的钱沣楷书，以钱探颜，借钱学颜，以钱为形，直写颜神。这一路书风端劲庄持，雄奇壮伟，最能传达作者的学识品格和艺术节操。点画凝重，顿挫有力，英风烈气，难以掩饰。下笔如巨鲸翻海，浩浩荡荡，宁静中掀波澜，曲折中见深沉。撇画似利剑出鞘，直画如钢槊挺立，点画如高山坠石，圆转似壮士弯弓。观其运笔，气饱力沉，如狮子捉象，全无懈怠，披坚执锐，铁骨铮铮。含蓄处古拙老成，不见起止；显露处风驰电掣，精彩注射，劲节直气，吁可重也。其结体方正宏伟，外争内让，四周威严，字内宽和，得古人奥赜。其书以正为奇，无奇不法，以收为纵，无纵不擒；以虚为实，断处皆连，以背为向，连处皆断。神情若金刚瞋目，威猛不常，如鲁庙重器，岿然矗立，似项羽挂甲，樊会排突，昂然有不可犯之色。读其书可想见其人，若非端人正士，不能有此凛凛峻骨。或曰作者慕鲁公拒禄山、诮卢杞，比希烈，感发意气而形于楮墨；或曰作者天生大材，长期受政府之任，居于要职，造就一种庙堂气象，以天下自许。读郑歌平先生书法，注目会心处，令人神往。唐人张怀瓘尝言："(书法)须考其发艺所由，从心者为上，从眼者为下。"以此量郑歌平先生书，不是悦目，而是开眼，不是视觉催眠，而是精神振奋，不是自娱自乐的小情调，而是心怀家国的大作风。故其书实乃书中佳构也。

当人们沉浸于其楷书端劲庄持的仪态和雄宏壮伟的境界之时，他的行草书同样值得我们关注。比之楷书，他的行草洒落自在，灵动流转，无我无他，无古无今，无挂无碍，镕金出冶，随地流走，自然纯真。或轻如蝉翼，或重如金石，细不为轻，重不为粗，合篆隶于几案，融楷行于一炉。其书忽如飞鸟出林，惊蛇入草，身手敏捷；或如担夫当道，举重若轻，或如纤夫拉船，步履沉稳。其行草学而有成，熟能生巧，虽不经意，却丝丝入扣，精妙不可尽言，令能者敛手，不敢妄动笔墨，使贤士垂涎，掣纸夺门而走。如果说其楷书以刚写柔，那么其行草则以柔克刚，如龙泉太阿，柔而不失其节。正所谓庄重杂流丽，刚健含婀娜者是也。其笔端留驻，秀处如铁，嫩处似金。

面对当代书坛的躁动与漂浮，面对社会转型时期艺术观念多元化趋势，我们需要深刻反思。当代书法家肩负的责任和使命十分艰巨，我们这个时代的书法艺术到底如何继承传统？这是每一个书法家需要迫切解决的现实问题。郑歌平先生在三个方面给我们提供了重要参考。其一，重视临摹古代经典法帖。清代浓墨宰相刘石庵曾言："骨气膏润，纵横出入，非吾所难。难在有我无古人，有古人则无我。奈何，奈何。"实际上学书不患无我，患无古人。当代书法的主要问题是打不进传统，难以入古，太多怪诞离奇的形式翻新，太多投机钻营的假冒制作。郑歌平先生唯古是尊，义无反顾，下笔力求古法古意。宋代大书法家苏东坡每下笔便作千秋想，不肯妄作，郑歌平先生每持笔唯恐贻笑大方，点画精严备至，篇篇皆似临摹，其费心推敲之工，令人钦佩之至。他的所有作品，读者无法分辨孰是临摹，孰是创作。他的书作笔笔不旁落，字字有准绳。启功先生在83岁时仍在临帖，并把自己所临三张唐人写经作品出示给博士研究生学习。郑歌平先生一直极其重视学习传统，他明白临帖犹如佛家渐修，终将迎来大化之期。其二，崇尚雄强壮美的艺术品格。清代书论家刘熙载云："灵和殿前之柳，令人生爱；孔明庙前之柏，令人起敬。如此论书，取姿媚何如尚气格耶？"书史上颜真卿因气格而深受宋代文坛领袖欧阳修的大力褒扬，确立了他在书史上的不朽地位。相反，姿媚的书风，虽也惹人喜爱，但终是小情趣，从艺术的审美功能上看，气格常常让人强心壮神，姿媚往往使人意乱情迷。张怀瓘曾毫不客气地批评书圣王羲之"有女郎才无丈夫气"，看来崇尚壮美的书风自古已然。郑歌平先生书法心思微，魄力大，气势雄强，书风壮伟，诚可贵也。这种雄强壮美的艺术品格需要大力弘扬,它将使我们的民族精神在全球化进程中永立不败之地。其三,重视个人修养。郑歌平先生坦言修业进德,乃学书目的。在他看来,书艺的提升完全取决于书者的个人修为,他努力完善自己的精神世界。首先,他力求做到淡泊名利,养心自律,绝虑凝神,潜心投身书法创作。其书锋藏画中,力出字外,静穆渊深,进退从容,安闲自得。其次,认真读书,变化气质,涵养性情,感发志气,此乃书艺进阶之又一有效途径。李瑞清言:"学书尤贵多读书,读书多则下笔自雅。自古学问家虽不善书,而其书有书卷气。故书以气味为第一,不然但成手段,不足贵矣。"传统书法家一向以为"不读书而能臻绝品者,未之见也"。郑歌平先生把他的书法艺术之根深深地扎进传统的土壤,不为时尚所惑,不为积习所蔽;用心感受传统脉搏,不断提升文化修养。

我们坚信,深入传统是书法创新的必由之路。

书法与文学

◎杨开飞

书法与文学合则两美,离则两伤。在传统文人生活中,书法是文学的果实,文学是书法的土壤;亦可以说,书法是鱼,文学是水。

任何书法作品如果没有文学乳汁的滋养,书法之美将失去思想韵味与精神品位。缺少文学的扶梯,人们无法登上书法的领空一睹其壮美的风神与高华的气质。书法只有紧牵文学之手才能更好地传情达意,表里如一。尽管当下很多人以为,书法是独立于文学之外的艺术,它有自己独特的技法语言和形式要素;但如果人们将文学等闲视之,书法就会变得干瘪孱弱。正所谓"言之无文,行而不远。"

现在的问题是我们绝大多数书法家甘愿一生只做"抄家",不做"作家"。没有把文学当作滋养书法大树的沃土,而是当作聊胜于无的匆匆过客。这样文学压根不肯泄露任何有益于书法发育的营养配方,书法在技巧的隘巷中反复出没,得不到任何精神补给。不可胜数的现代艺术家们皆以专业自矜,沉浸于个人成就,失去的是传统社会书法的庙堂气、书卷气和文人气。这是造成当今书法有高原而无"高峰",有书家而无"大家"的一个主要原因。事实上,只有专业知识和技巧的艺术家是很难把专业做大做强的。因为"专"与"小"为伍,"博"与"大"同列。我们的许多艺术家们爱"专"憎

487

"博"，得"小"失"大"。单就这一点来说，21世纪的书法家们必须向传统致敬，虚心向前代书家学习。当代"实力派"书家的代表作多被网友诟病"抄袭"，甚至错字连篇，如过江之鲫。现代书法家们应该把眼界打开，把双臂张开，拥抱文学。因为文学确有培育精神，涵养性情的神奇功效。元代赵孟頫在《薛昂夫（马九皋）诗叙》中说："嗟夫，我观昂夫之诗，信乎学问之可以变化气质也。昂夫西戎贵种，服旃裘，食湩酪，居逐水草，驰骋猎射，饱肉勇决。其风俗固然也。而昂夫乃事笔砚，读书属文，学为儒生。发而为诗、乐府（散曲），皆激昂慷慨，流丽娴婉，或累世为儒者有所不及，斯亦奇矣。"文学让"驰骋猎射，饱肉勇决"的马九皋迅速变成儒雅的文化人，即使"累世为儒者有所不及，斯亦奇矣"。顾嗣立在《元诗选初集》中也说"有元之兴，西北子弟，尽为横经，涵养既深，异才并出。各逞才华，标奇竞秀"。毋庸置疑，文学不仅可以提升书法家的心灵境界，同时可以"异才并出"，使书法家变成"能书能文"的复合型人才，使我们的书法家成为"既通又专"的艺术家，成为可持续发展的修养全面的创新型人才。一个书法家在心为诗，发而为书，正如盛熙明所云："书者，心之迹也。故有诸中而形诸外，得于心而应于手。"书法的正鹄乃"文心书面"，这是书法的本质要求。

　　从书法史的整个发展过程考察，书法自汉代走向自觉以后，书法的文人化就变成文人化的书法。书法始终闪烁着文人的思想光辉，蕴含着丰富的文化内涵。后汉赵壹的《非草书》中说："余郡士有梁孔达、姜孟颖者，皆当世之彦哲也，然慕张生之草书过于希孔、颜焉。"赵壹称他的两位同乡梁孔达和姜孟颖均是"当世之彦哲"，爱好张芝的草书甚至胜过对儒家学说的两位代表人物孔子及其高足颜渊的崇敬。在"儒学独尊"的汉代，赵壹对此表示了极大的不满。在儒学引领主流社会价值观念的年代，书法是文人的掌上明珠，它反映了文人的志趣，表达了文人的精神追求。古代杰出的书法家一定是那个时代的文学名流。以天下三大行书为例，王羲之的《兰亭序》、颜真卿的《祭侄稿》和苏东坡的《黄州寒食诗》，不仅书法超绝，而且诗文惊世。古代书法家们也不是因为书法的需要才钻研文学，而是因为胸怀一颗真诚的文学之心，必须借助书法来彻底表达。苏轼就说："诗不能尽，溢而为书，变而为画。"古人常常会称书法为"诗余"或文人。没有谁比古代的文学家更会体悟书法的灵犀，更会表达书法的精神意蕴；没有谁比古代的书法家更善于汲取文学的养分，准确抚摸文学的脉搏，心与手会，笔与意通。因此古代的书法家在笔墨当中体会到了痛彻心扉的快意。大书家苏轼说："自言其中有至乐，适意无异逍遥游"。又云："吾书虽不甚佳，然自出新意，不践古人，是一快也。"这些话语中无不透露古代书法家在精神天地中获得的大自由和大自在。而这一切又是以深厚的文学素养作为基础。

正是因为古代书法家具有浓厚的文学情怀，他们不仅在技法方面取得巨大成功，而且在书法作品里寄寓丰富深刻的精神内涵，他们的作品令人百读不厌，成为经久不衰的旷世之作。北宋文坛领袖欧阳修看到颜真卿的书法说："把玩久之，笔画巨细皆有法，愈看愈佳，然后知非鲁公不能书也。"在欧阳修眼里，颜鲁公的书法无论在细节的任何方面都经得起时间的检验，而且"愈看愈佳"，其高超的书法技巧令人佩服。而欧阳修最佩服的是颜真卿书法所蕴藏的精神品格，他在《唐湖州石记》中说："惟其笔画奇伟，非颜鲁公不能书也。公忠义之节明若日月而坚若金石，自可以光后世传无穷，不待其书然后不朽。"文人创造了杰出的书法作品，而且也只有文人才能在书法作品鉴赏中发掘出无限深广的内涵。宋代陆游看到林逋的书法时说："君复书法又自高胜绝人，予每见之，方病不药而愈，方饥不食而饱。"一幅好的书法作品，一定要以崇高的精神鼓舞人，以博大的境界感染人，以生动的气韵吸引人，以超绝的格调打动人。好的书法作品会把人不知不觉带入一个神秘的艺术境地，使人流连忘返。大书家米芾面对前贤之作，"终日宝玩，如对古人，虽声色之奉，不能夺也。"纵然是美人歌舞，也无法扰乱米芾对书法佳作的执着之心。对于有深厚文学修养的书法家们的书法作品，人们只要看一眼，就会被牢牢吸引，这些作品有着难以抵挡的魔力和诱人的气质。

书法与文学两种艺术一旦打通以后，所产生的艺术效益就不是一加一等于二,而是一加一大于二。将书法与文学划疆而治,各自为"王",这是为古代书法家所不齿的行为,是没有出息的艺人的勾当;这是书法的退化,而不是进化;不符合中华优秀传统文化的审美要求。

中国传统文化以人为本。为了使人的品质不断改进,精神境界逐步提升,古典教育同时拥抱似相反而实相成的两大原则,即一方面尽量扩大知识的范围,另一方面则力求打通知识世界的千门万户,取得一种"统之有宗,会之有元"的整体理解。儒家主张博与约、通与专之间必须保持一种动态的平衡,强调"通"而后"专"。首先提倡"博学之"。孔子强调将各种知识融会贯通,并说:"吾道一以贯之。"道家也同样反对只"专"不"通"的偏执之徒。庄子《齐物论》说"道通为一",又说,"唯达者知通为一"。这更是将"通"的重要性推崇到了极致。

总之,"以通驭专"是中国传统文化的核心价值观念,是人们治学为艺的基本立场。国画大师刘海粟评价"民国四公子"张伯驹说:"他是当代文化高原上的一座峻峰。从他那广袤的心胸涌出四条河流,那便是书画鉴藏、诗词、戏曲和书法。四种姊妹艺术互相沟通,又各具性格,堪称京华老名士,艺苑真学人。"启功先生称赞齐白石:"一生三绝画书诗,万里千年事可知。何待汗青求史笔,自家腕底有铭辞。"而齐白石自己认为他的篆刻第一,诗词第二,书法第三,绘画第四。书法与文学、绘画、篆刻此三种艺术均有密切关系,仔细推究,书法与文学的关系相比较于绘画、篆刻,更为重要和突出一些。书法的历史已经证明只有将书法与文学合而为一,实现"以通驭专",突出书法的文学底色,才能最终创造出经得起历史检验的书法精品。

年度·张九鹏

假若没有游到海水变蓝

——阅读张武札记

◎ 张九鹏

一

2021 年，一直在关注贾樟柯的纪录片《一直游到海水变蓝》，不仅因为喜欢贾樟柯的电影，还因为贾樟柯先前的绝大部分作品都不由自主地沉浸在某种对于家乡的反复追忆描画之中。但在《一直游到海水变蓝》里，他悄悄改换了角度，开始观察他所关注的这些中国文学界名人。

电影以前的名字叫《一个村庄的文学》，后来因为余华的"海游"经历让贾樟柯把片名改成了《一直游到海水变蓝》。这个片名很艺术，也具有延展性，开放性，几乎能涵盖很多领域。

余华从小生活在浙江海盐，一个靠海的小城，小时候，他和小伙伴们经常去海里游泳。那时候，海水是黄色的。在学校上课时，课本里说海水是蓝色的，他经常想：为什么我都看不到蓝色呢？有一天，他游了很长一段距离，一边游一边想着：我要一直游，一直游到海水变蓝。直到他被一股海流袭来，才调转方向。

余华的这段描写，与我感同身受。我曾在北戴河海滨浴场有过一次深度海游，超出了浴场警戒线，著名作家石舒清曾经目睹我的冒险，并为此写下了一段文字："梦也、九鹏、我，我们三个家去北戴河中国作家之家休假，不用说是要到北戴河扑腾一下，梦也和我都是旱鸭子，在水边泡泡身子。我惊讶地看着，看他游向深远处去，看他在浮沉无定的波涛里挥洒自如，游刃有余，他几乎游到海中心去了，那不是最深最阔最危险的地方吗？我有一种风筝飞得太远收不回来的担心，所以，当九鹏有惊无险游回到我们身边时，我的佩服那是可想而知的，我觉得九鹏给宁夏作家长了脸，须知一些南方作家也和我们一样困在浅水区，望洋兴叹呢。"

石舒清一定没有见过余华游泳。仅凭余华的这段独白，我能感受到他游向大海深处的那份决心，并相信余华遇到海流时的果敢与机警，那是任何一个向往大海又敬畏自然的人应当作出的正确选择。

文学之于大海，当然能够配得上这样一个意象深远的比喻，一个作家无论曾经多么雄心壮志地游向大海，最终还是要回到故乡这个原点。

张武前后写了十余本著作，它们就整齐地摆放在我的书架之上，我特意把父亲的书摆在显著位置，这样，我躺在床上就能够看到它们。与其他的世界名著放在一起，这是一种奇妙的感觉，这感觉如同在远阔的海面上看到一个熟悉的身影在孤独地游向大海深处……

此前我对父亲的著作并没有用心阅读过，看过父亲的回忆录《人生简历》，小说则读得很少，在刊物上看过几个短篇。

父亲去世后，家庭成员里，侄子写过一篇回忆文章，加上其他作家的悼文，陆续也有十几篇什。我只是编辑了短信给贾平凹先生，得到贾先生的一则短信吊唁，感到一丝宽慰。按说，我应该为父亲写一篇文章，一来，父亲是宁夏文学的奠基者，"二张一戈"曾引领宁夏文学一个时代；二来，他又是带我进入写作领域的引路人，为我的写作付出过诸多心血。

于是，我打算利用疫情封控这段时间通读父亲的作品。恰在此时，我看到马未都先生谈生死的视频，觉得马先生谈出了生死的本质。马未都父亲死后，马未都更加珍惜母亲，他总是对母亲说："您老人家要千万——千万要给儿子挡着点！"直到有一天，母亲病倒了，马未都急匆匆赶过去，还是说的那句老话:"妈,你一定要为我挡着点!拜托,拜托,千万拜托"……马未都的母亲点头称是,答应了马未都的请求。马未都的话里包含着二层意思:第一个意思是,你老人家一定要好好活着,这是祝福的话,藏着说了;还有一个意思是,母亲身后就是生死之门,生死只隔一线,母亲走后,子女们就要面对那扇门了。

马尔克斯在《百年孤独》中的独白竟然与马未都所表达的情感同质。"父母是隔在我们和死亡之间的帘子。你和死亡好像隔着什么在看,没有什么感受,你的父母挡在你们中间,等到你的父母过世了,你才会直面这些东西,不然你看到的死亡是很抽象的,你不知道。亲戚,朋友,邻居,隔代,他们去世对你的压力不是那么直接,父母是隔在你和死亡之间的一道帘子,把你挡了一下,你最亲密的人会影响你的生死观。"

人类的智慧如此相通,高人的表达不分伯仲,尤其对一位作家来说,表达生死应该是常态。张武的文本能否为我提供答案?

二

张武的第一本小说集《炕头作家外传》,封面由魏巍题写。《谁是最可爱的人》发表于1951年4月11日《人民日报》,文章开头如此:"在朝鲜的每一天,我都被一些东西感动着;我的思想感情的潮水,在放纵奔流着;我想把一切东西都告诉给我祖国的朋友们。但我最急于告诉你们的,是我思想感情的一段重要经历,这就是:我越来越深刻地感觉到谁是我们最可爱的人!谁是我们最可爱的人呢?我们的战士,我感到他们是最可爱的人。"

张武大概是想接过魏巍书写时代的精神旗帜,以小说的形式,创作出六七十年代农村的那些"最可爱的人"。然而,新中国成立,中国农村的写作秉承旗帜鲜明的"山药蛋派",从而影响了绝大多数中国作家的农村现实主义写作道路。

"山药蛋派"是以赵树理为代表的一个当代的文学流派,主要作家有马烽、孙谦等,他们都是山西农村土生土长的作家,有比较深厚的农村生活基础。代表作有《三里湾》《登记》《锻炼锻炼》《饲养员赵大叔》《三年早知道》《赖大嫂》《宋老大进城》等。他们坚持革命现实主义的创作方法，忠实于农村充满尖锐复杂矛盾的现实生活，忠实于自己的真情实感，注意写出人物的复杂性与多样性。粉碎"四人帮"之后，又有一批青年作家自觉地为保持和发展这一流派而努力。

《一直游到海水变蓝》恰巧选取拍摄的作家是马烽的女儿，马烽和她的女儿所代表的山西本土写作的过去，表达出山西"山药蛋"的写作丰富的人文土壤。

张武中短篇小说的创作是靠近"山药蛋"的现实主义传统路线的，但不同于表现农村充满尖锐复杂矛盾的现实生活，写出人物复杂性与多样性，张武的中短篇小说塑造了更多可爱的农村人物，尽量选取农村日常里表象的一面，未能触及农村纷繁复杂的多样性。可能与他本人写作之初所处的工作环境的单一性有关，这导致其写作的观察力呈现出一定的局限性。

《三叔》是《炕头作家外传》的首篇，然而，这篇小说没有给我留下太多印象："三叔"鼓励"我"去学兽医，毕业回来为农村服务，"我"学成归来后被"三叔"误解，与"三叔"貌合神离了一段日子，后来通过三婶从中斡旋，和好如初的故事。小说平铺直叙，人物不鲜明，缺乏人物冲突。《三人行》写了一个叫赵胜的小伙子骑摩托去乡下搞路线教育，无论是赵胜在山路上骑摩托，还是坐羊把式的拖拉机，都是一个不曾摸过方向盘的人写出来的生硬感。《欢畅的笑》和《转》两篇小小说，写了主人公为了集体利益，秉持公正，提高工作效率，赢得村民认可的故事，也代表了当时集体主义的价值取向。这样的"新人物"因为脱离生活实际的拔高、理想化，变得不太可信。人物形象显得过于单薄。《红梅和山虎》是张武发表在《人民文学》的第一篇小说。我曾经读过，没留下什么印象。再读，依然没有能够提振起我的阅读兴趣。故事老套，对话客套，没有写出人物丰富的思想和内心活动。值得一提的是，最后一段景物的描写清新自然，干净利落，自然环境融入人物内心，让小说变得隽永悠长,提升了小说的品质。如果《红梅和山虎》能多些环境描写,既可以抵消人物之间的冗长对话,也不必为那些多余的修饰词找地方。好小说如同中国的水墨画,需要减笔墨,留空白。

以上几篇小说的农村故事是在"山药蛋派"与"最可爱的人"之间的夹缝中摸索前行,并无风格可以确立。

20世纪70年代的文学艺术有着鲜明的时代特征,就是它集中体现了文艺为工农兵服务,为无产阶级政治服务的大方向,剥夺长期以来帝王将相,才子佳人统治文艺舞台的现象。文艺作品坚持以反映工农兵,歌颂工农兵为主的文艺创作原则,这也许就是有人说的所谓"单一化"的原因。其实,当时的文艺是丰富多彩的,并不是"单一"的。"山药蛋派"笔下的新生活、新人物不是脱离生活实际的拔高、理想化,而是朴素、厚实、真实可信的,成功塑造了许多落后人物或"中间人物",如小腿疼、吃不饱、赵满囤、赖大嫂等血肉丰满的形象。"山药蛋派"继承和发展了我国古典小说和说唱文学的传统,以叙述故事为主,人物情景的描写融化在故事叙述之中,结构顺当,层次分明,人物性格主要通过语言和行动来展示,善于选择和运用内涵丰富的细节描写,语言朴素、洗练,作品通俗易懂,具有浓厚的民族风格和地方色彩。

张武的短篇小说《选举新队委的时候》应该是这一历史背景下优秀小说代表之一。小说暗藏包袱,先抑后扬,对话简练,构思精巧,人物有矛盾,故事有起伏。20世纪70年代,这样一篇司空见惯的"好人好事",在新闻里易于表现的题材,被张武写成了一篇深沉的小说,着实不易,没有一定的小说创作技巧是很难写出如此生动的小说的。

三

新时期中国文学的小说复兴是从中短篇小说开始的。1976一直到80年代末,中短篇小说是这一时期成就最高、影响最大的文类,产生了一批优秀的作品和经典性作品。这一时期最重要的文学思潮很多都来自小说领域,比如"伤痕文学""反思文学""改革文学"等都可以说是小说的思潮，而能够代表这些思潮和类别小说最高成就的主要是中短篇小说。"伤痕文学"的代表作品是刘心武的短篇小说《班主任》和卢新华的短篇小说《伤痕》。"反思文学"的限定不是很严格，但一般认为，其代表作品有茹志鹃的《剪辑错了的故事》、张一弓的《犯人李铜钟的故事》、王蒙的《蝴蝶》、张贤亮的《绿化树》。张武的《处长的难处》《看"点"日记》是这一时期"反思文学"的杰出作品。张武的生活经历和生活环境深深地影响了他的小说创作，从他开始创作《两个羊把式》，到后来发表在《人民文学》的两篇小说《处长的难处》和《看"点"日记》可以看出，他的幽默讽刺小说善于描写从小人物到大人物的细微变化，作者对这些作品的主角都进行了细致的刻画与书写。在这篇小说中，作者通过侧面烘托和直接描写的方式，刻画了一个形象鲜明的史处长，史处长的内心深处其实是想把事情办好，但又无能为力，可见史处长的党性原则还是有的，作者在讽刺的同时，也确实指出了史处长的"难处"。《看"点"日记》写的是徐副书记下乡到黄湾村蹲点的一个故事。小说以徐副书记看"点"为线索，写了他表面上联系群众，实际上只是做表面工作，他的调查研究只是摆设，是空架子。小说深刻批判了一些领导干部的虚无主义、官僚主义作风和沽名钓誉、言行不一的行为。张武通过运用幽默滑稽的语言描写主人公的言行不一，前后对比，达到讽刺的效果。宁夏评论家协会主席郎伟在提到张武的短篇小说《看"点"日记》时说："张武的这篇小说，以日记体的形式，评论批了基层的官僚形式主义，现在看来依然有着典型的现实主义意义。"这篇小说在新中国成立后的第一次全国优秀中短篇小说奖的评选中，提名终评，仅以一票之差落选，与全国大奖失之交臂。这是宁夏作家第一次有资格冲击全国文学奖项。

后来的宁夏文学经过几代人的努力，张贤亮、石舒清、郭文斌、马金莲先后在第二届全国优秀中短篇奖、鲁迅文学奖获得殊荣，以文学宁夏的强势姿态铸建起中国文学的重镇。

四

《一直游到海水变蓝》这样评价贾平凹：他开始找到自己坐标系的原点和方向，以贾家庄的人为原型，创作新的小说，从短篇到长篇。到80年代中期的时候，他的坐标系慢慢成形了——"站在家乡，看中国，看世界"。

20世纪80年代，由于中国农村政策的变化，农村经济出现了繁荣的景象，张武的小说开始着力表现社会农村的真实精神面貌和农民新的生活观念，如短篇小说《瓜王轶事》《渡口人家》《红豆草》这些优秀的中篇小说都是他在中卫工作生活时期创作的。

《红豆草》是中篇小说里写得最优秀的。这篇四十年前引领我进入宁夏林场的生活场景，由此可以看到父辈背负的青春与疼痛：

> 我刚登上山顶，鲜红的太阳就从另外一个山梁后面冉冉升起，金色的光带连接着低垂的山头的云彩，出现了红蓝交映的霞光。我正想展开臂膀，对着山谷赞叹一声"多么美丽呀！"还未喊出口来，场长却出现在我的面前，指着绿绵似的山坡问："怎么样？"我不完全理解他问话的含义，便把那句未出口的话说了出来："美丽极了！"

这是《红豆草》中的一段描写。主人公是一位北京大学生，她放弃了报考研究生，来到西北支边，除了爸爸让她去最需要畜牧业的地方这一因素外，还有另外一个原因，她向往"风吹草低见牛羊"的天然牧场，幻想"蓝蓝的天上白云飘，白云下面马儿跑"的草原生活。可是，主人公来到林场，却始终没见过遮住羊群的牧草，白云蓝天倒是有，山上的草也不高，但能看到红豆草这种植物：

> 它们仿佛长在天然花盆上的，呈现出一幅吸引人的景色。这

一片草地上,一端是紫色苜蓿,似乎刚刚割过一茬,现在留在地里的,并不高,却有着新发的碧绿鲜脆的幼芽,而且高地一般,齐刷刷的,像一块绿色的地毯。另一端比较高的,大概就是红豆草了,绿中泛白,紫红的小花在阳光下如钻石般地闪光。草秆有出穗的燕麦那样高,给风一吹,如流水行云,涌层层波浪。

以上是《红豆草》中的环境描写。我以为写得到位,文字的画面感很强。

我看过以张武同名小说改编的电视剧《红豆草》,印象最深的是主人公骑着马在草场上奔跑的画面,她长发飘飘,英姿飒爽,浑身上下洋溢着青春饱满的气息。主人公的坐骑在小说里叫"一锭墨",她骑着马摔下来的镜头在小说里是这样描写的:

我把马悄悄拉出场部大门,就着一个土坎,跨上了马背,往上提了提蹶子,轻轻碰了一下马镫,"一锭墨"就放开四蹄奔跑起来,步子均匀,又快又稳,虽然没有摩托车那种风驰电掣般的高速,但腾跃起伏的节奏,又非摩托车所能比拟,给人一种驾舟水上的畅快感。清风微拂,送来阵阵的花草香甜,还混杂着羊粪和腐草的味道。低垂的白云轻轻从头上飘过,草木悄悄从脚下退去,整个草原静悄悄的,无声无息。间或有一两只肥壮的野兔从眼前飞奔过去,"一锭墨"立即竖起耳朵,做出警惕的样子。我第一次一个人单独在如此辽阔的草原上行进,感到大自然是如此博大,如此温柔。百里草原似乎只有我一个人存在,大自然被我一个人占有了似的,惬意极了,也骄傲极了。或许是速度太快的缘故,它终于猛地一下失去了前蹄,把我从马背上重重地摔了下来……

以上文字引用《红豆草》。这些文字在电视剧里只用了两三个镜头就一带而过。主人公被摔出脑震荡,关节错位,却用去了十多个镜头,有人给主人公疗伤，场长给主人公送来了"接骨胆"……画面在草场、羊场、林场间展开，主人的内心独白占了不少镜头。印象最为深刻的是，主人公骑在马上英姿飒爽的美丽身影，以及从马上摔下来的令人疼惜的样子，就好像是我从那高头大马上摔落在地，左腕错位，摔出脑震荡。这可能是导演运用镜头的艺术所在吧：把美好撕毁了给大家看，才能产生强烈的美。以上简评是我对这篇有深意的作品所能做出的最大理解。"歌颂生活中的真、善、美，赞扬为'四化'建设献身的人们的美好心灵，这是社会主义文学的一项重要内容，也是文学工作者经常关注、开掘的重大题材之一。作者发掘了生活中的美好东西，反映了现实生活中的主流。"这是一位评论家给予这篇小说的评价，也是后评者的依据所在。独独喜欢他的中篇小说《红豆草》，这篇小说节奏拿捏准确，环境描写令我心旷神怡，与张贤亮的《牧马人》堪称姊妹篇。我时常在书中一边做着标注，一边琢磨他写作时的心态，感觉他似乎并未离开这个世界，而是站在我身后，注视着我所做的一切。

重读父亲的小说，忽然又觉出了写作的意义：如果将每一位作家比喻为一位泳者，假如他没有能够一直泳到海水变蓝，这是否意味着一个人的写作将归于平庸？我想，更多的作家泳不到那片深蓝的海域。

于父亲而言，我只是他的一位读者。我想，他的作品即使在这世上再无读者，至少，还有我去读——完成一次具有仪式感的阅读。

这又何尝不是一种写作的意义。

　　　张九鹏，宁夏作家协会副秘书长，宁夏文艺评论家协会会员。

杨华:向宽处行　着细处寻

◎ 张九鹏

　　书法家杨华,此前我只闻其名,却不识其人。以对其作品的观察与理解,我感觉他应该是一个不善言谈、不善交际的老者。其实呢,杨华是一个相当健谈的青年书法家,这样的改观基于我目前所从事的一项工作——为各文艺家协会推荐的艺术家录制网课。由此,我认识杨华并观摩到他的篆刻课程,出乎我的意料。

　　杨华选择了一处幽静的茶室。此处确实是一处拍摄古雅的场地。

　　在拍摄前一天沟通时杨华专门提醒说,他受邀在央视书画频道《一日一印》栏目录制网课时,有两个固定机位,一个拍他手上的活儿;一个拍他嘴上的“活儿”。看得出来,杨华是一个对篆刻态度明确的人。因为事先交代过,网课摄影师也邀请了一位助手协助拍摄,摆好了两个机位。

　　左宗棠为无锡梅园写过一副抱柱联,内容是:“发上等愿,结中等缘,享下等福;择高处立,寻平处住,向宽处行。”其内涵至理至深。杨华选择其中四字“向宽处行”刻制了一方“铁线篆”风格的朱文印。

　　杨华的创作用的家伙事儿在随身携带的文房提盒里装着,这种竹制的匣子是中国传统的文房工具,一层一层拉开,总共卸下四个竹盘,里面分别放置有印床、刻刀、石材、拓包、木蘑菇、铃印板、小镜子、连史纸、拷贝纸、印泥、棕老虎……这样的刻印排场，我是头一次见到。杨华在镜头前不慌不忙展示每个工具的用途，思路清晰，表达明确，他的解说将观众带入了一个全新的艺术世界。

从磨平印面开始，杨华用心设计印稿，度稿上石，下刀刻制，清理石面，蘸泥钤印，精心调整，刻制边款……这些工序一一完成，每一步都是有条不紊，细致入微。差不多用了一个半小时，完成印章刻制过程后，杨华为我们演示了拓制印花与边款的方法。因为西北的天气相对干燥，清理干净刻了边款的印侧，然后用含有胶质的清水将连史纸黏合在上边，吸干多余的水分后用棕老虎隔着拷贝纸来回用力地干刷，一直到连史纸干透且字口清晰为止，最后用拓包蘸墨，以快而轻的手法反复拓制，直到边款光亮如漆。他还为我展示了专业的印章蘸印泥的手法，经过一番精雕细琢，一个宽博典雅的"印花儿"立刻呈现在众人面前。

以传统的方式向最古老的文明致敬，可见这方"向宽处行"是杨华深思熟虑的结果。"始知真放本精微，不比狂花生客慧"，用苏轼的这句诗来形容他的创作再贴切不过了。

杨华首先是一位书法家，他受教于著名书法家康殷、张有清、卢中南、赵熊，并得到过孙其峰、刘江、王伯敏、杨鲁安、韩天衡、郑歌平诸先生指点，以唐人欧阳询为宗，专攻楷书，兼学他体。

说到篆刻，从喜到爱，再到痴，杨华在几位老师悉心指导下，加上自己的潜心钻研，技艺日渐精湛。2007年，他参加西泠印社"百年西泠"大型海选，以西北赛区一等奖及总决赛第七名的成绩，成为宁夏历史上第一位考试入社的"西泠印社中人"。能够考入艺术家层出不穷的百年名社，可见杨华篆刻功力之深厚。偏执与狂热地研习书法篆刻是他成为宁夏书画院专业创作员后的事情。在杨华看来，书印之道，最难的是"墨写自己"！在创作上不能形成个人面目与独到风格，那么即使一手王羲之，满纸颜真卿，任你功夫再深，也逃不掉被古人"一手罩死"的下场。

篆刻是杨华研究和探索的第一个艺术门类，也是最早取得成绩的艺术门类。与他的书风一样,杨华的印风弥漫着潇洒飘逸的清雅之气。其中有古玺,也有汉印,还有明清流派的元素。由此观之,杨华是一个广收博取、厚积薄发的学习型艺术家。他的印章气息醇厚而安稳,平正中更能见出非凡的气度,线条与其书法形异而神同,自然中展现着天资活泼的性格和情趣。

杨华刻印用刀喜"冲"不喜"切",刀下的线条有汉印的沉厚,却在沉着中透着空灵、清健的气息,这种机变,使其作品显得生动,并在典雅之中透出秀逸来。

杨华刻边款从楷法书出,运刀一任自然,单刀成字,从不修改。既有书写性笔意的流美,也有以刀击石的恣肆。而边款内容,又多是杨华自己随感而发的骈文短句,小巧玲珑,读来可喜,这不能不说也是他印作中书卷气的一种体现。

除了研究专业,杨华还肩负传承中国传统文化的责任。他热心公益,近年来与诸多出版社合作,出版书法教材为书法艺术的传播作出了自己的贡献。每逢春节,杨华还和宁夏书画院的同事们不辞辛劳地送文化进社区、进乡镇、进企业、进军营、进机关……不论是义务写春联、送祝福,还是为中小学生讲书法课,都尽心尽力,毫无怨言。

"向宽处行,着细处寻",这是杨华为人处世的原则,也是他的为艺之道。

左力光:写生的力量

◎张九鹏

左力光的作品《晴峦贺兰拜寺萧》所构成的林密雾霭、烟岚轻动的"全景山水画",体现出中国艺术精神的至高境界。

2012年至2014年,左力光在中国国家画院程大利山水画工作室任访问学者期间,多学范宽、郭熙、董源、巨然、王蒙、黄公望等前贤,以宋元诸家为楷模,饮水思源,探究源头。其作品《双溪轻语千里寂》《松风泉悠送清凉》《静如此夜笔墨慧》等一系列学习之作,都是在五代、北宋山水画启发下的探究。

左力光出生并生活于地域广袤的新疆。由于学术研究的需要和爱好山水的秉性,他跑遍了天山南北和茫茫昆仑的高山大壑。在西安美术学院读书时,对石鲁画展中笔墨表现出的苍茫之气和长安画派所塑造出的崇高、悲壮之美有了深刻理解。带着这份钟情,学习山水画十多年来,研习了不少历代大家的画作,尤其对董源、巨然、李成、范宽、郭熙等画家所经营出的平淡天真、大山堂堂的笔墨意趣喜爱有加,并不断心追手摹。这种厚重雄浑、高大苍茫的丘壑之美至高境界的形成,离不开对"神""形"的长期研究和笔墨、技巧的反复追求,尤其离不开宋代理学"格物致知"治学精神的陶冶。

将"格物致知"的治学精神贯穿在教学与创作中,是左力光勤思善学的结果。在北方民族大学近二十年的教学时光里,他保持着在新疆学画启蒙阶段的习惯,每年要抽出一定时间外出写生,或参加宁夏美协组织的活动。

在其众多的写生作品中,左力光钟情于贺兰山和六盘山写生。贺兰山,左力光画了近百张,六盘山画了三百张。如果把左力光的写生作品想象为一幅巨大的画面——那该是一股多么庞大的线条力量,有人建议左力光整理出版写生作品,他采纳了建议,不过,他还想再画一些,让自己的写生作品更有说服力。

为了使自己的写生作品具有深刻的内涵,左力光在每幅作品里还加入题跋,记录每一幅作品的时间、地点,所画之物,创作意图与作者心情等相关信息,这样,既有古人诗词入画之文采,又不失画作的身份说明,为观赏者提供更多知识点。

主题·聚焦

"现实主义"的艺术关怀

——评优秀电视剧《山海情》的时代特色

◎柳向荣

电视剧《山海情》在各大卫视频道和网络平台播出后，好评如潮，稳居热播榜前四。热播热评充分说明，人民需要正能量的艺术作品。艺术的最大关怀是现实，现实主义的全部意义也是现实。也许在同一个时代里，在同一类文艺作品中，还没有一部艺术作品让人如此强烈地感受到"现实"的力量。如果谈论"现实与虚构"的话题时，我们强调的是"虚构"的话，那么在电视剧《山海情》的面前，我们谈论"现实与艺术"的话题，将无一例外地强调"现实"。这是一部具有时代新风格新特征的现实主义精品力作。

一、决战贫困是时代主题的"燃点"

鲜明的时代主题，是文艺书写的必然现实。"主题先行"也许会使故事结构趋于单一，人物性格脸谱化；"主题后移"也许可以把故事演绎得曲折多变，人物形象扑朔迷离。前者也许会取得山清水秀、春光无限的效果，后者也许可以取得山重水复、柳暗花明的效果，但两种情况都是作者的主观臆断。相反，主题同位，贯穿故事，人物始终，与情节共生，和形象同框，就会形成一个明确的方向，凝聚一股同向的力量，就会成就一部伟大的艺术作品。

电视剧《山海情》的故事开始于1991年涌泉村的吊庄移民,故事结构是按照吊庄移民、闽宁合作、整村搬迁、脱贫攻坚分章节布局的。空间跨度最大的是福建和宁夏,相距二千三百多公里,最小的是海吉县的涌泉村和宁安县的闽宁村,相距四百多公里。电视剧《山海情》不是第一部反映脱贫攻坚的文艺作品,它只是从闽宁对口扶贫协作的角度切入。但在文艺的视野里,仍然具有拓荒者的光环,让人眼前一亮。各级扶贫干部、科技专家和移民搬迁的老百姓。他们每一个人都是有故事的人,他们把自己的小故事代入大时代里。比如李老支书只有二十天的长征故事,马得福和李水花青梅竹马的故事,马得福姑姑精神失常的前因后果,白老师痛失爱妻,等等。这些发生在移民搬迁之外的故事,倒像是无意间的"众人拾柴",拉深了历史的时空,增加了时代的厚重。

二、中心站位是党员形象的"痛点"

"以人民为中心"不仅是检视各级党组织是否保持先进性的基本原则,也是检视每个党员是否合格的基本原则。电视剧《山海情》就是通过检视的手法,成功地塑造了一批奋战在扶贫一线的党员形象,赋予每个党员形象的时代新内涵新特征。

政绩观正确与否,是检验每一位党员干部的硬性标准。在这部电视剧里,有身居要职的地委杨书记和福建驻宁扶贫的吴主任,她们可以把空运蘑菇的事情拿下来。当然也有海吉县的县委王书记和麻副县长,他们急功近利,好大喜功,把奉迎领导视为仕途的"高速路",把听报告当作下基层调研,坐在会议室里拍板决策等。但是,这部电视剧没有按照正反两面的套路结构故事,而是把每一个党员形象,都放进决战贫困的一线去检视,放进移民群众的生活中去检视。主创人员成功地运用自我剖析和自我检讨的方式,精心刻画着每一个共产党员的形象。

马得福这个党员形象着墨最多,也最为饱满。在马得福的成长中,如果有进有退的话,父亲马喊水就是马得福退守的底线。相比较而言,马喊水是替儿子马得福排忧解难的,他做的一切都是为了儿子的前途。马得福是贯穿全剧的一号人物。他跳出了"农门"但又回到农村。这个党员的形象与以往的党员形象都有所不同,新时代共产党员的形象有了新特色。在这部电视剧里,这种特色可以概括为"走进生活,融入群众"。这样,就有一个走进和融入的渐进过程,马得福必须走好人生的关键几步。

马得福走好的第一步,是陈金山副县长和张树成主任帮他完成的。他和这两位顶头上司亦师亦友,相互激励,共同进步。陈金山是福建的帮扶干部,他能够事事为移民着想,切实解决了移民的产业问题,外出务工人员的交通问题,他的工作很出色。就连凌一农教授从一开始以为他只是为了自己的前途,也不得不承认他干了不少工作。可是,陈金山不居功自傲,反而认为是大家相互刺激的结果。张树成是剧情一开始就进场的扶贫办主任,后来又以县纪委书记的身份临危受命,兼任闽宁镇的党委书记,他是马得福生命中的"贵人",他慧眼识英雄,一直培养和推荐马得福。当他再次回到金滩村检查工作的时候,金滩村的现任支书李扬三迟到了,请求张书记批评他,张书记说:"我不批评你,你自我批评一下自己。"这句台词实际上点出了张树成一贯的工作作风,就是善于自我检讨、自我剖析、相互激励。在他还是扶贫办主任的时候,组织上要他去区党校学习,他推荐马得福代理金滩村的支部书记。他坦言自己对扶贫工作的认识是有一个过程的,从一开始的被动接受到现在的主动融入,也有过不理解,有过迷茫和失落。但是坚持下来了,才发现那个经常挂在他嘴边的"未来"真的来了,他是越干越有劲头。他的工作作风深深影响了马得福,让马得福也在工作中学会了不断检视自己。他是唯一一个牺牲在扶贫一线的党员形象。

马得福走好的第二步,是凌一农教授和白老师促他完成的。凌一农教授的形象很饱满。一开始不情愿,是因为他相信科学;到最后心甘情愿,是因为他不能辜负群众的"信任"。他是一位有情怀、有担当的科学家。他为了菇农的利益,不仅垫资,还勇敢站出来跟黑心商贩斗争,直至被打致伤。凌教授为移民的真心付出更自觉,更勇敢,深深教育了马得福。而当遇到麻副县长的恩威并施、软磨硬泡，马得福在"独木桥"和"高速路"的交叉路口迷茫了，这时候，是白老师帮他找到了答案。这个答案的核心就是"中心站位"。马得福找到了自己的中心站位，在以后的工作中，他再也没有偏离这个"中心"。

马得福走好的第三步，是移民群众逼他完成的。在为金滩村移民的麦田淌水的问题上，青铜峡水管所为了县上的现场会改水了。移民们知道实情后愤怒地要毁闸放水，这时候，马得福挺身而出护住了闸口。这在马得福看来，阻止移民们违法行为，是一种英雄行为。但是，移民们说出了一句"你是公家人，你跟我们不一样"时，可以说"一语惊醒梦中人"。只有这时，马得福才意识到，自己并没有真正融入群众中去。原来自己所努力的一切，都是为了工作，为了任务。说到底，是为了自己。

三、战胜自我是移民形象的"痛点"

贫穷是涌泉村人面对的严酷现实，脱贫致富是涌泉村人的集体梦想。电视剧《山海情》确定了这个时代主题，就必须抒写涌泉村群众这个主体。对于涌泉村人来说，摆脱贫困、实现梦想的唯一选择就是走出去。围绕"走出去"的主旋律，电视剧《山海情》注定不是苦情戏，而是创业史。

不像现代主义所宣扬的那样，纯艺术要脱离现实，回归自我。相比较而言，《山海情》之所以具有如此巨大的正能量，就是主创团队紧紧抓住了移民群众这个主体，通过抒写他们每个人的"小悲欢"，汇聚成整个时代的"大情怀"。在这部电视剧里，我们找不到创作者的影子，看到的只是一个个鲜活的移民形象。这种"真实"强烈地击中了人们的"泪点"。让观众震撼的是，文艺的虚构不见了，只有生活的真实。这种"真实"是有现实可以印证的，是在时代中可以确认的。讲述者、亲历者和感受者三位一体，成为共同的体验者。

"人"是文艺的最大现实。如何把握"人"，把人物的"小悲欢"融入时代的"主旋律"中，找到大时代和小时代的"痛点"是关键。电视剧《山海情》中的人物各有各的"痛点"。马得福的痛点可以概括为爱之不得、求之不得。马得宝的痛点是跑不出去、找不回来、赶不上。马喊水的痛点是公私不能兼顾，李大有的痛点是受不了苦却放不下希望的不甘。李水花的痛点是对爱情的"望"和对生活的"守"。白老师有守不住学生、顾不上家人的痛点。白麦苗也会遇到找不到自己的迷失和恐慌。还有陈金山遇到语言不通、环境不适的问题，凌教授有技术攻关、蘑菇滞销、菇民不信任的问题，等等。

但对于移民群众来说，这些"痛点"主要表现的是他们的自我觉醒和自我战胜。面对移民问题，是走出去还是留下来，是守故土还是建新家，他们各有各的想法，各有各的行动。

尤勇智饰演的村民李大有具有一定的典型性，这种形象在很多文艺作品中都有所表现，但李大有不是那种惯常笔法所塑造的反面人物，而是见多识广、能说会道、精于算计的农村能人。他有很多怂主意，但没有多少大主见；他机敏狡诈，但又怕吃亏；他有特别暖心的一面，也有特别难缠的一面。他是那种必须要看到希望，给个未来才能站起来的人。他自负，但他不自信。地委杨书记在现场会上作出良心承诺，让他看到了希望。在金滩村的枸杞要不要熏硫黄的事情上，他站出来坚决反对。他终于战胜了自我，从个人的"小悲欢"里走了出来。

白老师是一个平民英雄。他冒着生命危险拦住了外出打工的客运班车，就因为车上有不够16岁就辍学打工的学生。他坚信教育的力量，知识的力量，才是脱贫攻坚的持久力量。他以"教人务本"为信念，呵护着农村的社会良知。但他人微言轻，没有人会认真对待他的理想、他的意见，反而认为他难缠、固执、自私。他能做的就是，让孩子能多上一天学就多上一天学。可是，就连马得福也劝他放弃自己的坚守。没有人能理解他，他终于愤怒了，他把马得福轰了出去。这个细节意味着他彻底绝望了，因为他发现各级领导干部，还有很多贫困群众都热衷于追求短期效应，急于解决眼前的贫困，根本无暇顾及长远，不愿让孩子们上学。所以他说马得福和"他们"都是"同伙"，他卖了福建企业捐赠的扶贫电脑，给学生换了新校服，修了新操场。他决定不再坚守了，他要退休了。他看不到孩子们的"春天"了，但他想让所有的人都知道,孩子们渴望"春天"。他决定利用退休前的最后一次机会,勇敢地站出来,用孩子们合唱的舞台,喊出他的心声。

热依扎饰演的李水花,跟李大有不一样,她是一个永远向着希望和未来的人。她敢于追求自己的幸福,但是她不愿自己亲近的人受害受累。为了马得福,她选择了离开;为了父亲,她选择了出嫁;为了生活,她用一架板车拉着一家三口人,走了四百多里路来到了金滩村。她是没有移民指标的,但她愿意走出大山。在李水花的背后,意味着甩不掉过去,但必须抓住现在,勇敢地面向未来。笑着生活,是她走出大山的决心和意愿。

马得宝和白麦苗是新一代移民的形象代表。他们俩是一对青梅竹马的恋人,跟马得福与李水花不一样的是,他们是幸运的,最终走到了一起。这是他们遇上了好时代,有了能够战胜自我的好时机。马得宝自己跑出去两次都失败了,他留下来跟凌教授学种蘑菇成功了,攫取了他人生的第一桶金,并成功地转型为一个农民企业家。白麦苗跟着马得宝第一次跑出去失败了,但她选择了第二次独立走出去,在福建打工克服种种困难,也终于获得成功,并代表厂方回到闽宁村投资建厂。两个有情人终成眷属。

这些形象给人的感觉既特别熟悉,又有些陌生。我们能感受到不一样的"鲜活",就是他们既有时代的"大情怀",也有个人的"小悲欢"。

四、真诚平实是审美观照的"看点"

审美观照是打开文艺之窗的"天眼"。打开天眼有两件法宝:一个是创作态度要真诚,一个是创作方法要平实。

真诚的态度是对时代的精准把握。如何精准把握移民的时代?这个问题集中体现在整村搬迁的矛盾里。当上镇长的马得福,在被停职接受调查的情况下,回到涌泉村开展整村搬迁工作。一开始就出现了马家愿意搬,李家的老人们都不愿意搬。能不能处理好这个问题,考验着马得福父子俩的工作能力和智慧。在双方进入冷战的关键时刻,马得花用村部的高音喇叭说出了小一辈的心里话,激起了全村人内心的波澜。但是马喊水觉得只有找到问题的症结，才能解开拧死的疙瘩。而问题的症结就在"根"上。对于李姓来说，涌泉村是"根"，而对于马姓来说，涌泉村就是个落脚的"点"。矛盾一度激化到李老太爷服毒自杀，当然是未遂。发生了太多的事情，促使马得福在村头的泉水边思考了一夜。他终于找到"根"上了，当他在高音喇叭上说出"人有两头根"的移民理念时，堵在全村人心里的疙瘩全都被解开了。这种理念表达了故土难离的悲悯，也表达了重建家园的决心。一个尊重历史的民族，更加向往未来。正是这种新理念，把生态移民的时代大变迁，植入到一个更加宏大的历史背景中去，表达出一种史诗般的艺术魅力。从移民政策到移民文化的推进，不能不说《山海情》用心至深、用情至重、用功至实。

当然，真诚是以真实为本色的。也就是说，文艺作品中的"人"跟现实生活中的"人"，或者说，"艺术形象"和"生活原型"应该是一体的、相互的、平等的。如果说文艺高于生活，也必须是平视的，而不是高高在上的。只有蹲下来和融进去，才能发现生活的真实，才能发现生活的美。文艺不是生活的代言人，而是生活的审美观照。"生活真实"不是零碎的，"艺术真实"也不是完美的。它们是一体的，从来就没有分开过。只有真诚地对待生活，才能透过现象看到本质，找到艺术的"真实"。过分强调"虚构"的文艺，必然会相信艺术天赋和灵感，必然会忽视"美是被发现的"事实。只有真实的艺术，才是有生命的艺术。文艺不需要谎言，也不需要设局。电视剧《山海情》再一次说明了这一点，创业史也需要情感戏。这些发生在每一个人身上的小悲欢，都与时代的大背景正相关，是那种有着切肤之痛的关联，而不是水火不容的反相关或者不疼不痒的伪关联。

电视剧里，有一个细节很值得玩味。教育局局长送给他一个地球仪教具，让他重视一下教育厅组织的合唱比赛。白老师本不打算组织学生参加这些形式主义的活动，但他一路上端详着这个教具，突然决定组织学生参加。这是一个冷幽默，讽刺那些人整天把"胸怀天下"挂在嘴上，心里却盘算着自己的小九九。但是，这种讽刺不是无情的，而是无奈的。反讽的细节更真实。

还有一个细节不能放过。就是教育扶贫和因学致贫的问题。在这部电视剧里,尕娃出走之后,马得福和马得宝兄弟俩打了一架。从马得宝的嘴里说出了一个事实,因为供养马得福上学,马家贫困了,马得宝辍学了。也就是说,在贫困面前,对于一个农民家庭,教育机会是不均等的。正是机会难得,教育才显得尤为重要,白老师的坚守才显得难能可贵。一部好的文艺作品,在处理现实素材上,就要有这种着眼于长远的历史担当和使命。

插曲的精准拿捏也是一个不容忽视的细节。有一首王洛宾先生整理的西北花儿《眼泪的花儿把心淹了》,这首歌唱出了西北人出门走西口的苍凉与悲壮,用在这部电视剧里有了新感觉。比如在李水花用板车拉着一家人风餐露宿地来到移民村的时候,在李水花和白麦苗面对面谈论与马家兄弟的感情问题的时候,在白麦苗和一百个女工离开金滩村前往福建打工的时候,在金滩村小学的音乐课上孩子们唱出了这首歌。不能不说这首花儿被用得恰到好处,起到了画龙点睛的作用。让人强烈地感受到,移民走出大山的情感是真切的,也是厚重的。

背景的精准拿捏也值得一说。开篇的背景是天蓝色和金黄色为主调的画面,有一种印象派画风的感觉。片尾的画面取意青山绿水,画风颇具农民画的乡土风格,意味着新农村祥和安康。还有剧中出现的地名都是真实的,如银川、固原、青铜峡、玉泉营、闽宁镇等,人物的名字也以喊水、水花、水旺、得福、得宝、麦苗、大有者居多,使得虚构的"海吉县涌泉村",也只是海原、西吉两县各取一字,实指西海固贫苦地区的一个贫困县、贫困村。这些细节的拿捏,都为剧情的真实加分,都为人物的亲和加分。

文艺是经国大业,是人民的事业。无论在什么时期,也不管是哪个阶级,文艺最终都要回答哲学的终极三问:我是谁?从哪里来?到哪里去?历史唯物主义者的答案是,人的最大现实是社会,生活的本质也是社会,人的社会活动和社会关系结构着人的一切。

在现实主义文艺的高原上,永远飘扬着"人民"的旗帜。

柳向荣,宁夏作家协会会员,宁夏文艺评论家协会会员。

一部生动真实的扶贫志

——评电视剧《山海情》

◎黄昭霞　许　峰

《山海情》是由正午阳光出品，黄轩、张嘉益、郭京飞、热依扎和尤勇智等人主演、以脱贫攻坚为主题的电视连续剧。该剧讲述的是20世纪90年代，在国家扶贫政策的号召下，创造性地实行闽宁帮扶合作，宁夏西海固地区与福建省结成对口帮扶，村民们完成产业升级，最终实现脱贫致富的故事。该剧的成功之处在于拒绝脸谱化、扁平化，以充分的现实主义笔法真实再现了脱贫之路的艰难与扶贫工作的艰辛，让观众能够真切感受到脱贫攻坚的伟大意义。

一、充分的现实主义

恩格斯所谓的"充分的现实主义"，其核心问题在于"对现实关系的真实描写"。"现实关系"主要表现为活动着的人物与人物的关系、人物和环境间的关系。之所以称《山海情》是一部成功的现实主义题材剧，就是因为这部剧毫无保留地直面扶贫过程所遇到的真实苦难，创造性地讲述了中国消除贫困所做的历史性功绩。著名影评人毛尖曾说："《山海情》结结实实地表现了历史性的穷，一种史诗性的穷。苍莽大地，赤土赤子，每一粒尘土都是原始的，每一个人都是赤身拼自然。"该剧以内容贴真实、细节绘真情的方式，一开始就让我们深刻感受到了三个"难"。一是环境难。西海固地区自然环境恶劣，长期缺水干旱，山多沟深，风沙猛烈，该剧开始呈现出来的整体画面颜色便是一种昏黄的色调，让观众切身感受到一种荒凉。从县城到涌泉村的路上，呈献给观众的是连绵不绝的大山，仿佛望不到尽头，弥漫的黄沙，遮盖了大半个天空，一条瘦瘠的羊肠小道，怯生生地连接着外面的世界。该剧中还有一个片段，以一种轻松幽默的方式，告诉观众国家用来扶贫的珍珠鸡实际上已被涌泉村的村民杀着吃掉。无论是涌泉村还是早期移民去的吊庄，都是缺水缺电蚊子多。许多移民到吊庄的村民又返回了老家，电视剧的开头部分以喜剧的方式揭示出了整个环境的恶劣。二是百姓难。由于恶劣的环境，百姓只能靠天吃饭，祖祖辈辈扎根在这片荒芜贫瘠的土地上。吃水困难，上学困难，交通不便，老百姓的物质生活和精神生活，都处于封闭落后的状态。扶贫的珍珠鸡都杀着吃掉，一家人穿一条裤子，与马得福青梅竹马的水花仅仅因一头驴，两只羊就被家里嫁给了隔壁村子的安永富，诸多的现状，无不在昭示着扶贫工作势在必行。三是扶贫工作开展之难。作为基层扶贫干部的马得福在具体的移民动员工作中处处碰壁，甚至很长一段时间内自己都质疑移民工作的合理性，情绪低落。年轻人还好说，他们本就不甘心生活在落后的涌泉村，一直希望可以出去看看外面的世界，去挣钱。而在这片土地上扎根生活了半辈子的老村民，他们不愿意迁徙到还没有被开发的戈壁滩，觉得重新开始还不如继续留在涌泉村，各种撒泼打滚不愿意离开这片"根"。该剧通过这些细致的情节刻画，如实地反映了当时扶贫移民工作的艰难现状。

另外，《山海情》除了正视扶贫过程中存在的真实苦难，还不避扶贫过程的负面问题。扶贫过程中，存在着形式主义与官僚作风，存在着伤害贫困群众权益的问题。它大胆地揭露，批判这些伤害群众利益的腐败现象。比如那个好大喜功，爱搞形式主义的麻县长，明知菌菇积压成灾，还在大搞表彰大会。马得福为了村民能通上电，几乎跑断了腿，而供电所所长就是固执地坚持不到60户不通电的原则。这些行为在扶贫过程中既伤害了群众的权益,也激化了干部与群众之间的矛盾,是脱贫攻坚路上的绊脚石。

《山海情》之所以能够赢得观众的认可,获得成功,得益于它的真实性。这种真实,不仅仅指真实地描绘了扶贫过程中的许多感人细节,更难得的是毫不避讳地揭示扶贫过程中所滋生出的问题,敢于真实地呈现与批判,体现出一部现实主义题材剧应有的勇气与追求。

二、人民至上的创作立场

文艺要为人民服务,人民是艺术创作的主体,《山海情》是一部真正践行人民至上创作立场的文艺作品,既有国家层面的宏大叙事,又有依托群众日常生活的微观视角。

剧中的主人公马得福,勤勤恳恳,任劳任怨,作为基层的扶贫干部,处处体现出一名党员干部的觉悟与立场,维护着广大群众的最根本利益,这与剧中的麻县长形成鲜明的对比。中国共产党始终坚持以人民为中心的发展思想,即坚持发展为了人民,发展依靠人民,发展成果由人民共享。《山海情》这部电视剧所描述的扶贫政策,所展现出来的山乡巨变,剧中涌泉村的老百姓扎实迈进了富裕的小康生活,真正让广大劳动人民体会到幸福感和获得感。

《山海情》没有选择那些演技浮夸的"流量小生",而是选择那些演技扎实的实力派演员,把镜头对准普通群众、扶贫干部和帮扶专家,讲述在整个脱贫攻坚过程中遇到的问题和取得的成就,依靠真实细腻的刻画与演绎,深深打动观众。

三、寓言化与象征意义

《山海情》是一部带有寓言化特质的文艺作品,所折射出来的是中华民族在走向现代化征程中艰难跋涉的寓言。从海外学者孙隆基先生所谓的文化深层结构来看,《山海情》在历史文化层面更具有象征意义。著名学者秦晖在《田园诗与狂想曲》中指出:"我国的问题实质就是农民问题,中国文化实质就是农民文化,我国的现代化进程归根到底是农民社会改造过程,这一过程不仅是变农业人口为城市人口,更重要的是改造农民文化、农民心态与农民人格。"剧中脱贫攻坚中的一项重要政策就是要将农民从不适宜生存居住但祖祖辈辈都生活于此的山区搬至一个土地肥沃、交通便利的川区,看似是空间的位移,但其中更凝聚着精神世界的变化。农民离开了祖祖辈辈生活的旧家园去认可一个新家园,这是一件非常不容易的事情。中国人的那种"根"意识可以说已经成为中国人的集体无意识,形成了非常浓厚的文化守成的氛围,封闭、保守也就意味着落后与贫穷,涌泉村的那些老村民如果不是马得福妹妹那一番语重心长的控诉,恐怕仍然不离开故土。从时间的维度上已经无法撬动这样的壁垒,因为在封闭落后的空间内依靠时间的叠加是很难产生新的突破性元素的,所以,只能从空间维度上作出调整和改变,这也就是我们看到的搬迁移民的方式。可以说,国家的扶贫不仅改变了农民的物质生活,最主要的是改变了农民的精神生活和思维方式,让农民最终意识到一个道理:"人在哪里,根就在那里。"在扶贫的过程中,不仅给群众带来物质生活的改善,更重要的是引导贫困群众树立先进科学的思想文化意识,使其可以更加积极地创造历史。

总之,《山海情》是一部生动真实的扶贫志,它既讲好了"宁夏故事",更讲好了"中国故事";既展现了当代文艺作品中农村改革新的叙事形式,又回答了时代发展所赋予的新问题。

本文系2021年宁夏哲学社会科学(艺术学)规划项目《影视文学作品如何讲好宁夏故事研究》(21NXYCDH12)阶段性研究成果。

黄昭霞,宁夏文艺评论家协会会员,宁夏工商职业技术学院讲师。

去福建莆田挣钱去

——关于电视剧《山海情》的随想

◎薛青峰

一

水花拉着架子车,从镜头深处向观众走来。她在荒原上走着,架子车上坐着她残疾的丈夫和孩子晓燕。她拉着架子车一步一步走着,和晓燕说着话。她走着,唱着一首民歌《眼泪花儿把心淹了》。

水花的歌声也把我的心淹了。我揪着心,不忍看她那艰难的步伐。她徒步走了七天七夜,才到达移民点闽宁村。我的心有一种疼痛感。没有在土地上讨过生活的人是不会有这种疼痛感的。顿时,我的记忆回到20年前去西吉县招生,第一次在月亮山上听一位西吉歌手唱宁夏花儿《眼泪花儿把心淹了》。歌声高亢而凄婉,听得我泪流满面。按当地人的话说,这是一首酸曲。唱的是一对新婚夫妇的离别。丈夫(壮劳力)远走他乡,妻子挥手送行。丈夫走了,越走越远,妻子坚守家园,埋在心中的苦楚无法诉说。"明月楼高休独倚,酒入愁肠,化作相思泪"(范仲淹《苏幕遮》),明月临窗,怎能不把心中的苦楚唱出来呢?"褡裢的锅盔轻哈了","锅盔"是西海固地区出远门的人必备的干粮,能长期存放。干粮吃完了,"心里的惆怅就重哈了",一轻一重,那种惦念让人心碎。男人走了,为什么要走,是因为十年九旱,贫瘠的土地广种薄收;是因为生态环境遭到破坏,水土流失严重,重复祖辈靠天吃饭的命运。走,是一种抗争,走出山高沟深的封闭;走,是一种追寻,走出心灵上弯弯曲曲的封锁;走是一种无奈,送别无奈,凝视无奈,人生也是一种无奈的选择。而希望就在无奈的挥手之间。水花为什么徒步走了七天七夜,一定要来移民点闽宁村?她来寻找一条出路。

越走越远了,离故乡越远了。忧伤、辛酸、难舍难分。镜头把水花和她的架子车推到我眼前,架子车上装着她的全部家当。跟着水花的脚步,我明白这是西海固农民的生活体验,是用苦水浸泡过的,用辛劳凝聚过的生命之歌,是走出大山,解脱贫穷的渴望之歌。

往下看电视剧,我的耳畔总是回响着《眼泪花儿把心淹了》。人生如戏,戏如人生啊。哦,这是电视剧的背景音乐。

二

第六集有一场戏,是福建来的挂职副县长陈金山给各村农民召开"劳务输出动员大会",黑板上写着"外出务工创未来,闽宁携手共繁荣"的标语。福建一家电子工厂,需要心灵手巧的女工。闽宁村的移民劳动力很富余(男工女工都有)。会上,陈金山说福建普通话,小学校长在翻译,语言沟通实际上就是思维观念的沟通。走出去,怎么走,农民们给陈县长提出了七个问题:

一、福建距宁夏有多远的问题;

二、在福建女娃饮食不习惯的问题;

三、为什么只要女娃娃的问题;

四、女娃们的安全问题;

五、女娃娃的婚姻问题;

六、一个月能挣多少钱的问题;

七、什么时候需要男工的问题;

陈县长都一一给予回答。农民们只关心看得见,摸得着的东西。他们提出的这些问题都是生活化的实际问题和眼前利益。这些问题的提出正凸显了农民的生存问题，更凸显的是生活观念的碰撞，是传统与现代的碰撞。

三

孔子曰："父母在，不远游。游必有方。"很多人都认为父母在世的时候，子女不能离开家乡，只能在父母堂前尽孝。这只是理解了前半句，"游必有方"才是关键。改革开放以来，农民外出务工已经是生活的重要内容，只是有些单独出去，或者村里的年轻人合伙出去。现在，闽宁携手，是有组织有安排的集体务工行动，是让村里的青壮年出去共同富裕，把日子过好。这是个机会。小学校长同意自己的女儿麦苗出去，他说："离开这个环境，去外头的世界看看。"麦苗惦念着走新疆寻找尕娃的得宝，心中还在犹豫去不去福建。开发区的干部得福让水花来劝麦苗。"自己出门挣钱，见世面最重要。"水花的话点亮了麦苗心中的灯。再者，麦苗因为母亲煤气中毒身亡，一直与父亲怄气。临走了，麦苗给水花说了心里话："为我妈，我跟他别扭了这些年。这突然要走了，心里不是滋味。"事实上，水花特别羡慕麦苗走福建务工，只因为残疾的丈夫拖累，她不能离开，但她鼓励麦苗去福建。麦苗果然为海吉女工争了气，在业务考核中获得第一名。

走出去，看看外面的世界，肯定会改变狭窄与短视的生活观念。麦苗和她的姐妹们看到了大海。这种视觉的碰撞，是海洋文明与农耕文明的碰撞，是封闭守旧的农耕社会与开拓发展的工业社会的融合，是进步对落后的思考。东部沿海与西部内陆在生存观念上存在着巨大的差别。劳务输出缩小着这种差别。清朝末年，多少江南子弟下南洋谋生，去夏威夷讨生活。中国历史上有多次移民大迁徙，但都是为了屯边守疆，为了军事，只有现在的吊庄移民是为了解决农民的贫困。

四

古语说："安土重迁，黎民之性；骨肉相附，人情所愿也。"千百年来，中国农民只有一种活法,就是守土为安。这种观念形成了一种懒惰思想,等、靠、要,吃救济粮,不愿出去依靠双手劳动改变自己的生活,宁肯老死故乡,不愿寻找新的出路。

我经常想,农民的命运就是国家的命运,农民的命运最能反映时代性。"贫穷不是社会主义",三十年前,这句话是举国上下解放思想的号角;"绿水青山就是金山银山",今天,这句话为生态移民指明了幸福的方向。农民与土地的关系,割舍,获得,交织着拥有的喜悦与逃离的苦涩。前面我说,看着水花拉着架子车艰难移步的情景,我的心有一种疼痛感。没有在土地上讨过生活的人不会有这种感受。因为,我有三年知青生活的体验。

中国的乡村人口占据全国三分之二,城镇化建设才不过三十多年。我们习惯用多灾多难概括中华民族的苦难历史,而承担这种苦难的主要是农民。中国大地上发生过的一切都是农民的事情。如果说,一部两千年的中国历史,就是一部农民的历史,那么,农民的命运则直接挂钩在城市的历史进程中。农民的命运总是被抛进意识形态的浪尖上。大力发展工业,压低农产品价格,农民苦不堪言地养大了城市。多年来,工业化和城市建设是在牺牲农民的利益而完成的。现在,国家举全国之力,在广阔的农村推进脱贫攻坚战略,农民兄弟有多么高兴啊!

看电视的时候,我脑海里不时浮现采访过的吊庄移民的一位致富带头人曹建江的事迹。1983年,曹建江作为生态移民,扶老携幼告别了故乡,从苦甲天下的西海固移民到川区,成为石嘴山市大武口区隆湖扶贫经济开发区的市民。这是生存观念上的一次转变,与他同来的许多老乡不适应新的环境,年都没有过,又跑回去了。曹建江坚持下来,在新的土地上放眼未来。过去因为穷,曹建江没有上完学,13岁就闯荡世界了。我走进他的精神世界,寻找他致富的心路历程,很有代表性。他创办的"宁星农产品专业合作社",坚持"民办、民管、民受益"的原则,带动周边1600多户农户从事农产品生产、经营、运销。社员年平均收入达到2.16万元。宁星农产品专业合作社走出宁夏,走向全国,成为新农村建设、现代农业专业合作的示范样板。曹建江成为宁夏扶贫开发脱贫致富带头人之一。

五

《山海情》是为中国共产党成立100周年的献礼片。中国是农业大国,并且是有着两千年封建专制统治的超稳定的农业大国。千百年来,中国人为吃饭问题流血牺牲,前赴后继,奋斗不息。多少仁人志士为解救人民于苦难,改造社会,寻找过多少路径。不是半途而废,就是以失败告终。只有共产党才能救中国。中国共产党第一代领导人毛泽东在1925年撰写《中国社会各阶级的分析》和1927年撰写《湖南农民运动考察报告》,指出中国的问题就是农民问题,农民的生存解决了,中国的问题就解决了。中国革命的胜利,中国共产党能够在全国取得政权,都是农民在战争年代用扁担挑出来的,都是农民用小车推出来的。新中国成立以来,中国共产党解决了中国人的吃饭问题,这是人类历史上的奇迹,是地球上绝无仅有的事情。

赴福建莆田挣钱的海吉青年农民,思维摇曳,作出转身的华丽动作。全社会在帮助山区的农民走出贫困,扶贫就是帮助农民转变身份。身份的转变主要是观念扶贫、资金扶贫、科技扶贫、教育扶贫、项目扶贫,最后都要夯实在观念的转变上。《山海情》围绕"情"字展开剧情,家国之情、闽宁地缘之情、乡土之情、群干之情、父母亲情、奋斗之情、苦干之情以及青葱岁月的爱情全部通过每个镜头的细节传达给观众。

《山海情》经得起岁月的考量。

薛青峰,宁夏文艺评论家协会理事,石嘴山市文艺评论家协会名誉主席。

《山海情》——一种久违的返璞归真

◎倪会智

《山海情》我看完了，一集不落。没有用小屏，没有开1.5倍速，没有刻意寻找戏点。有的剧集还看了几遍。一种久违的返璞归真。

《山海情》在题材上属于农村剧，剧情及背景不多说，用三个新闻高频词代之：移民，脱贫，闽宁情深。

我用了"看"这个词，是"看"——沉浸其中。不是"听"也不是"刷"。有多少电视剧，尤其是农村剧，其实是可以"听"完的。一部电视剧，能让人心怀敬意地去"看"，就算成功一半了。

移民、脱贫，如此宏大主流的题材听起来就不好拍，拍了受众也多不买账。

一、《山海情》是尊重受众智商的

《山海情》说的是农民的话，演的是农民的事儿。剧组没有闭门造车，据说在当地拍摄时，还不断改剧本，把更真实有趣的故事加进去。最开始的几集，人物形象、场景布置、自然环境、故事情节被朋友圈的宁夏人回忆了个遍。几乎都有亲历，更有甚者，连人物原型都能娓娓道来。

但我不是宁夏人呀。

我在华北大平原长大,没有挨过饿,没有缺过水,可是,我仍在这部剧里看到了"自己"。于我,有个特别值得一说的情节。

得宝种的第一茬双孢菇在集市上卖光,他回到家,当着得福的面,掏钱、数钱。他先把腰包里乱糟糟的钱掏出来,又从上衣兜、裤兜里摸出一些,这些钱,有大张,有毛票,然后他一张张数好,叠整齐,最后一捆捆绑好。

这个情节,导演拿捏得准确而饱满。钱,真的是农民穷日子里最好的慰藉,哪怕只是辛苦挣来的几十块钱。

二、真实是底色,趣味才是这部剧的灵魂

《山海情》有一种农村剧难得的"崇高感",这是一种精神上的光环。移民是一个宏大背景下的政府行为,但是电视剧没有把主角留给政府,甚至都没有一个明确代表政府的主角。这就很有意思了。

马得福是吗?第一集他是,他给村民讲政策,笼罩着强烈的理想主义光环。但是后面,马得福和村民们的区别并不大。除了他更懂点法,听得懂福建话,自行车骑得更猛,甚至在通电、浇地、卖双孢菇等情节上,他是和政府对着干的。他没有演苦情戏,那次在水站上,心里话还没说完就被李大有堵了回去。镜头一转,他带着村民去上访了。其实,整个电视剧,没有什么主角。每个人身上,都有一种难得的审美情趣。

我说说水花吧。这个一直微笑,却让人落泪的女子。

其实这个角色不好把握,但是电视剧为我们奉献了一个坚强、坚定、心里有光的水花。她一个人拉着板车,身子几乎贴到了地面,带着丈夫和孩子,走了七天七夜来到移民村,见到的第一个人就是马得福——那个她一直放在心里的人。她还是笑的。水花能忍耐,但她忍耐的不是残疾的永富,而是苦日子;她能吃苦,是因为她不等不靠,她种双孢菇开超市;她心里有马得福,但并不觊觎;在菇棚里,她对技术指导员小妍说,希望女儿将来可以像她一样好好爱恋,好好工作。

我在这个角色身上,其实看不到多少道德色彩,她散发出的是那种在

困境中,追求独立和自我价值的意识。

这些人物,确实让人感动。尽管他们演得那么平静,那么本分。

三、《山海情》的镜头太美

我喜欢这部剧,多是因为第一、二集展现出来的颇具电影质感的画面。还记得得福骑自行车在深山里穿行的那段吗?一个大全景,群山起伏,远处山峦如黛,近处山色温柔,得福的身影被缩成一个移动的黑点。

还记得得宝带着几个伙伴在山间奔跑的样子吗?那个悠长的镜头,也是全景,风吹着头发,阳光浸润着年轻的脸庞。青春真美好。

还记得水花拖着平板车弯着身子前行的画面吗?她的男人面带悲苦,她的孩子像只乖巧的羔羊端坐着,而她裹着头巾,面带微笑,唱着那首沉郁的花儿。头上的天空,辽阔低垂。

我喜欢这部电视剧里,比人物更加真实的光影。

《山海情》很多镜头都是外景,屋里的戏不多。外景借助的是自然的风,自然的光,大面积的天空,大面积的阳光,使镜头更加生动、明净。水花来到移民村,站在村头,看着远处的得福,阳光倾泻在她的脸上,她的目光、笑容被一层毛茸茸的光泽覆盖……我是忘不了这个特写镜头了。

屋子里的拍摄也因为借助光线的对比,使画面有了层次感,故事的空间感瞬间延伸。而人物在半明半暗之间,情绪表达更加粘黏、动人。

这些电视镜头,真的很难看到。

倪会智,《新消息报》记者。

《山海情》:现实主义题材的底层叙述

◎苏炳鹏

移民工程是生命工程,是西海固人改变靠天吃饭局面的命运工程。30年在岁月的长河中弹指而过,但对于曾从苦焦的土坷垃堆里捡粮食吃的西海固移民来说,是斗转星移沧海桑田的30年,也是天翻地覆慨而慷的30年。

电视剧《山海情》以这段历史为背景,饱含岁月深情再现了当时成千上万的移民背井离乡踩出一条迈向希望的"风沙"大道的动人故事。这是一段峥嵘岁月,艰辛的现实让饱受恶劣自然条件折磨的人们对未来充满迷茫,这在当时完全是生活的真实写照。

从电视剧播出的前几集来看,本剧有深厚的生活来源,成功地重塑了当时西海固贫瘠山区人们生活的境况和传统意识,也从另一个侧面反映出当时面临的窘迫和尴尬。剧情设计既紧凑又生动,用高超的编剧艺术将身处大山深处各年龄阶层在当时的思想矛盾高度地浓缩成为一个整体,由此而产生强烈的艺术感染力。中年人更愿意过安稳的日子,年轻人却对外面风云涌动的现代变革怀揣着梦想。全国人民在改革大潮席卷下从南到北呈现了一幅波澜壮阔的创业画卷,而固守于西北一隅的贫苦庄稼人子弟也开始觉醒,他们对外面的世界充满好奇,可仅凭个体的力量很难完成颠覆生存命运这一壮举,这时的移民政策既催促了他们的行动,更引导大家在新的天地施展拳脚。从近年来播出的主旋律电视剧来看,《山海情》以剧情推动了这一历史壮举的发展,又将政策引导融合到时代的变革和人的追求当中,避开了空洞说教,所以该剧从故事的陈述上已经取得了成功,观看起来也就能引人入胜。

这部剧还有一个重大的特点就是语言生动。无论是对人物的塑造还是对情节冲突的描写,都完全控制在人物形象的个性化语言当中,底层劳动者对生活的表述夹杂大量的民谚俚语,幽默诙谐,笑中含泪。这是对当下电视剧创作在语言对白上的一大贡献,同时打开了电视剧叙述更接地气更亲现实生活的一种可能,也更进一步证明优秀的现实题材作品和人民群众的智慧相联系。"朋友圈"对该剧的谈论围绕"忆昔抚今"展开,演员的对白是大家激烈谈论的一个焦点,这从另一个侧面看出鲜活生动的语言永远是文学、表演艺术必须修炼的介质。相信《山海情》的热播一定会产生对现实主义题材底层叙述的热议,也能够拓宽今后主旋律创作语言表达的疆域。

苏炳鹏,宁夏作家协会理事,银川市影视家协会副主席。

《山海情》：让人泪奔的扶贫故事

◎陈　靖

　　2018年，著名导演董玲到宁夏拍摄关于扶贫方面的电影《闽宁镇》，我有幸当了一回群演，虽说镜头只有短短几秒钟，成为我永久的记忆。这次的《山海情》，我自然不会错过，剧中的几个情节甚至让我抹泪。

　　该剧讲述的是20世纪90年代初，贫甲天下的宁夏西海固地区人民，响应国家扶贫政策，历经艰难险阻完成易地搬迁到风沙肆虐的玉泉营，在福建省的对口帮扶和当地政府的支持下，这些搬迁移民通过20多年辛勤劳动和不懈探索，终于将"干沙滩"建设成"金沙滩"的故事。

　　故事开篇，直接就进入正题，政府建立吊庄基地，号召海吉县的农民们移民、搬迁。但飞沙走石的荒漠，无水，无电，条件太艰苦，实在难以适合人居生存，搬迁来的村民第二天就走了一多半。而剧中的海吉县涌泉村更是穷赤地一片，"村里的女子为了一头驴、两笼鸡、一个水窖就能嫁人""兄弟仨只有一条裤子，谁要出门给谁穿""扶贫下拨的珍珠鸡81只种鸡被偷抓吃得只剩下最后一只"……电视剧的开篇，生活艰苦的涌泉村便生动地展现在观众面前，让人回到20世纪90年代的西海固。画面中全体人物灰头土脸的造型、简陋的办公室与漫天黄沙的户外环境，高度还原了当时西海固贫困的生活状态与自然地域特征。

而吊庄的环境则是"一年一场风,从春刮到冬,沙砾刮得满天飞,打得人脸上生疼""蚊子都能把人给吃了,给蚊子改善伙食了""饿得直吐酸水"等看似幽默实则是村民质朴真切的抱怨,全面立体地再现故事主人公所处的环境,种种细节离不开一个"真"字,这些情节让人心酸。

《山海情》采用纪实的创作手法,剧中没有领导说教口号,没有脸谱干部,用一个个有血有肉、真实接地气的故事与人物形象,给观众带来了不一样的味道。

李水花被父亲为了一头驴、两只羊、两笼鸡、一个水窖就"卖"到邻村和一个从没谋面的男人结婚,她选择抵抗和出逃,但最终为了父亲向命运妥协……电视剧《山海情》,以朴实、有"烟火气"的叙事风格,温情细腻的视角,描绘了鲜活生动的故事和人物。与剧中贫困、萧条的环境产生鲜明对比的是,生活在其中的人物是鲜活、生动、有情的。《山海情》以细节绘深情,将更多的温情呈献给观众。不虚夸,不做作。就连剧中的演员个个乡土气十足,从头到脚都注重细节,甚至连强烈日晒下、大风吹后脸上皮肤干燥的颗粒与纹路,都清晰可见。正是这些"土味"角色的塑造,使这部剧,更加接地气,将农民的现实生活搬上了荧屏。

加之配上方言,塑造的"土味儿"角色极为传神:"你这个瓜娃子""你吃了屎了,吐得这厉害""你脸黑的,是抹了锅底了""你耳朵塞了驴毛"等这样的方言,脱口而出,突出了现实生活中农民接地气的特点,真是艺术源于生活,令观众产生"不是在演生活,这就是生活"的既视感。

陈靖,宁夏文艺评论家协会会员,青铜峡市作协副主席、秘书长。

戏里戏外都是情

——观《山海情》有感

◎高　红

　　《山海情》讲的是20世纪90年代以来西海固的移民们在国家政策的号召下，在福建的对口帮扶下，不断克服困难，通过劳动创造价值，将飞沙走石的"干沙滩"建设成寸土寸金的"金沙滩"的故事。随着剧情深入，我俨然也成为剧中一员，一哭一笑，一愁一乐，同时也消除了最初的疑惑，剧名为何叫《山海情》。《山海情》表达了福建与宁夏两地的深情厚谊，也体现了剧中人物对幸福生活的向往，对美丽家乡的热爱，对打赢脱贫攻坚战的信念。带着一种感恩、感动和敬仰之心观看，也让我有了更多的思考和感悟。

　　马得福，一个最普通的基层扶贫干部，也是剧中最能打动观众的主要人物之一。在特殊的年代，面对特殊的村民，经历了一个个最不普通的困难。从苦口婆心地劝返吊庄户，帮助村民完成吊庄移民工作，到软磨硬泡地给移民村通电，想方设法让站长给放水，再到东西协作扶贫政策出台后，带领村民们共同走上致富的康庄大道，马得福的道路走得很艰辛，甚至很心酸！每每看着这个"70后"的小伙子四处奔波，我的心中不由就涌起了一种姐姐对弟弟的心疼之情。他对乡亲们的真爱，他迎难而上的精神，为移民干部作出了最好的榜样，这也是这个人物最闪光的一面。

　　而剧中的林教授则是另一个让我崇拜感动的人物，为了响应国家扶贫号召,他放弃大城市的优越生活,千里迢迢来到"苦瘠甲天下"的西海固,不怕苦,不怕累,不怕脏。我当时就想,这样一个大城市的专家,为了帮助西海固人民早日种出蘑菇,让更多的人脱贫致富,他呕心沥血,殚精竭虑,吃在大棚,住在大棚,过着苦行僧式的生活,而当菇价大跌,为了让农民的损失减到最低,他抵制不法商贩被暴打,看到农民们辛辛苦苦种出来的菇一筐筐烂掉,他想方设法建冷库……堂堂一个大教授,亲自带着人去跑销售,因为担心价低伤农,就悄悄垫上自己的几万块钱补利润差价,我们有什么理由不感谢他,不记住他呢?也确实,西海固人民给了他最淳朴、最至高至上的礼遇!等他完成任务,准备离开时,全剧最让人泪崩的场面出现了,所有村民都带着自己满满的心意来欢送他,那就是对他最好的肯定,最高的奖赏啊!

纵观全剧,《山海情》里的每一个人物都有血有肉,有思想,有灵魂,有情义,有担当,上至周县长、吴主任、杨书记,下到白校长、得宝、麦苗等普通群众。李大有,脾气暴躁,爱急眼,爱耍小聪明,爱说风凉话,但他也有质朴率真的一面,有着一颗穷则思变的心。这个典型的西北农民在移民过程中所表现出来的各种不配合,不积极,以及后来的改变,实则都是表达了他这一辈人对脱贫致富的强烈期盼。

还有水花,一个美丽如水的女子,她对我的最大教育就是笑对生活,直面困难,奋斗不止,丰衣足食。

《山海情》不仅仅是一部让我们落泪感动的电视剧,更是一场跨越2000公里,持续25年的山海之恋,山海之情。

《山海情》落下了帷幕,而闽宁镇的故事还在继续,一段段情比金坚的山海情谊,一幕幕久久为功的奋斗历史,将在中国广袤的大地上创造出一个又一个新的奇迹。相信《山海情》戏里戏外的故事会引发更多的人更多的思考和启悟。

高红,宁夏吴忠市文艺评论家协会会员,青铜峡市第四小学教师。

《山海情》观后感

我看《山海情》

◎边凤鸣

电视剧《山海情》，讲的是椰风海韵的八闽大地上一位位身怀绝技的爱心人士，跨过山和大海到苦甲天下的宁南山区，帮着怀揣梦想从西海固大山里走出来的人们脱贫致富的故事。他们以真情点亮了一整座黄土高原，我双手擦着满脸的泪水，思绪跟着剧中人物的一举一动沉浮。

该剧民俗顾问赵鸿，也是剧中人物马洪的扮演者，是我的邻居，他真实地向剧组分享了移民生活的部分经历。还有很多默默无闻的人，就像剧中的农业教授凌一农、基层干部马得福、福建援宁干部吴月娟、福建赴宁夏挂职干部陈金山、凌一农教授的学生小黄、第一批进入宁夏进行帮扶的专家黄国勇等都是闽宁镇一路成长的见证者。剧中张树成书记的原型是原永宁县委副书记兼闽宁镇党委书记，为了让扬水站早日竣工，他风餐露宿，日夜奋战。2004年，年仅51岁的书记在工作途中遭遇车祸，不幸殉职。记得那年在送葬会上，闽宁镇自发赶来送别的群众整整坐了20辆中巴，只是为了看看他们心中的好书记最后一眼。在他家，大家发现他的儿子在公安局做协警，只是临时工。其他干部都用上新款彩电时，而他家中还是老式电视，寒酸的家境让在场的人都忍不住失声痛哭……

如今，六盘山地区通过封山禁牧、植树造林，这里的每一片绿色都吐露着春天般的童话,你看那团云飘了过来,在六盘山之巅停下了脚步,瞬间慢慢地慢慢地散了开来,给山涧披上乳白色的面纱。这似乎还是裹不住每一朵花瓣的笑语,听,它们使劲地鼓掌呢!

电视剧到了尾声,春风吹绿了干沙滩,漫步闽宁街巷,葡萄酒的香气,吹进鼻息,仿佛踱步在古老的波尔多庄园。曾经听说,红酒是生命的血液。来,吃一颗枸杞,喝一口葡萄酒,你就会咂摸出那一缕超然于世的胸怀,幸福一望无际。轰鸣的机器声,众多的特色产业将是闽宁镇发展的支柱和一道亮丽的风景线,陪伴闽宁镇成长,守护闽宁人一路走下去。

我看《山海情》

◎钱守桐

《山海情》是一部有温度、有力度、有人文情怀、能鼓舞人心的电视剧。

一、电视剧《山海情》还原了大移民中真实的历史背景,充分体现了国家政策给人们命运带来的希望与转变。

二、闽宁镇是我国易地搬迁最成功的典范,形成了独特的"闽宁经验",把原来的"干沙滩"变成了今天的"金沙滩",这是历史性的改变。

三、电视剧以朴实的生活起伏,描写出一个个动人的故事,是脱贫攻坚、乡村振兴的典型题材。

四、电视剧《山海情》给人们留下了一份珍贵的影像记录。

它是一部奋斗、开发的历史诗篇,切开了扶贫开发的历史剖面,以动人的感情画面呈献给观众,使观众产生了共鸣。

我看《山海情》

◎王　岩

主旋律大剧《山海情》开播,各种评论上线,有些说得很有道理,有些说得莫名其妙。我也看了这个电视剧,说点自己的观点和看法。猛将兄觉得,这部剧的最大意义在于让全国了解真实的宁夏,了解宁夏和福建的这种对口扶贫,移民吊庄的模式。当然,还有其他的功效。

必须要说的是,很多宁夏人有着地域鄙视链条,这点很讨厌。细看《山海情》,其实是可以抚平这种情绪的。

你看黄轩、热依扎这些俊男美女,演啥就像啥,本来是偶像级的演员,一倒腾也成了我们身边的乡党。人哪里来的优越感,无非就是你出生如何。《山海情》至少传递了只要努力就可以改变自己的命运、创造自己的幸福的观点。这种价值观,远比什么霸道总裁爱上倔强小妹的爽文式的电视剧强太多。满屏幕的富二代,满屏幕的大长腿,是时候来点面朝土地背朝天的故事了。《山海情》把我们拉回现实,让我们忆苦思甜的同时保持清醒。

保持清醒,就是别动辄宣传宁夏就得是高大上,说说艰苦奋斗的故事同样也能激发人们前进的动力。但我们大部分人仿佛都忘却了,忘却真实的历史是很可怕的,《山海情》毫无疑问可以让我们重新拾起那段历史,不用口口相传,而是更加直观地展现在我们面前。

《山海情》还有宣传宁夏的作用。闽宁合作,沙滩上建起城镇,更是引人注目。但由过去的传统媒体之口来宣传,远抵不上自带流量的明星们通过真实还原的方式来呈献给大家。闽宁镇名气足够大,但或许知晓率也仅限于宁夏以及周边地区。银川是宁夏的省会,银川隶属于甘肃这类的错,连不少电视台、报纸的记者、编辑都犯过。这样全国范围大规模播出宁夏故事,毫无疑问是个大好时机。相信《山海情》未来的剧情里,还会有诸如贺兰山东麓葡萄种植、宁夏葡萄酒这些产品的画面,通过一个影视作品带动一个产业,这点镇北堡西部影城就是受益者。所以,对宁夏而言,《山海情》绝对是意义非凡。

边凤鸣,闽宁镇中心小学教师。

钱守桐,中华诗词学会会员,宁夏诗词学会理事,宁夏作家协会会员。

王岩,原媒体人。

跋

　　"江山代有才人出，各领风骚数百年。"2017年12月，宁夏文艺评论家协会成立，到2022年，宁夏评协成立5周年了。2014年年底，《朔方》出版了一期"文艺评论专号"增刊，是一次预热，可以看作中国文艺评论家协会成立后，宁夏文艺评论队伍的第一次正式集结。《宁夏文艺评论》的首次出版，却是在2015年。回望20世纪80年代中期，宁夏文联文艺理论研究室就编辑出版过《塞上文谭》（原《塞上文谈》）。遥想30多年前，荆竹、郎伟等先生就在《塞上文谭》发表文艺评论，现在依然活跃在《宁夏文艺评论》上，如何不令人兴奋，如何不令人感慨！可喜的是，阵地平台有了新面貌，每年的《宁夏文艺评论》上都有新面孔；可惜的是，因为各种原因，每个人的稿件并非都能发表，难免有遗珠之憾。但是，这都不会影响大家对文艺评论的热爱，总有人以此为一生的志业，坚守信仰，尚艺求真；厚植情怀，崇德向善；彰显担当，立言寻美。

　　"美不自美，因人而彰。"审美并非文艺家的专利，而具有人类普遍性。史前时期带有艺术意味的装饰品，显示出审美的时间长度；当今社会，艺术的边界不断延伸，影视艺术之后，网络艺术迅速崛起，拓展了审美的空间广度。在如此广阔的审美时空中，立足地方知识，审视宁夏的文学艺术，当是别有一番天地。专题的研究,在于从不同的视角解读同一个作家、诗人或作品;年度的设置,则在于凸显同一个评论者对不同文艺家或作品的关注。各美其美,美美与共,共同书写宁夏文艺评论的精彩华章。

"文章千古事,得失寸心知。"言为心声,而艺术的创造不仅是一种技艺,也源于心灵的求索。优秀的文艺作品总是心与技的合一。文艺评论正如法朗士所说的"灵魂在杰作之间的奇遇",是一种精神的探险。文学评论是从语言到语言,而艺术评论是从图像、造型、声音等到语言,跨越了不同的信息媒介。我们通过语言,认识他者,表达自己,写作文艺评论时,一定会有"言不尽意"之感。这些问题,在今年的《宁夏文艺评论》中依然存在。小说评析、诗歌评论、文章观点等还是占据着半壁江山。以文艺评论"立言",在于听弦外之音,为天地之心,然而,"文情难鉴,谁曰易分?"

"音实难知,知实难逢,逢其知音,千载其一乎!"知音的稀少,恰好证明在文艺评论中"误读"是难以避免的。这也正是文艺评论的魅力所在,每一部文艺作品都是一个复杂多义的艺术世界,每个人看到的都是不一样的风景。目前来看,宁夏文艺评论队伍的建设还有待加强,各艺术门类的发展尚不均衡,我们更加期待有着宏阔文化视野和精深理论阐释的艺术评论文章。贯彻落实党的二十大精神,是今后宁夏文艺评论工作的重中之重。一路走来,非常感谢宁夏文联、宁夏评论家协会各级领导的正确指引,《宁夏文艺评论》的成长,离不开各位文艺评论家和广大读者的支持,让我们携手同前行,一起走向未来。